除了野蛮国家，整个世界都被书统治着。

司母戊工作室
诚挚出品

名门

[英] 谢福芸 Dorothea Soothill Hosie 著
沈迦 主编
左如科 译

人民东方出版传媒
東方出版社

图书在版编目（CIP）数据

名门 /（英）谢福芸（Dorothea Soothill Hosie）著；左如科 译 .
— 北京：东方出版社，2018.3
书 名 原 文：Two Gentlemen of China: An Intimate Description of the Private Life of Two Patrician Chinese Families, Their Homes, Loves, Religion, Mirth, Sorrow, & Many other Aspects of Their Family Life
ISBN 978-7-5207-0287-4

Ⅰ. ①名… Ⅱ. ①谢… ②左… Ⅲ. ①长篇小说—英国—现代
Ⅳ. ① I561.45

中国版本图书馆 CIP 数据核字（2018）第 052609 号

名门
（MING MEN）

作　　者：[英] 谢福芸
译　　者：左如科
主　　编：沈　迦
责任编辑：黄珊珊
出　　版：东方出版社
发　　行：人民东方出版传媒有限公司
地　　址：北京市东城区东四十条 113 号
邮　　编：100007
印　　刷：北京联兴盛业印刷股份有限公司
版　　次：2018 年 5 月第 1 版
印　　次：2018 年 11 月第 2 次印刷
开　　本：855 毫米 ×1092 毫米　1/32
印　　张：12.5
字　　数：240 千字
书　　号：ISBN 978-7-5207-0287-4
定　　价：56.00 元
发行电话：（010）85924663　85924644　85924641

序

中国人说，女子有“三从之道”：幼从父兄，既嫁从夫，夫死从子。但是，女子之为女子，东西方并无不同。虽说早在几千年前，母系社会在中国，就如同很多佳辰美景一般，无可奈何花落去了，然而其精神内涵，已经风化俗成在千家万户之中。不过，东西方有很多规矩是截然不同的。或许是因为我们西方人还没有完全从母系社会之中移风易俗，所以我们的女人们依然还处于一个主导性地位。在西方，一个受过良好教育的男子也有“三从之道”，依次为：顺从于他的母亲、妻子和女儿——之于母亲是因为儿子的孝心，之于妻子是因为丈夫的情爱，之于女儿是因为父亲的忧虑。

因此，对于这本小说的作者，作为父亲，我有着一份无法推卸，也绝不愿意推卸的责任。如果没有她，还有谁更能让我觉得，我们所说的责任是一个可以带来欢笑与快乐的任务呢？记得那还是在牛津的一次夏令会上，我就中国人的家庭生活和宗教做过两次讲座，让我无比满足的是，这让我与女儿成为知音。至少我可以说，她已经抓住了这次难得的机会，深刻理解了自己的使命。而后，她进入素有女子梦天堂之称的纽海姆学院，让她的天赋得到如孔子所说的“如切如磋，如琢如磨”一般的磨炼。她深入中国，游历广泛。她的丈夫在中国是极富盛名的旅行家和文学家。但是使她真正有资格写下这本书的，是因为她曾在中国人的家庭中生活过。这些中国人的家族，既有富裕的小康之家，也有家徒四壁的穷人家。她和这些家庭里的母亲、妻子和女儿过从甚密，毫不费力地进入她们的内心世界，共享着她们的秘密，欢乐着她们的欢乐，伤悲着她们的伤悲。她在中国的一家名门望族暂住的时候，萌发了写作这样一本书的想法，酝酿至今，终于付梓，与读者见面。这本书寄托着她对中国人深厚的爱与尊重，因为她就是在他们之中长大的。也许，这世上还有别的我没有见过的女子，能够把这本书写得更好，但是作为父亲，总是会对自己的女儿偏爱一点的。所以，最好还是把这本书留给读者们，请他们去做一个公允的评判吧。

苏慧廉　于牛津

作者前言

尊敬的励诚：

你还记得吗？在天津时，有一次你拿了一本中国小说给我看，你觉得写得非常好，可是令尊却十分反感。究其原因，是因为这本书描写了你们所熟识的一户人家，虽说写得非常隐晦和曲折。我担心我现在处在了和那本书的作者相似的处境里。没有征得令尊的同意，我就贸然写下我在你们家度过的那段愉快而又难忘的岁月，以及我对你们家庭关系的种种印象。不知道我这样做对不对，是否很冒昧，会不会导致我们友谊的破裂。因此，当我收到你的回信，说你和令尊对我打算写一本关于你们家庭的书感到非常期盼，我感到十分高兴。

你亲自为你的家人们起了化名，也给自己起了“励诚”这样一个名字。励诚，勉力做一个真诚的人。如果我在书中的一些描写有轻率之处，或者让你感觉受到冒犯，我恳请你因为我们彼此之间的真诚，能够给予谅解。我相信，你一定知道我是多么尊敬你，如果我给你造成伤害，那也绝非我的本意。我感到非常遗憾的是，我无法当面去聆听令尊对我作品的评价。我时常会想象，当你把我的书翻译给令尊听的时候，他的脸上会显露出怎样的笑容，那样我将会感到无比的荣耀和欢喜。

你在来信里说，“很多洋人的笔下，对中国人都存在着严重的偏见，比如说我们对他人的苦难麻木不仁，不敢说真话，只知道养猫，喂老鼠，像兔子一样挤在一起过活”。你为此感到愤慨。我觉得你的愤慨是理所当然的，也是人之常情。但是另一方面，如果像有些在华的洋人一样，总是一味地对你们予以夸张的美化和奉承，这样也会让人觉得我们之间还不够真诚。尊敬的励诚，我是这么认为的，你们中国人和地球上其他地方的人一样，既不是天使，也不是魔鬼，你们是人，在你们身上，有美德，有恶习，有着各种各样的变化。

我在书中作了一些必要的改动，比如姓名、地名和官阶，并非和实际生活中完全一致。考虑到我的学识和能力有限，我的拙笔在面对一些众说纷纭的争议时，往往有种一叶轻舟误入洋流交叉，孤身悬于暴雨海洋之中的无力感。我的权宜之计是搁置争议，仅仅写下我在你们中间的感受，只做一些简单的评论，甚至完全不做评论。至于结论，我还是留给读者去评判吧。

不过，有一个结论，我在书中的字里行间是毫不掩饰的，那就是那位在你们家中度过美好时光的客人，对由两位中国绅士以及他们的妻子儿女们共同组成的名门望族，将永存一份感激和尊敬之情。

谢福芸　于英国怀特岛

主要人物

骆大人，满族官员，曾担任巡抚。

骆太太，骆大人的妻子。

他们的孩子：

一个儿子，名为荣和（Honourable Harmony），19岁，已婚，和父亲住在一起。

三个女儿：

1. 香莉（Fragrant Lily），已婚，和丈夫以及公公、婆婆住在天津。

2. 香梅（Flowering Plum）。

3. 香华（Scented Blossom）。

宫大人，汉族高级官员，著名的学者，曾任一省提法使司[1]，其父曾为官40年。

宫太太，宫大人的妻子。

他们的孩子（8个孩子存活下来5个）：

两个儿子：

1. 励贤。被过继给没有子嗣的叔叔。已婚，携妻住在父亲的附近。

---

1 清末官职，为一省最高的司法行政长官。（本书脚注均为译者注。）

2. 励诚。寓意为“勉力做一个真诚的人”，19 岁。

三个女儿：

1. 文静（Gentle Calm），30 岁，已婚，但是仍然住在家里，原因是丈夫暂时离开了她。她有一个小女儿，名字叫菊儿（Chrysanthemum）。

2. 婉兰（Orchis Flower），我叫她花儿，20 岁。

3. 霭荷（Water-Lily），12 岁，家里的人都叫她“小六子”。

[目录]

contents

名门

十

第 1 章

皇朝的覆灭

1912 年 2 月 29 日，一个清朗寒冷的月夜，政局突变。这场变动，使得中国人也好，在华的外国人也罢，人生由此而改变。尤其是在中国的北方，这种变化更甚。

此时此刻，我们几位女士，已在英国公使馆得到妥善的安顿。位于北京的英国公使馆，坐落在一座古老的中国王府之中。我们从使馆厚重的围墙向外望去，北京城内火光冲天。围墙之内则是一片平安之地。刚刚冒险外出的一位英国绅士，激愤地讲述着他的见闻。他以鄙夷的语气，描述着他在北京城内刚看到的一幕：一个暴徒半躺在黄包车里，肩上斜挎着一支来复枪，刺刀上挂着一串抢来的皮草和各种价值不菲的锦衣华服；临街商铺的店主们早已吓得下了门板，战战兢兢地躲在门后。这个恶棍，一边猛踹着黄包车夫孱弱的背脊，一边骂骂咧咧地高声叫门。

从庚子闹拳那会儿起，英国公使馆就配备了卫队。

这会儿使馆已经派出一部分士兵，前去护送侨民回到使馆。外面到处是火焰、喧哗和枪击，让人感到恐慌和沮丧。我们从城墙上下来，在黑暗中踱步，焦虑地等待着其他侨民的到来。横跨在使馆入口处的，是一个庞大而又冷峻的亭子。当我们走到凉亭红色的立柱附近时，突然之间，一个弹壳砸落在我们脚下，随之滚下一片琉璃碎瓦。这碎瓦是绿色的，象征着这座庭院最初拥有者显赫的地位。这里曾经是康熙皇帝一个儿子的府邸[1]。

没有人会想到，动乱会在这时发生。在 1911 年的 10 月爆发了一场革命。那时候大家都觉得北京要出乱子了，结果却什么也没有发生。于是几乎每个人都耸起肩膀，摆出一副玩世不恭的表情，振振有词地讲出一句貌似公允的法国谚语来："变来变去，还不都是老样子。"在今年的 2 月 10 日[2]，清朝的小皇帝——确切地说，是摄政王[3]以小皇帝的名义——宣布正式逊位。即便这样，从那时起两个多星期以来，所有的事情还是老样子，而且这种老样子似乎还将继续保持下去。在迟滞的北方，清王朝虽已风雨飘摇，却仍在苟延残喘。不过，在华中和华南的中国人，对时势有着更为敏锐的反应。在几个月

1　这里指的是梁公府，系康熙七子淳亲王允佑的府邸，其裔孙奕梁降袭，其府邸便被俗称为“梁公府”。

2　宣布退位是 1912 年 2 月 12 日。

3　其实是隆裕皇太后。

之前，他们就率先挑起了战事。事实上，早在几百年前，清朝就如同古代诺曼人征服英格兰一样，一步一步征服了全中国。中国的南方是最后向清朝臣服的地区，因此，相比于中国北方，中国南方对于清的统治显得更为抵触。现在，也正是这些南方的人们率先揭竿而起，反抗清朝的统治。到了 2 月 29 日的晚上，军队将勉力支撑清王朝的最后几根“支柱”移除，帝国的“琼楼玉宇”终于轰然倒塌，成为一片废墟，而惶惑则留在了每一个南方人和北方人的眼中。

随着清王朝的覆灭，负责守备京师的卫戍部队意识到，他们已经无主可卫了。近三百年来未曾动摇过的忠诚，一夜之间消弭于无形。作为未来民国候任大总统的袁世凯，一改往日的杀伐决断，在是否就任总统的问题上还是一副半推半就的姿态。临时国会总是吵吵闹闹，议员们在各种各样的新词和新观念所组成的“迷宫”之中，彼此猜忌，相互攻讦，搞得斯文扫地。这就难怪军阀们会嘲讽这些议员们是百无一用了。军阀手中有枪，有弹药，无人守卫的北京在他们眼中就如同一个门户大开的金库，让人垂涎欲滴。除了袁世凯，这些军阀谁都不怕，已经没有人有足够的权势站出来对他们说“不”了。可是即使隔天袁世凯责怪他们不分青红皂白地抢劫，他们也会辩解说，这只是被爱国的激情一时冲昏了头，而且也是时候给往日高高在上的满人上一课了。他们会说，他们很愿意向那些无辜的受害者表示歉意，不过如果想要恢复原状，那当然就不可能了。如果有些人为此丢了脑袋（确实有人为此丢了脑袋），那么这些人最好祈祷丢掉的脑袋是邻居的而不是他们自己的。这些军阀会说这次机会太好了，绝不能错过（他们倒是没有错过这次机会），他们觉得正是时候给北方人开开眼界，一劳永逸地把这样一个事实摆在了他们眼前——已经改朝换代啦！

从戒备森严的使馆大门，传来了一阵嘈杂的声音。朱迩典公使的妻子乔丹夫人立刻带着我们匆匆赶过去。早前，乔丹夫人就开始准备起来，使馆的每一个角落里都放满床和沙发。我和我的母亲一边紧紧跟着乔丹夫人忙前忙后，一边心中七上八下地挂念着我们北京组成的“小家庭”中的另一个成员——包哲洁小姐[1]。好在我们很快就收到了她报平安的口信，总算放下心中的石头。第一个到达使馆避难的，是又高又大的澳洲妇人汤米。她肩上还披着六个孩子的羊毛围巾。平时一贯乐呵呵的她，此时脸上布满愁容。四个孩子簇拥在勉强露出笑容的汤米怀中。汤米小心翼翼地照看着熟睡中的孩子，烛光把两个大孩子的脸庞映得一闪一闪的。两个士兵抬来一个长抽屉，抽屉中间摆着毛毯、一堆压缩奶粉和奶瓶。两个婴儿则相互搂着，安睡在这个临时

1　即 A.G.Bowden Smith，与谢福芸是剑桥校友，与其在中国一同创办培华女校。

的摇篮中，他们对外面所发生的一切还毫无所知。孩子的妈妈站起身走到门口和她的丈夫说再见。她的丈夫决意按照盎格鲁—撒克逊的风尚，返回去保卫自己的家。我们把六个小宝贝抱到最大的一张床上，然后调暗灯光。孩子们头碰头睡在一起，红润的脸蛋，在枕头上一字排开，就像是豆荚里一排漂亮的豌豆一样，可爱极了。

看着他们这样安静地躺在床上，我们恍惚之间有了一种错觉，似乎把我们牵扯进来的这场动乱，只是一场错发的警报，并没有针对任何外国人的敌意。但是，从庚子年义和团闯出那场大祸以来，“洋人”早该明白什么叫作“不知进退非真勇”了。要知道，暴民的字典里是没有“尊重”二字的，特别是在有很多东西可以抢劫的情形下更是如此。我和我的母亲以及包哲洁小姐来到公使馆避难已经有好几个星期了。不过，包哲洁小姐居然选了这个晚上出门访友，真是太冒险了。

这个晚上，我们辗转反侧，思绪万千。不知道我们租住的房子现在是何种情形了，更不知道与我们住处相邻的满人将如何渡过这场浩劫。他们能否安好，其实取决于驻扎在东安门以及皇城入口天安门的士兵还能不能继续忠于职守。我们的房子就在皇城里一个叫作椅子胡同的地方。皇城的四面，由绵延数里、又高又陡的城墙围着，东西南北四面各有一个门。在皇城的中间，高大的城墙围出一个内城，这就是皇宫所在的紫禁城，也是北京城最中心的地带。正因为这样，早就传言有军人恫吓要在皇城这一带大闹特闹一番。我和我母亲，还有包哲洁小姐是仅有的住在这一片的英国人。因为很早就发觉了不祥的气氛，所以我们要比其他外国人更早地离开家，躲到公使馆里来。早在1911年的革命爆发后不久，朱迩典公使就已经很坦率地告诫我们，要对中国的革命、皇帝逊位和暴乱及其引发的后果，有足够的思想准备。显而易见，朱迩典公使的忧虑，让我们这三个住在“深宫大院”里的女同胞更为惧怕。我们争辩说应该派一支军队来应对随后可能发生的动荡。对于我们的反应，朱迩典公使眨了一下蓝眼睛，然后告诉我们，即使他有一支军队（其实他并没有），也不能保证他会派出这支军队去营救三个蛮不讲理的顽固女人！

我们当然知道他是对的，因此我们答应，一旦他要求我们离开家，我们必须立刻服从他的命令。这么看来，皇城之中爆发一场大乱，已经是毋庸置疑的事情了。如果我们不想因为自己引起一场无谓而又冗长的外交照会，我们最好还是远离这里。我们并没有告诉朱迩典公使，其实很长一段时间以来，在我们居住的胡同里，总是有一些肆无忌惮的小混混冲着我们大喊大叫：“你们去死吧！等着瞧，看我们怎么收拾你们！”有一次，我母亲一把抓住一个叫得起劲的小孩，揪着他的辫子，问是谁教他说这种话的。龇牙咧嘴的小孩马上变成一把鼻涕一把泪的模样。显然，被一个洋女人抓住，这让他非常害怕，谁知道她会不会突然之间变身为一个可怕的魔鬼呢？这个小孩磕磕巴巴地回答道：“这，这话，是我爹教我的。”

“马上回家去告诉你爸，他是错的。”我的母亲非常气愤：“你去问问他，有没有这样对住在你们国家的客人说话的！他的礼貌哪儿去了！”小孩溜走了，这样的口号也没人喊了，可是也只是一时没人喊罢了。

第 2 章

敲门的声音

一天晚上，正当我们坐下来开始吃晚饭的时候，门外突然响起一阵急促的敲门声。在当时的情势下，我们并没有感到十分的诧异。一会儿，男仆进来通报说，公使大人的马车和两个穿红蓝两色制服的中国侍从就在门外。我们正说着话，朱迩典公使的副手义思德[1]先生就走了进来。既然事先约定的命令已经传来了，我们只能放下汤匙和喝了一半的汤。母亲立刻进入状态，开始收拾起来。要知道，在她还没有和我父亲结婚时，她就已经通过电报和“中国”打起交道。在那张电报中，我父亲说为她准备的房子和所有的家具都已经安置妥当，但是因为局势恶化，动荡不安，建议她暂缓来中国。对此，母亲的回电就是四个字：“马上启程”。在这天晚上，母亲要求用一个小时的时间来做餐后祈祷和收拾衣物。此

1　义思德（Arthur Ernest Eastes,1877-1948），1901 年来华，在中国多地担任过总领事。

时正值冬季，而北京的冬天素来以酷寒闻名。义思德先生虽然犹豫了一下，但还是答应了这个请求。

义思德先生慷慨地向我们伸出了援手，亲自动手帮助我们将毛毯和被褥打包。他甚至还充满耐心地帮助我们家中的一个老妈子（也就是保姆）收拾衣物。这个老妈子正号啕大哭，认定自己这次是必死无疑了。她 8 岁的小儿子，将脑袋伏在她的膝盖上一起大哭。母子二人显然是在哭声上较起了劲儿。坐在他们身边的，是和我们住在一起的一位中国姑娘。她今年 18 岁，受过一定的教育。此刻，她正紧紧抱住双肩在哭泣。这三个人倒组成了一幅可以用来形容什么是歇斯底里的生动画面。不过，那个 18 岁姑娘如此恐慌是有原因的。她的父亲是一个基督徒，1900 年被义和团从家中拖走，用刀剑活活肢解。这给她留下了深入骨髓的恐惧。

不过，另外一个 65 岁的老妈子则表现出一副非常持重的模样。最近一个多月来，她一直在直接或间接地提醒我们：把脑袋一直放在狮子的嘴巴里可不是聪明人干的事。这天晚上，每次从哭泣“三重唱”前走过时，她就会噘起嘴，说着嘲弄的话：“真是一群没头脑的笨蛋，尤其是王妈，都多大岁数了，也该知道个好歹吧。”其实，她越是这么说，越反映了她们之间的真情实谊。让我十分钦佩的，是这个老妈子有十足的本事，把所有她能找到的东西，都塞进箱子里。事后，当我们搬到公使馆，发现眼下一时还没有什么危险，我便开始在她打包的行李中翻找衣服。叫我真是有些哭笑不得，我看到我最好的那顶带有羽毛的帽子，被胡乱塞在一个乱七八糟的锅里，锅里面还有我的一双溜冰鞋——冰刀还互相交错在一起，旁边则是几本书和一些照片，以及包着那天我们晚饭没有吃完的食物以及盐罐、胡椒罐的桌布。那天晚上，这个老妈子还特别放心不下嵌在木头窗棂里的玻璃。因为她知道，以前窗户里只是一层薄薄的白色绵纸，换上这些玻璃可是花了我们好些钱的。她坚持要把玻璃抠出来带走，我不得不直白地告诉她，我们希望将来回来的时候，窗户的玻璃以及摆在屋子里面的家具、钢琴都能完好无损地待在那儿。如果我们拆开来搬走这些东西，多半就不能恢复原貌了。她虽说摆明了不相信我的乐观，但还是停下了手。我可以想象出来，如果我们带着一马车破破烂烂的玻璃窗躲进公使馆，搞得我们在如此戒备森严的情况下还不忘捐助一把似的，朱迩典公使将会摆出一副什么样的表情。

这个65岁的老妈子，谢绝了所有人的帮助，哪怕是义思德先生或者是我的母亲。在人心惶惶的几周里，她过得很是小心翼翼。早在很久之前，她就将自己的一部分钱物，存放在一家美国人办的救济会里。也因为如此，她才有心思来照看我们。之前，我们坚持要留在椅子胡同，她就用红色的法兰绒为我们每一个人都剪了一个红十字架，希望到了情况坏得不能再坏的时候，能够保佑我们逢凶化吉。前几天，我正弹钢琴的时候，她把她剪的十字架塞给了我，我把它夹到肖邦乐谱的书页中。这是她在感到绝望，当然多少还有一定同情心理的情况下，发自肺腑的一种精神寄托。当我们最终离开椅子胡同的家时，她悄悄地告诉我们，她不打算回到她农村的家，也下定决心不和我们一起去使馆。她会在东安门和我们分手，然后到那家美国救济会去。她说那里是她的精神家园，而且也是一个比较安全的地方。我们当然能够理解她的决定，在1900年闹义和团的时候，她就曾在使馆生活过一段时间，她可不想再来一次这样的生活了。

她固执地说："庚子年那会儿，我在使馆里的日子可真是难过啊。没什么可吃的，可怕的枪炮声响个不停。现在我老了，不中用了，再也经不起这样的折腾了。最近我的眼睛也不行了，只剩一张没什么用的嘴巴了。"她的话让我们肃然起敬。我们一时也不知道说什么，只能叮嘱她一定要领了工钱再走，这是她应得的。她把箱子里的一把细齿梳子放进怀里。即便在最近人人自危的几周里，她还一直保持着非常整洁的仪表，让人看不出什么异常。我很关心她到救济会怎么过，晚上睡在哪儿？在那个命运攸关的晚上，当我这么问她的时候，她冲着我微微一笑，但并没有回答我，然后转身回到她的房间，拿出一条旧毛毯和毛巾重新出现在我的面前，我想我明白她的意思了。但其实到最后，她连这两样东西也都没有拿走。最终我还是在那个用于放什锦菜的土锅里面，发现了这两样东西，就压在我那顶最好的帽子上面。

家中的男仆们，也被老妈子的沉着所感染。他们都是十分淳朴的中国人，每隔一段时间就会劝我们尽早从皇城搬出去。我们心想，哪怕是身处在一艘即将覆没的船上，也要在最后关头再离开吧。要知道，重新找地方租房子，意味着将会经历长达几个月反复拉锯的中国式讨价还价。而且，房子租好以后，我们还得按照我们的居住习惯进行必要的改造，贴贴墙纸，刷刷油漆，又是一笔不菲的开支。我们喜欢住在这里，也喜欢这里的左邻右舍。我们都听说了此前西安府满城被屠戮的事情，很多满人女孩也未能幸免，凄惨之景难以名状但又千真万确。这种消息当然会让我们的满人邻居们感到恐惧。在这非常的时刻，我们几个外国人只要一天不走，住在我们周边数不清的庭院之中的妇女孩童就能多一分面对恐惧的信心。要知道，我们周围的旗人邻居们，可都是货真价实的皇亲后裔。早在17世纪的时候，他们的旗主就在拥立第一代大清皇帝中创下了不世之功。他们生于斯长于斯，也必然地要守在这里。其实，一旦有变，我们的这些旗人邻居们根本就无处可逃，他们唯一的愿望，就是当暴徒袭来时，还能够保持一颗冷静和沉着的心。

我们极力宽慰家中的仆人们，告诉他们如果我们逃往使馆，一定会带着他们一起走，绝不单单把他们丢下。虽然其他和我们一样笨手笨脚需要仆役照料的同胞们，在避往使馆时并没有留下他们的仆人，但朱迩典先生还是对我们网开一面。不过他告诫我们，一旦由此引发麻

老妈子，也就是女佣，正在和街头小贩讨价还价。
尽管她早已不再年轻，但还是为她犀利的商业头脑以及裹得严严实实的小脚而自豪。

烦，他们还得回乡下老家去。就这样，我们的仆人和我们一起留在了使馆，依赖于我们和朱迩典先生的庇护，这可是超出他们意料之外的事情了。好了，关于他们我说的可有点多了。让我们回到那个忙碌而又混乱的晚上。我们行李收拾得还算是井井有条。当我们事后清点时，也就少了一个小工具包，八成是掉落在灰尘滚滚的路上时，我们没有注意到。

就这样，在收拾个把小时后，我们浩浩荡荡地向着使馆出发了。我们的男仆和干苦力的小工，有着绝大多数中国仆人身上所具备的忠诚美德，他们冒着夜色，摸着黑将临街的两辆马车套上骡子吆喝过来，又弄来了手推车给我们搬运行李。他们也招呼了几辆黄包车来堆放自己的被褥。我们从家到使馆要用上两个小时。那个歇斯底里的老妈子，因为裹了小脚，是肯定没有办法走完这段路程的。所以，我们就把她和她的儿子，还有那个姑娘，一齐安置在义思德先生带来的马车里。华丽的马车是她们从未乘坐过的，这反而使她们安静了下来，让我们好好松了口气。那个岁数大的老妈子，就自顾自地一个人坐在黄包车上，走一路打一路的瞌睡。我们四个白人，默默地在中国北方特有的黄土地上蹒跚步行。我们沿着北京的城墙走了很长的一段路。昔日朱红色的城墙早已褪了色。星星在夜空之上闪烁，似乎要比我们在欧洲看到的还要明亮。城墙投射下了巨大的阴影将我们笼罩，夜空之下万籁俱寂，唯一入耳的，便是骡马车

“嘎吱嘎吱”的声音和骡子脖子上的铃铛发出的叮当声。

我们才出发，就发现我们的厨子不见了。我连忙跑回去喊着他的名字找他。原来他还在门口锁门——不过他锁个门的时间也真是太长了。听到我在喊他，他马上答应着我，然后转过墙角一路小跑过来，随之传来的是他肩上挂着的平底锅互相碰撞发出的叮叮当当的声音。大伙都在催促我们赶快跟上。还真别说，中国的骡子看起来慢吞吞的，走起来还真不慢，大家都走到我们前面去了。这个厨子气喘吁吁地向我解释，说他刚才是因为突然想到还落下了一些窖藏的土豆和油，所以又折回去给带上了。他说庚子年的动乱他也经历过，算是一个过来人了，当年的恐慌还历历在目呢。当时，他为一个叫盖姆威尔的美国名医做饭。和那位岁数大的老妈子不同，虽然我们才雇了他几个星期，他已经做好准备，不管发生什么，都要跟着我们走了。

“不过，”他很机灵地补充了一句，“巧夫也难为无米之炊啊。”

我们在漫天灰尘中，沿着高高的城墙艰难前行。

这位体贴的厨子，让我不由得想起了何超。

何超是我们在山西时雇的厨子。山西的土地是由戈壁上的尘土汇聚而成的，因此空气之中常常满是灰尘。不过，何超有这样的本事，就是在这么脏的环境里，还能显得更脏，特别是还能显得油腻腻的，简直是不可思议。当我们吩咐他把衣服洗一洗、煮一煮，收拾得干净一点，他肯定会把衣服弄得比以前更脏、更油。或许，这是因为他还一直习惯使用老式煤油灯吧。中国的厨师往往都有一手好厨艺，不过何超的厨艺倒是叫人不敢恭维。因此，每每隔上一段时间，我们就会觉得忍无可忍，决心要赶走他。这个时候，我们会叫来何超准备和他摊牌。不过，往往还在等他来的时间里，我们就会充满负罪感地看着彼此。一会儿，这个脾性温和、脸上还长着几粒麻子的小个子，就会把皱巴巴的外套当围裙围在身上，屏声息气地溜过来，紧张兮兮地挤出一点腼腆的笑容看着我们。这个时候，母亲就会用责怪的眼神扫我们一眼，清清自己的喉咙，给他下一些无关紧要的指令。当何超要离开的时候，她又会像突然想起来一样，给他一些温和的责备，督促他以后把自己弄得更加干净一点。

何超也有着英雄气概的一面。山西曾发生过一段令人窒息的可怕历史。血迹斑斑的太原府衙门里，40 个外国人抱着头蹲在义和团的屠刀下，暴民们在栅栏外尽情辱骂。当时，何超的主人是一位英国浸信会的牧师。当他的男主人、女主人和 8 岁的“小少爷”被义和团押往监狱的时候，突然从后面传来了叮叮当当的声音，原来是何超带着锅子一路跟了过来。这一刻的何超，就仿佛是当年的圣彼得[1]一样不离不弃。

1　耶稣十二使徒之一。见《路加福音》5:4-11：“彼得舍弃一切，跟随了耶稣。”

“快回去！”他的主人喊道：“何超，你别跟着我们去送死。我们就要死了，你不用再伺候我们了。你快躲回自己家去！免得你也被抓起来。”

不过，这个脸上长着麻子的矮个男人却这么说：“哦，我是一个不声不响、无足轻重的人，他们不会害我的。再说，没有我，谁往牢里给你们送菜送饭啊？”要知道，中国的父母官是不会为牢犯垫付坐牢费用的，所有的一切都靠囚犯自己以很高的价格承担着。什么都不能阻止何超跟着他的主人。当然，对于那些不幸蒙受厄运的外国人而言，何超给孩子们翻出点牛奶，为其他人弄点好吃的，可能都是一种很好的慰藉。何超觉得大家既然相信自己，那么自己就不能眼睁睁地看着他们死去。正是何超最终带回了他们殉难的消息，他们包括孩子们在内，以宽恕和无畏的心，一个接着一个走向了天堂。

所以，每次当何超乐滋滋地回厨房以后，我母亲就会看着我们，然后祈祷只要其他的男仆能够把碗给洗干净了就行了。我的父亲则会怒气冲冲地和母亲说，如果她解雇了何超，他就要和她离婚，虽然五分钟之前父亲还是对何超抱怨得最厉害的一个。

当我们一行人穿过东安门时，把守的中国士兵不怀好意地盯着我们。不过，公使馆侍从们红蓝相间的制服还是起到了威慑的作用。他们什么都没说，就放我们通行了。我们随之进入了一条更为狭窄的道路。不过总算出了内城，应该要安全得多了。好在我一直沉浸在关于何超的回忆之中，这条路对我而言并不是很漫长。不过，义思德先生后来向我们坦承，当时他的感觉是这堵高高的城墙仿佛没有尽头，让他感到十分后怕。其实，就在我们缓慢行进的过程中，把守大门的士兵已经把门关了起来，并开始对满人进行恫吓和袭击。义思德先生是非常值得依靠的，我们还看得出来，他都没有来得及吃晚餐就赶来接我们了。他冷静的个性之中，也不乏机智的头脑。当我们进入使馆，卫兵向他敬礼的时候，他问我有没有看过戏剧《汤和美味之间》[1]，我还真考虑把这个戏剧的名字当成这一章的标题呢。

当义思德先生把我们安全送到使馆的时候，已经过了十点。见到我们，朱迩典公使松了一口气。使馆随时都为我们的到来做好准备。我最近一次获悉义思德先生的消息时，他已经进驻到中缅边境的腾越，那可是一个荒凉的地方。因为中国境内的澜沧江和怒江的山区热病肆虐，所以为了到达那里，他只能从印度绕路前往。好了，不管将来他将要进驻到什么难以到达的地方，三个感恩的女人都会为他献上最美好的祝愿。

这就是我们怎么来到公使馆里避难的过程。在我们住进使馆三个月后，一场骚动和暴乱让北京陷入混乱。

1　英国剧作家 Gertrude E. Jennings 在 1910 年的喜剧作品。

第 3 章

来到了北京

在继续我的故事之前，有必要先向读者们详细说明一下，我们这三个英国女人是怎么来到北京的。

我想每一个出生在其他国家的英国人，都会对自己生长的土地有一种不可抑制的亲切感、责任感；倘若这里的劳动力还明显短缺的话，甚至会为此产生出一种强烈的亏欠感。很多出生在印度的英国人会有这种感觉，而像我这样出生在中国的，也有着同样的感觉。小时候，是老妈子哼着小调，轻轻拍着，哄我们入睡；是家中的小工们一会儿给我们扎个风筝，一会儿捏个泥娃娃，想方设法逗我们开心；是男仆们在天气炎热的时候，充满耐心而又洋洋得意地把我们抱在怀中纳凉；是做饭的厨子常常偷偷给我们手里塞一点美味的中国小吃，比如用红糖和爆米花做成的炒米糖，还有街头的吹糖人用糖稀吹出的凤凰糖人，他总是对牛奶、黄油等洋货不以为然，觉得这些东西压根就不是小孩子（不管孩子是白种人还是黄种人）能吃的东西。不过，他认为是孩子该吃的东西，往往是我们的父母严令我们不可以吃的。唉，他可是从来都没有听说过“细菌”这个词的。每当我们的父母看到厨子拿出这些东西的时候，总是要耸耸肩，可是我们的父母，哪里知道他们祖祖辈辈就是用这样一种方式委婉而又不失聪明地表达他们的爱意。正是他们，让我们的童年时代难得能自由自在。

我有幸在18岁的时候，重新回到了我小时候生活过的中国。18岁，还是一个容易受到外界影响的年纪。当我再次经过那个乐呵呵的卖蜜饯的老头时，他还是像过去那样热情地招呼我，而我也只能叹口气。到没人看见的时候，我就会把那些成天围着蜜饯摊子不肯散开的孩子们，带过来好好吃一顿——买个不到半便士的蜜饯，就足够让这些孩子兴高采烈的了。男仆和厨子早就换人了，但也只是换了些名字和脸庞，他们最本质的特征还是一样的。老妈子朋友家的女儿，那个过去总是喜欢溜进我家的花园和我一起玩耍的小姑娘，此时也裹起了脚，结了婚，当了妈。尽管她已经长大很多，但给我的感觉，她还是一个孩子，仿佛什么也没有改变。

在20岁那年，我再次回到英国，进入剑桥的纽海姆女校读书。但是，那时的我已经决定，无论如何都要重新回到中国去。我要尽我所能地去帮助中国人。如果真的可以的话，我倒是愿意把剑桥给搬到中国，让它在那里开枝散叶。那个时候，我的父亲还在太原的一所中国大学里担任总教习。太原是中国山西的省会，在北京西南方向三四百英里远的样子。我的父亲对我希望回到中国的想法，给予了热烈的支持，并给我提出了很好的建议。在那段时间，我特别希望能够在北京开办一所学校，专门面向皇亲贵族人家中的女孩，就像日本的贵妇学校、印度的高级种姓子女学校那样。我觉得，中国中产阶层和穷人家的女孩，已经能够逐渐地接触到教会和公办学校，但是围绕在皇权之下的贵族阶层，由于世袭血统，还被隔离在现代教育的体系之外。其实，通过对帝国最后一位皇太后[1]——慈禧的一举一动，我们可以看到，这些贵妇们对这个国家的命运有着多么深刻的影响力。如果慈禧皇太后能对科学真理和现代历史有哪怕一点点最肤浅的认识，她还会支持义和团掀起暴动吗？要知道，每当她做出辩白的时候，她的理由总是她不知道自己究竟做了什么。

当我开始筹划前往北京办学的冒险时，坐在龙椅上的还是一个 5 岁的小皇帝。小皇帝被他的母亲和朝廷里的其他贵妇无微不至地照料着。我希望能够把朝廷权贵圈子里的一些女孩和比较年轻的妇女都吸纳到我的学校里来。我梦想中国的妇女能够乐于去做一些有益的工作，不再害怕直面现实。我希望她们的古典气质能和新的知识恰如其分地融合在一起，从而吸引更多的人加入我们

1　其实最后一位皇太后是隆裕皇太后。

这个以纽海姆女校为模板的学校里来。

非常凑巧，我的一个纽海姆校友获悉了我的计划，她就是包哲洁小姐。她的父亲是一名杰出的海军将官。曾作为候补军官参加了大沽口之战[1]。她父亲常常宣称大英帝国亏欠中国的，因为中国是一个能够自给自足的国家，不需要从我们这里得到什么，而我们却用武力凌驾其上。为此，她的父亲受到了很多人猛烈的抨击，他们说那个时候面对中国政府的傲慢无礼和一贯的言而无信，除了动武别无他法。她父亲桀骜大胆的血液同样在包哲洁小姐的血管里奔腾。大学毕业后，她拒绝留在学校过一种更加轻松、更加舒适的生活，而是与我到中国合伙办学校，投入这件吃力不讨好的事情中来。她比我早一年离开剑桥，先在一所美国大学待了一年，写了一本关于那里的书，而后到伦敦读了一个教师培训的课程，处理好一切事务后，她在我之前就到了中国。她面临的困难要更大，因为对她而言，中国人和中国话都是完全陌生的。她经由印度前往中国。我一度很担心她会被卷入印度的混乱之中去，所以收到她安全抵达中国的消息时，我感到非常宽慰。她在椅子胡同我们的房子里，买来桌椅，装上玻璃窗，置办起各种设施来，早晚还一直忙着学汉语，同时还为我们的学校拉来了第一名学生。

1　历史上的大沽口之战共有四次，其中三次发生在第二次鸦片战争期间。文中所述的应当是指第二次鸦片战争中的某一次大沽口之战。

我回到中国后，先是去了一趟山西看望我的父母，在那里学习了官话，改掉了我出生后学会的那种华南方言。所以一直到1911年的秋天，我们才在北京自己的院子里安置下来，启动办学的工作。那时，我父亲刚好返回英格兰，所以我母亲就搬过来和我们同住。她能搬过来，对我而言真是天赐的礼物。她接管了家务，让我们的生活加倍地舒服！而且，如我所说的，当麻烦到来的时候，她就是我们的无价之宝。

但是我们办学的计划最终还是夭折了。1911年9月，我们满怀期待地启动了我们的学校，结果一个月以后革命就爆发了。满人失去他们往日高贵的地位，其他阶层的权贵也都逃的逃、躲的躲。从我们的观察看，革命是要建立一个民国，从官方讲，就不会再有公主、贵妇或者贵族阶级了，所有人都成了公民。但对往日手握大权的贵族们，人们往往持有显而易见的偏见和敌视。袁世凯曾经被满清皇室授予极高的爵位，甚至赏赐过他一件黄马褂，可连他也展露出一副要抛离贵族称号的打算。他用他那蹩脚的英文向他的外国朋友开玩笑地自我介绍，说自己是“密斯人袁”[1]。其实，每个人包括袁世凯本人都知道，眼下除了极少部分不知进退的莽夫，对于几乎所有的中国人而言，袁世凯就是“最大

1　袁世凯用改称“先生”来表示自己拥护“共和”。实为“密斯脱”，作者在这里是故意模仿袁世凯古怪的英文口音。

的”一个了。中国人是一个很聪明的民族，他们黑色的眼睛可以洞察一切伪装，当他们发现谁已经是孔夫子所说的“君子”时，就会出自本能地、毫不犹豫地去称颂这位“君子”的智慧。虽然我们已经做好准备，不管中国变成一个帝国还是民国，都无妨我们的热忱之心。但既然中国不会保留贵族阶级了，我们办学的困难就摆到眼前来了。

不得不承认，南方的中国人在捕捉现代教育的好处时，总是比北方人要快得多。我们的满人朋友会抓住我们的手，一边轻轻拍着，一边堆满笑容地赞扬我们有着“极好的智慧”，但是要让他们把女儿送到我们的学校来，你还得保持极大的耐性。随着革命形势的发展，他们越来越坚定地把心思埋在肚子里，把人安安全全地藏在家里。在我们仅维持了短短一个月的学校里，学生大半来自中国南方。大量南方人来到北京，他们有的想做官，有的想从事一些新行当，比如在中国人的生活中开始变得重要的法律和医药行业。因此，他们最大的想法就是能让孩子尽量离皇宫近一点。我们的学校恰好和皇宫的围墙就是咫尺之遥，因此有那么一段时间，我们小小的学堂差点都被挤爆。不过形势突变后，率先想到要逃离北京的也是这些南方人。学校里的孩子们也卷入了这场大撤退。人们一窝蜂地涌上火车，有的爬上了车厢顶，还有的就挤在踏板上，甚至连减震器上都有人！大家都以为这场革命会和之前全世界一系列的革命一样，

他永久的住所

这位年老工匠的家人在他生日的时候扎了纸房子给他，代表了他们美好的祝愿，希望将来他的灵魂在另外一个世界里能有如此富丽堂皇的房子居住。另外一个纸房子是送给他的宝库，里面装满了纸钱。在中国，当父母过六十大寿的时候，棺材也是子女送给父母的一种礼物。

北京城一位大人物出殡

灵柩上面覆盖着华丽的绸缎，由 64 个人抬着，还有蜿蜒半里的一行人敲锣打鼓。送葬者都身披白色的孝服。

皇宫很快就会被包围起来。可是中国独独是个例外，小皇帝仍然安安稳稳地坐在皇宫之中。这可是在革命史上创造了一个关于“宽恕”的独特典范：民国的总统在为他量身打造的官邸之中视事，而小皇帝就端坐在外面——湖对岸的紫禁城中。

尽管如此，没有人知道未来会发生什么，人人都担心重回闹义和团的年代。那时候，山西的传教士遭到袭击，很多人为此而丧命。北京附近的一座城市里，有一个叫戴伊的传教士因为阻止抢劫而被杀害。天津一带的村庄横遭纵火和抢劫，天津随后也遭到焚烧。据经过这些地方的外国人所说，那里都变得草木凋零，尸横遍野，在路边玩的孩子都能找到头盖骨。

由于这段不堪回首的记忆，我又想到了一幅令人不适的画面。对于那些有着基本教养的人而言，如果他们还没有认识到人性幽暗的可能，那么这幅画面也足以让他们看清这一切。在皇城周围有一条护城河，有一天黄包车夫刚好拉着我经过那里的一座小桥，听到了一声微弱的嘶叫。我扭过头去，看到了让我浑身冒冷汗的一幕。一个中国人突然开始打另外一个人，他把他的两只拇指压在另一个人的眼眶上，被打的那个人的眼睛立刻就鼓了出来。攻击者开始大笑起来，笑声极其恐怖。我的心都快停止了。我该怎么做？我是不是该停下车，及时去呵斥那个暴徒？我能阻止这样一个又高又大的壮汉吗？如果我不及时插手，那个人的眼睛会不会被挤爆？怎么有人会这么做？这些想法瞬间涌上我的心头，我努力克服这一幕给我带来的恶心，而麻木的车夫依然顾着上桥。好在那个恶霸终于松开了他的拇指，让我略感到一种说不出口的轻松，但那人还在狂笑。那个受害者，皮肤白皙得像只绵羊，颤抖着开始抗议。“我呸！”打人的唾了一口，“这就是我的乐子！”“狗屁乐子！”我听到被打的那个人反驳了，“丫的别再这么干！至少别对我！”那个残忍的家伙还在得意地大笑，然后把身边的一个小孩举起，显然这是他的儿子。他把儿子架在自己的肩膀上，得意扬扬地走了，这一幕让我有着深深的挫伤感。我最后一次见到这个恶霸，是在街边卖糖蚕豆的小摊旁，他带着他儿子在讨价还价，而那个曾被他虐待的受害者，正在给他擦着额头上的汗。我感觉这条路我不愿意再走第二次了。

诸如此类的一些事情，在我们的脑海中徘徊，使我们不可避免地想起闹义和团时的疯狂。那场运动唆使了很多狂热分子不正常的民族主义情绪。不过，在事件平息后复仇和怨恨也无迹可寻了，外国人都知道这就是狂热。很多中国人事后也对庚子年自己国家发生的事情感到惊愕，而义和团闹事时中国对外国的公开敌意，也早已烟消云散、不着痕迹了。因此，采取必要的措施，防止这种事情的再次发生，则要明智得多。很久以后，一位年轻的中国绅士励诚有一次在信中对我这么说道：“至于1900年的事情，我常常觉得是野蛮、错误的，只有无知愚昧的国家才会犯下的错误。现在我们都羞于启齿。”但是在 1911 年、1912 年的时候，义和团闹拳的事情还没有过去很久，也正是因为对庚子年的记忆，才使得朱迩典公使把我们从皇城接到使馆来。当 2 月 29 日我们在使馆门口等待难民到来的时候，眼中尽是缭绕的战火，耳中听到的都是暴徒们的嘶喊声，这也激起了我关于庚子年的记忆。当我们不安地走在使馆的草坪上时，一个男仆匆匆给乔丹夫人送来信件，随之他就抽泣起来。他说：“太太，这是中国凄惨的一夜。空气里都是死亡的气味，我闻到尸体被烧焦的味道！”男仆的话让乔丹夫人想起庚子年间山东的一位传教士的故事，这个故事和我们的厨子何超的事迹差不多。

这位来自英国教会的传教士其实非常普通，普通到别人都不会特别注意看他一眼。后来义和团还是抓住了他。义和团怀疑附近还有很多中国人是基督徒，但他们并不知道到底是哪些人。为把这些人抓出来，他们带着这位传教士到处游街，逼迫他说出那些信徒的名字。他们用刀背劈砍他，把他打得遍体鳞伤，他坚贞不屈，始终一言不发。不幸中的万幸，第二天他就殉教了，至死也没有说出一个字。

乔丹夫人站在碎石道上，哽咽着给我们讲述这个故事，眼泪也划过了我的面颊。如果我们不得不再经历一次这样的动乱，能够像这些殉教的圣人那样富有勇气吗？

好吧，至少在目前，我们在使馆里还是安全的。我们除了等待，别无他法。

第 4 章

不幸的一家

暴乱后的清晨，当我们在北京冬日灿烂的阳光下醒来的时候，骚乱已经平息，尽管飘荡的黑烟还在提醒着人们此前的战火，但宁静已经重新回到了大地。从外城回来的人说，中国人又像往常一样拎着鸟笼子在城头散步了。没有外国人在动乱中受伤，财产损失也很小。袁世凯也进一步发表声明，为那些暴乱分子给我们带来的恐慌表示歉意。

“中国”这个词就像“英联邦”一样，包含了众多民族，从北方的蒙古族、满族到南方靠近印度支那的广州人，还有纯正的中国人——他们称自己为“汉人”。不过在我们看来，他们都长得一样，所以就不加区别地统一称他们为“中国人”。但是，中国社会是以“家族”为单位组织在一起的，而不是以“民族”或“个体”为单位。以“个体”为单位的人，在中国是非常罕见的，他个人的愿望和期冀，与强大、完整的“家族”相比，如同尘埃一样无足轻重。随着近些年来欧洲各国敲开了中国的大门，中国的民族意识也得到了觉醒，改变了以往同“家族”相比毫不重要的地位。在中国，“家族”并不像我们理所当然所认为的那样，只包括婚姻中的妻子和儿女，还包括他的父母、祖父母、叔祖父母、兄弟和兄弟的妻儿及他的尚未出嫁的姐妹。如果这个家族能请得起仆人的话，那还得包括家中的仆人。这是非常合理和正常的，因为这些人都生活在同一个屋檐之下。

中国保留了家族式的社会结构。当一名男子结了婚——通常是在不到20岁的时候，他会把他的妻子带到父亲家中，而家中其他未婚的儿子也仍然住在家里，到了他们结婚的时候也都会将妻子带回父亲的家里，并且也会在父亲家中养育自己的子女。我认识一个穷苦的农民，他家里一共生活了13口人。他在家族中所扮演的角色和他父亲以前所扮演的一样，事实上，他为自己有那么多的男性继承人而感到庆幸，因为将来他去世之后，多子多孙的他能够享用一整套的祭祀仪式。自古以来，人类一直在向冥冥苍穹质问两个问题：我们从哪里来？我们将往何处去？思考人类的去向，对于西方人而言，似乎显得更为重要和迫切，多少西方的先哲孜孜以求，期盼在黑暗中寻求哪怕一线的光明。而古老的东方人却不是如此，他们喜欢沉浸在对过往的回忆之中。在人类历史的漫漫长河中，从农耕纺织到黑暗时代川流至今，他们只思考和崇拜老祖宗们已经取得的成就。但谁又能说他们这样是错的？毕竟，只有了解过去，才能为神秘的未来提供最踏实的希冀。

这是一种生存观，它把自我牺牲作为年青一代不可或缺的一种精神。但这种生存观，确实又有着落后的一面。年轻人被教导说，只要他们一长大成人，就必须把自己个人的要求，服膺于整个大家族的利益。如果他们还有梦想，这样的梦想必须依附于这样的原则。在中文里，并没有一个合适的词可以来翻译什么是“不自私”，我也时常不能用中文解释出这其中所蕴含的言外之意，理由很简单，因为“自私”的翻译本身同样只是一种迂回的说法。对于我们而言，自私是世界上所有邪恶的根源，是最根本的罪。中国人可以和欧洲人一样自私，但是中国人眼中最深的罪是伤害他的家族，侮辱他的祖先。一个人如果犯了罪，那有罪的就是整个家族，而非仅仅是这一个人。如果这个人犯罪后潜逃，那么他的兄弟或父亲就一定要代替他来接受惩罚——至少在几年前还是如此。这对实现社会的公正无疑是一种阻碍。一个孝顺的儿子，即使是无辜的，也要代替他年老体弱的父亲去坐牢。这样的体系所带来的弊端，就是在中国要把“家族”放在首位，而民族和社会只能听天由命，任凭雨打风吹去。

令人吃惊的是，在这样封闭的社会体制中，中国人并没有完全丧失自己的个性，但这绝不是刻意培养出来的。中国人和欧洲人一样，在品位、气质、外表等方方面面，有别于他的兄弟姊妹。他们和我们一样，在思维方式上遵循同样的心理规律，会致力于自己喜爱或感兴趣的东西；要了解他们，就必须了解他们所喜爱和感兴趣的是什么。主宰每一代中国人思维和行动的中心，并不是如何去获得个人的利益，而是如何让一个家族生存下去，发展起来。如果一个外国人能在中国生活一段时间，并碰巧长期雇用一个仆人，就会发现自己也会被中国人特有的家族观念所束缚。如果他的仆人一直留在家中，或者哪怕只是暂时住下来，他们都会尊他如同一个家族的族长，并且忠贞不贰地服从于他的每一项指令。他的兴趣就是他们的兴趣。不管他的要求是正确的还是邪恶的，他们都会想方设法去达成，因为他们认为这是仆人义不容辞的责任。

他们和我们一样，当灾难到来时，也会认识到精诚合作的可贵。一个初来乍到的外国旅行者，多半会对中国人表现出来的思想与行动的高度统一感到困惑，也会感到有些好笑。在中国，如果一个人的财产被他的家族不合理地侵占，他也许会为此而破口大骂，但最终还是发现，作为个人他根本无法与这个依赖于他的家族一刀两断。如果他真的与他的家族切断了联系，那么最后看起来更像是这个家族抛弃了他。

不管面对怎样的压力，中国始终是中国，是一个同源同族的整体，这时常会使外国人觉得这是一个奇迹。究其原因，就在于这个国家始终立足于两大根基：一个是任劳任怨的广大民众，另一个就是个人服从家族的从属关系。对于前者，只要你到中国任何一个地方稍作观察就可以看到，中国人辛勤地劳作，目的是为了维持一个家族的生存。而后者，却只有在中国的家庭中生活过，和他们一同经历欢乐与悲伤，一起见证荣华与衰败，才能够体会出一二。在革命后的一段日子里，我们有了这样珍贵的机会。

喧嚣一直肆虐在 2 月 29 日的夜空，我们特别挂念毗邻东安门的一户满人家族的命运。骆大人是这个家族的一家之长，曾在两三个省做过巡抚，现在他已经退而致仕，过着闲居的生活。巡抚是一个很高的职位，拥有单独觐见皇帝的机会。骆大人有皇室的血统，同时又因为联姻的关系，与摄政王和慈禧太后有了某种关联。他的妻子和他一样，有着高贵的血统。在中国，“大人”是对有着很高威信的人的尊称，字面的意思就是“伟大的人”，尽管这样的称谓在革命过后已经被正式地废除掉了，但还是有很多人坚持这么叫。骆大人曾在山西省当过巡抚，我们就是在那里和他相识，并成为他整个家族的朋友。他有一个 19 岁的儿子，已经成婚了，不过按照中国的习俗，他仍旧住在父亲家里。骆大人还有三个女儿。大女儿名叫香莉，嫁到了天津，住在一个外国租界里。二女儿名叫香梅，21 岁。最小的女儿名叫香华，20 岁。她们都住在家中，不过香梅已经订婚了。她们都是非常可爱的女孩。由于她们的母亲，她们得以在中国女孩不多见的自由环境中长大。她们的母亲，我们叫作骆太太——“太太”是对官员妻子的称呼。她是典型的心地善良的中国妇女。不过与众不同的是，她还有着开阔的思维和坚忍、慷慨的品质。她希望自己的女儿们能够接受更好的教育。她的女儿们都懂些英文，能够阅读和与人交流，同时又精通自己民族传统的诗词歌赋。骆太太曾经和我说，香华与她的弟弟一同学习，成绩却比她弟弟优秀得多。骆太太曾经对“教育”下过极好的定义。她说：“我希望我的女儿们，都能有开放的心灵去接受各种各样的知识，也许她们还只能生活在女人的天地里，但是开阔的世界将铭刻在她们的心中。”

在动乱过后的两天，我们被允许可以短时间离开使馆。所以我和我的母亲立即雇了辆黄包车去探视我们的满人朋友。当车到东安门的时候，我们很高兴地发现士兵们并没有能够进入皇城，所以我们椅子胡同的邻居都逃过了这次劫难。据说，当天晚上，士兵们已经将东安门包围起来，找来一些废弃的木料，准备放火烧墙。好在从紫禁城中派出的卫士们拼死守住这最后的据点，没有让暴乱的士兵闯入。我们的黄包车进了东安门，稍稍往里走了一段，然后又折回到骆大人一家所在的草市胡同。

草市胡同就没有那么幸运了。那天晚上，在东安门铩羽而归的暴动分子，将不快发泄到了城门附近的满人身上。我们倒霉的朋友骆大人一家首当其冲。士兵们把骆家两扇厚重的朱红色大门砸开，将门闩砸烂后扔在院里的石板路上。骆家搭起了栅栏作为临时的大门。老门房一看到我们，立刻从栅栏后迎了出来，激动地高喊着："太太！太太！外国的夫人们来帮我们了！苏太太和她的女儿来了。"

骆太太立刻跑出来迎接我们。因为她是满人，所以并没有裹小脚。她冲过来拥抱我们，用英国的方式礼节性地亲吻我们。传入中国的英语教材一翻开都是见面后如何亲吻问候的画面，所以，早年我们刚认识的时候，骆太太就让我教会她们这种打招呼的方式。

她把我们带到了后院，向我们描述那天晚上的情景。门房根本拦不住那些士兵。他们破门而入，并且狠狠地殴打了门房。那个门房就站在我们身边，听骆太太这样说就插嘴说："厉害！哎哟！很厉害！"——"哦，真是毛骨悚然啊！"他不停地点头，跟着女主人的话头不停地重复，同时还把自己身上被殴打的伤痕露出来给我们看，用这种中国仆人特有的方式来证实主人所说确实不假。那些士兵五次放火烧房子，但每次都被这位忠诚的门房及时扑灭了火苗。

骆太太告诉我们，骆大人在儿子的陪同下，到前院与那群暴徒理论。儿子试图保护父亲，却被士兵们粗暴地制服。那些士兵压着骆大人跪在地上，用来复枪顶着他的脑袋，逼问他们家里的金银藏在什么地方。直到革命以前，很多中国人还习惯将财产埋藏在家中的某个角落。近些年来，虽然中国的银行业得到发展，尤其是上海、汉口、天津这样市面还算平静的城市，银行变得越来越普及。但还是有很多人保留了把钱藏在家里的习惯。也正因为所有人都知道这样的习惯，所以骆大人也别无选择，不得不把几处藏着银子的地方交代了出来。他告诉他们有一百两银子藏在什么地方，后来又说了另一处埋藏一百两银子的地方，然后就什么都不愿意说了。于是，那些暴徒就用枪托狠狠地砸骆大人。骆大人的儿子无法承受，哭着喊着说自己知道他姊妹的积蓄就藏在“炕”道里面。炕是一种砖头砌成的可以取暖的床。听到这个交代后，暴徒立马就冲进了屋子里，戳来刺去地开始翻找。他们还抓住一些老妈子，抢走她们廉价的镀金耳环。门房还连忙地插了一句嘴：“连她们的细鸦片都抢呢。”府中的女孩们躲进厨房，屏住呼吸。骆太太因为牵挂骆大人，所以没有和那些女孩一起躲到后面去，而是藏在了前院的锅炉房中。好在仆人们之前在里面堆放了一些新煤球。锅炉房纸糊的窗户就是向着前院开的。她透过窗户缝儿往外看，当看到自己的丈夫被殴打的时候，心都疼得揪了起来。一个士兵向锅炉房打了一枪，子弹从她头上擦过去。当暴徒踢开锅炉房门的时候，她赶紧藏到了一个黑暗的角落里面。骆太太说：“子弹就只弄出来这么小的一个洞，却有那么大的威力！”

在这种情势下，年迈父亲和年轻儿子依然努力保持往日高贵的尊严。府中的人都希望那些暴徒看到这样的情景，多少能够产生出一点羞耻之心，抬手放过他们。骆太太流着眼泪说：这些混蛋是怎么对待自己的国家的？他们竟然这样对我们烧杀抢掠。

我们沉痛地问她："那他们是不是抢走了你们全部的钱财？"

骆太太回答说："不剩多少了。"她一边说，一边警惕地扫了一眼还在附近的一个老妈子。这个老妈子还在挑弄炭盆子里面的煤块，准备按照中国人友好待客的方式，照例给我们泡一杯茶。我们明白了骆太太的暗示，于是便要求那个老妈子不用给我们上茶了，以免"使太太的心更加紧张"，不过她倒是坚持，说这是应有的待客之道。骆太太接着说："大人的皮衣、朝服，我们的丝绸布都被抢光了。"她这么一说，我就开始在脑海里想象一个士兵怎么把貂皮和狐狸皮挂到他的来复枪上的样子。

骆太太把我们带到院子里，给我们看洗劫之后仅剩的一些东西。那些士兵把柜子和箱子里面的东西都倒在屋子的中间，把最好的东西全部抢走，只剩下一些他们看不上的。让我们很愤慨的是，这些暴徒野蛮地冲进骆太太的房间，肆无忌惮地砸开骆太太的漂亮衣橱。这些橱柜虽然有些陈旧，但那可是经过几代母亲的传承，有着好几百年历史的古董。结实的橱身倒是扛住了来复枪的敲打，不过两扇门却没有幸免，被从下到上掀了起来。那些暴徒把抽屉拖了出来，倒出了里面的东西，发泄式地用来复枪把抽屉给砸了个稀巴烂。

“真是太缺德了，”骆太太又气又恨地说，“根本没有必要啊，橱柜压根儿就没有上锁。”

即使是在好世道的时候，就绝大多数中国人的正统思想而言，任何形式的浪费都是一种非常恶劣的行为。他们从小就被教导，每一件东西都是通过辛勤劳作才得来的，所以必须要好好珍惜并最大限度地用好用足。粮食是神圣的，在中国的厨房里，任何食物都不能浪费。不管地位高低，穿着都必须非常节约和仔细，哪怕是叠衣服也要小心翼翼。中国人对于棉布和丝绸往往会给予异乎寻常的呵护，只要还有一丝是好的，他们就绝对不会扔掉。对他们而言，浪费是比伤天害理还要恶劣、愚蠢的事情。节俭是中国农民最本初也最深刻的本能，一个人只有陷入极度歇斯底里的状态，才会去搞破坏。在通常情况下，只要及时付给他们工钱，他们就会显出秉性敦厚和纯良的一面；但是如果他们陷入哪怕只是一时的疯狂状态，手无缚鸡之力的妇女和外国人，最好还是离他们远一点为妙。虽然尊重长者也是他们的一个重要道德规范，但如果他们已经处于疯狂的状态，也会置之于不顾。骆大人就是仗着自己已经是一头白发，才站出来阻挡那些暴徒。不过他没有料到的是，那些人已经完全不顾任何道义了。

于是，我们又问道：“骆大人现在在哪儿？”

“哦，他昨天住到城北的妹妹家去了，”骆太太回答到，“他病得很重，在他身上发生的这些事，叫他身心俱疲。他是什么人呀，过去的巡抚，现在一个年迈的老人，当年连皇太后都敬他三分的人，却被这些暴徒虐待！比起丢了财产，他更难受的是不受尊重、受到侮辱、丧失尊严。”

“那你的儿子、媳妇和女儿呢？”

“他们住到我们另外一个亲戚家里去了。他们家砍了棵大树，顶住大门，进出都从旁边的一个小门走。他们还在马厩后面的墙上凿了个洞。如果有人打过来的话，他们可以就顺着这个洞爬到后面更小的院子里面去，随后用干草把洞遮住就行了。那个小院子的门已经被他们用砖给砌上了，是个非常安全的地方。”

后来，我们有机会看到了那个巧妙的藏身之处。这把我们带回了现实，当社会陷入混乱时，这些知书达理的年轻女孩，也包括其他的中国人，将处于怎样残酷的现实环境之中。当我们见到骆家年轻的儿媳妇时，她惨白的脸还在微微颤抖。她已经怀孕，马上就要当妈妈了。在骆大人妹妹的家中的时候，他们告诉我们，他们也配了把枪！

而骆太太则独自一人留在了草市胡同的家里。

“你瞧吧，”这个坚强的老太太说，“留在这儿的都是老人，老妈子、门房，还有我自己。要是那些暴徒过来伤害我们这两个老妇女，那也实在是无耻至极了吧。不过，危险真来的时候，我家的老门房也不会不管我们的。他在我们家当了一辈子的门房，他的父亲，包括他的祖父，祖祖辈辈都一直为我们骆家守大门呢。”

“为什么你不去自己娘家躲躲呢？”

“那可万万不行。那些暴徒可还盯着我们呢。如果他们认为这房子已经没人的话，更会掘地三尺抄家呢。而且，我也习惯了。过去骆大人还在河南当巡抚的时候，因为闹饥荒，也有一群土匪冲到衙门和家里来，架势比现在还要吓人，而且那时候孩子们都还很小。”

骆太太是一个有见地又有勇气的人，我们打心底里佩服她。她告诉我们，她白天当值看家，晚上骆大人和儿子来替她。我们问有什么是我们能帮上忙的，骆太太连忙说：“那些土匪说不定还会杀个回马枪。为防万一，如果你们能帮我们保管两个花瓶和两幅卷轴画，我们就感激不尽了。这几件东西，还是大人的老朋友托付给我们的，他 1911 年被派到四川。四川也不是个安定的地方，他可不敢把这些东西带过去，所以拜托我们代他保管这些东西。现在，骆大人非常担心这几样东西的安全。”

“可不是这样嘛，”老妈子插嘴道。她正端着一小盘蜜饯走进来。虽然我们一直推辞，但她还是很固执地跑到街上买了点蜜饯回来招待我们，“那些混账东西前脚刚走，大人后脚就跑过来看花瓶和卷轴怎么样了，连自己身上的伤都顾不上。幸好幸好，我们把这些东西藏在夏天穿的褂子下面了。”

我们再见到骆大人的时候，以前那位结实强壮的老人变得很衰弱，身体佝偻，脸色苍白，还一直在咳嗽。我们不禁用一种不同的眼光来看待这位大人。危难之际，他首先关心的是朋友的托付，而不是自己！第二天，骆太太和我母亲说，为了感谢我们在危难之中还能赶来看望的情谊，以后我母亲可以叫她“妹妹”，我可以按照中国的规矩，称她为“伯母”，称呼骆大人为“伯父”。这让我们受宠若惊。我们想到，这些花瓶和卷轴要想保存到完璧归赵的那天，可不是一件轻松的事，就问起这几件东西是不是真的价值连城。

“极有可能，”骆伯母说，“因为我们的那位老朋友说，这几件东西在他家里已经好几百年了。我觉得你们会想看看这些花瓶和卷轴，等你们回到家以后，尽可打开看看。”

她充满信任地把装着这些艺术品的木箱和纸盒交到我们手上。我们知道，这意味着该告辞了。

那个老妈子匆匆去帮我们招呼还在等我们的黄包车。这给了我们一点自由交谈的机会。我们连忙问骆太太，“你自己有什么要交给我们保管的吗？”骆太太迟疑了一下，说担心会“麻烦我们”。但最后，还是像如释重负一样，请求我们在第二天早上再过来一趟，并且念念叨叨地反复表示感激。我们再三向她保证一定还会过来。然后，我们就把珍贵的花瓶抱在膝上，回到了使馆。

就像很多无法为自己的无知找到开脱理由的英国人一样，我们对于中国瓷器也是一无所知，除了赞美它们，不知道还能做些什么。从骆太太那儿拿来的花瓶，静静地躺在用蓝色丝绸为它铺就的“床”上，瓶身是漂亮的橄榄绿色，在它的背面则绘有花鸟的图案。让我更加赞不绝口的是其中一幅卷轴。画家用许多说不出名字的可爱花朵来构思这幅画。这幅画作长 15 英尺，宽 1 英尺多，和大多数垂直挂在墙上的中国画不同，它是水平打开的。画作上的印章，说明这是四百年前的作品了。几个世纪的时光磨砺，画的色彩多少有些褪色。整幅画都是由花朵构成的，而且每一朵花都不一样。画家一定是很了解花开花败的时节与规律，所以才能如此真切地绘就出“花开四季”的美景。长卷中的花朵彼此交织，枝叶连绵，梅花盛开，象征着春天的到来，接着是玫瑰、牡丹、百合等，表现由夏到秋时节的变幻，最后的菊花和小花锦葵，则意味着凛冬的到来。我在这幅画中一共数出了三十多种花。不管是水仙还是芙蓉，不管是清晨迎着阳光甜蜜绽放的姿态，还是夜色之下含苞待放的温柔，画中每一朵花都呈现出了栩栩如生的细节。

另外的一幅卷轴则是一幅非常精致的中国书法。从印章上看，写于中国的元朝时期。元朝相当于我们的 13 世纪，大致是马可·波罗在威尼斯赞美不已的蒙古皇帝忽必烈去世后的时代。忽必烈死后，他的继承者彼此倾轧，王权日益衰微。为此，诗人以“皇权的祈祷者”自诩，写下了这首颇为直率的诗。这首诗承袭了中国诗歌的传统，开头还有一小段序，上面写道：

我满心嘲笑那个周朝在镐吃喝玩乐的齐文王！

我的中文老师王先生用白话文向我解释了这首诗歌的字面意思，我也询问了他这位诗人在序中到底想传达出什么样的言外之意。

我的老师回答道："意思是指齐文王的诗作相当拙劣，他自己都可以写出更好的诗歌来，同时也嘲笑了齐文王竟然认为自己是个诗人。"

我不知道我的老师是如何得出这样的解释的，也不清楚那个倒霉的齐文王是如何被提及的。对于不了解的人而言，中国诗歌完全就像是一个谜团。在王先生向我解释了其中的典故之后，诗歌的其余部分就好领悟了。我可以译出来：

我灵魂的眼睛注视着汉人的君主——轻佻的吴王，看着他泛舟作乐，全然不顾国家大事。如同总是曾在世人罕见之处的香草一般，万民的君主是否不愿走出他的玉宫？皇宫之大，却没有一个英主。琼浆滑入铜碗，水钟里的水落入水池，激起千层浪，何处可见彩虹云

> 起？看！在成为尧舜的那条艰难道路上，曾有多少豪杰！圣明的君主你何日再到人间，回到你的子民中来？[1]

有人推断诗歌的最后表达了诗人虔诚的祈求，不过结果却如诗人所担忧的那样，注定要让他失望。

1　从字面意思推测，可能为元朝诗人俞明德《分题馆娃宫送郑同夫归豫章》：吴王歌舞池，千载一登临。尤有颓基在，空余秋草深。香消珠佩化，土蚀玉钗沈。楚客今朝别，仍多感慨心。

第 5 章

我们去营救

按照约定，第二天一早，我们就赶往位于草市胡同的骆府。这一次，我们带上了家中那把古老的左轮手枪。这把手枪跟着我们在中国走南闯北。其实，除了偶尔拿出来操练一把以外，我们从来都没有真正用过它。由于害怕被人看见，我们总是很小心地把枪收在行李箱的底部，把弹夹又收在另一个箱子里。在我们避往使馆之前，曾有一位男性朋友来造访我们，他坚持要我们把枪和弹夹分开放到两个箱子里。

我的母亲和很多年长的中国人一样，总是告诫我，没有比在外出旅行时带着危险的枪支更加危险的事情了。她的建议是，一旦遇到危险，就用拳头和帽针，而不是用手枪。其实我知道，她和我一样，对手枪的恐惧，远远超过对暴徒的恐慌。但我也知道，如果有任何人胆敢觊觎她中国朋友的财物，那么她也时刻准备着掏出手枪，尽管这对于她而言也是一种无奈之举。

我们把手枪藏在一个红色缎子织成的小针线包里。这还是一个中国的将军赠送给我们的。晃晃悠悠的黄包车带着我们，经过我们外国人通常唤作“尘土胡同”[1]的地方时，我的母亲异常紧张地盯着这个针线包。后来，她告诉我，那个时候不知为何，她特别害怕，总觉得枪马上就要被颠出来，而走火的子弹将会射向前面车夫的后背。

在土儿胡同和草市胡同交汇的拐角设有一个岗哨，附近有三十几个士兵驻扎在那里。骆太太很肯定地告诉我们，这些兵就是从东安门撤过来到她家抢劫的暴徒。这些士兵荷枪实弹，枪上插着刺刀，弹药带里塞满子弹。他们猜疑地盯着我们，眼中充满敌意。我们只好假装没有注意到他们。作为“洋人”，我们要尽力装作我们是冷漠的、难以靠近的，以此不让他们看透我们软弱的内心。

这一次骆太太和府上的女孩子们兴高采烈地迎了上来。骆太太一声令下，女孩们就赶忙围了过来，这让我摸不着头脑。不过，我们马上就知道为什么了。当老妈子和丫鬟去端茶倒水的时候，骆伯母压低嗓音告诉我们，她和每个女孩都把金银财宝缝在了腰带里，遮在衣服下面。中国的妇女们常常以积蓄珠宝和金叶的方式来为她们的家族保存财富。她们会这买一点、那买一点地购买

---

1 即土儿胡同，作者在这里故意按其字面意思唤作“尘土胡同”。

一些金银首饰。尽管从中并不能得到什么乐趣，可是她们很清楚，到了必要的时候，这些都可以换成钱。其实在英国，在银行诞生之前，我们的祖先也是如此。动乱发生后，骆太太立刻就吩咐女孩们，把金银首饰缝在贴身衣服的夹层里随身带着。只不过，几乎所有的中国妇女，都会采用这种方法。因此，如果暴徒抓住一个女孩，就一定能把首饰从她身上搜出来。所以，待会儿我们就要帮骆太太把这些财物带出去。

骆太太压低嗓音急促地告诉我们这一切。可当老妈子们一出现在身边，她马上就换成正常的语调，假装在和我们聊家常。

当老妈子和丫鬟再一次被骆太太打发去端热茶和点心的时候，我们抓住机会问："你不相信你们家的仆人吗？"骆太太迟疑了一下，然后摇摇头，"不敢完全相信，我怕她们经不住这么大的诱惑。你别看有个老妈子跟了我 19 年了，关键时候我们只信得过我们的门房"。

因此，我和我母亲两个人决定分头行动。一个人留在客厅里，吸引老妈子们的注意力；另一个人则借口去看暴徒留下的暴行，然后溜进卧室，看看哪些财宝可以带走。在中国，如果一个外国女人愿意把她的衣服、帽子和鞋子展示出来，老妈子们一定会围过来捏捏这个，摸摸那个。按照母亲的建议，我欣然把帽子上锋利的别针拿出来给老妈子们看，并且解释说如果不把帽子别起来，就会显得有点粗鲁。这个时候我用眼角瞄了一眼我母亲，发现她一只手被骆太太攥着，一只手紧紧抓着我们的针线包，被拽到了卧室里去。针线包里的东西，她已经给骆太太她们看过了，这让她们安心了不少。

等我的母亲再次出现在我眼前的时候，她的身形明显膨胀了起来。她示意我得和她交换一下角色。时至今日，我还记得当香华把她身上的财宝交给我时长舒一口气的样子。小香华由于在家中地位比较低，不仅要把自己的财物缝在衣服里，还得把弟妹的那一份也藏在身上。她还不到 20 岁，却背负着沉重的负担。卧室的窗户用白纸糊了起来，显得很昏暗。骆太太用她急迫的语调告诉我一个让我惊讶的新消息："明天，你和我姐姐还要再帮我一个忙呢，"她说，"姐姐已经答应我了。我都不敢想象，万一我的女儿们被抢了该怎么办，可能她们一辈子都要穷困潦倒了。我们还有一些金块和银块，就埋在房子里。我们家大人可没有告诉那些土匪。姐姐说我们千万不能继续放在这儿了。我问她我们该怎么办。她说打算和你一起，把这些东西存到外国银行里面去。我要告诉我们家大人，我决定就这么办了。今儿晚上，我要我儿子和老门房，当着我和大人的面把东西挖出来，放到箱子里送到使馆去。你要像姐姐说的那样，带我们去见银行的经理。"

为了抓紧把财物安置好，我们稍作停留就告辞了。肩负着这么沉重的责任，反而让我的母亲更加勇敢。当我们摇摇晃晃再次经过岗哨的时候，闲逛的士兵又开始不怀好意地盯着我们。我母亲立刻决定先发制人，她相信她的一头银发足以成为护身符。要知道，在中国，女人家出现在大庭广众时，眼睛要么往下看，要么就得直直地往前看。我母亲可完全不管这些规矩，她故意用眼睛上下打量着那些士兵，然后高声地用中国话问我是否认识这些人。“哦，他们是不是就是在这一片的无耻之徒？无法无天，不守规矩，居然还胆敢去抢劫骆大人家。”她说道，“我听说，袁世凯已经把几个带头抢劫的家伙砍了脑袋，有这回事吧？”

听到这些话，那些人立刻慌里慌张、狼狈不堪地溜回岗哨。如果不是我的心头还被那么多财宝“压”着，一定会开怀大笑起来。舌头也是一件小小的武器呢。不过，这个武器往往只属于女人，而且并非次次好使。我母亲的这一席话讲得真不赖，不过她还是后怕好久，生怕她的话会刺激那些恶棍再去骆家抢劫。万一那时候骆家正在挖他们的财宝可就完了。后来我们又一次路过岗哨的时候，又见到那些躲开的脸庞。黄包车夫开始大声嘲笑那些士兵：“喂！快来看，那些躲着我们的大兵！”车夫们讪笑起来，“他们怕被袁世凯的判官认出来哩！哇哈哈！哇哈哈！”车夫最后还不忘大笑两声来嘲弄他们。

我们一直提着心吊着胆，直到骆伯母和她的儿子，以及她儿子的表兄乘着马车来找我们，才觉得可以松口气。那个表兄是他们家财务方面的顾问。我们一起乘着马车前往银行。那个时候，北京城里汽车还是非常罕见的。他们的马车四面都是玻璃，就像灰姑娘的马车一样。北京城里的上流人物，非常流行用这种玻璃马车。路人可以毫无遮挡地看到马车里的一切，包括朝廷贵妇的缎子长袍，点缀在黑色头饰上的珍珠和假花等诸如此类的亮丽服饰，甚至连她们光彩夺目的容貌都一览无余。但是在变乱发生后，面子已经让位于谨慎的情况下，这反而带来了很大的不便。在民国成立后的一片混乱之中，展露珠光宝气和满人血统，表露出和朝廷的关联，可不是一件明智的事情。在外国人看来，这种马车除了可能引来麻烦，其他什么用都没有。这种情况下，他们恐怕更乐于把自己隐藏在阴暗的角落里。他们过来时，颇有自知之明地把自己的脑袋隐藏到不容易看清的阴影角落里，同时更为小心翼翼地将价值几百磅的黄金和白银用蓝色围巾包裹着藏到椅子底下。

没想到，到了银行以后，意想不到的事情给了我们重重一击。经理充满遗憾地告诉我们，尽管他很乐意为我们效劳，但是他不能给骆太太开出一个黄金账户。同样由于一些技术上的原因，他也不能在没有任何准备的情况下，把骆伯母的金块兑换成现金。这可怎么办呢？我们英国女人盲目地认为，银行经理是无所不能的，也许只是因为这种意外没有在我们身上发生过而已。我们惊骇地看着彼此。难不成还要把这些金块再带回去埋起来？

这时候，骆伯母毫不犹豫地把蓝围巾下的东西交给

一位绅士家中漂亮的花格墙，正对着运河
对面普通民居的空白墙面。

了我母亲。“我的老姐姐，”她亲昵地说，“不折腾了。你说过你的银子就存在这儿的。你看，你能不能把我们的东西就当成是你的东西，把它存在银行里？”

于是就这么定下来了。银行开始清点这些真金白银。毫无疑问，哪怕在一根头发的重量上，英国的度量衡和中国的度量衡核算出来的结果肯定是一致的。这些东西到底有多重，骆伯母也心知肚明。银行经理把收据从柜台上递了过来，骆伯母并没有收下，她请求我母亲替她保存。

我们和两位中国先生告别以后，把骆伯母请到我们在使馆的住处，让她看看我们存放花瓶、卷轴和其他珍宝的地方。最后，我们一致认为，最好把这些东西也存到银行里去。在和我们深入接触后，骆伯母已经对我们产生了绝对的信任。她从怀里掏出了一些纸，这是骆大人在西城买的一所大宅的地契。她说她们那个侄子建议骆大人把平生积蓄都拿出来。她现在把这些都交给我们，所有的都交给了我们。她害怕暴徒会毁了这些东西，把所有的地契都交给了我们。后来，我们发现我们几乎可以宣称这些房子就是我们的了。可见，骆伯母对外国人和她的朋友是多么信任！

我们替她把这些东西保管了好几个月。那个给他们家参谋财务的表亲，像风向标一样跟着局势的变化打转，先是主张硬通货更适合投资，后来又觉得换成支票簿才更安全。为了支票簿的事情，他和骆伯母包括我们争论了很久。纷纷扰扰的时局，让骆大人一蹶不振，什么都不管了，大小事务都指望着骆伯母。后来有那么一段时间，北京城里出现了各种金匠、银匠，也就是在那个时候，金块、银块最终还是被变卖了。这笔买卖极其冗长、纠结，幸好我们银行的经理始终给予了极大的耐性。

不过，不管怎么说，我们的朋友在那个恐怖的晚上，并没有被彻底地摧毁。

第 6 章

中国式感恩

不管骆家的事情如何错综复杂，她们一家对于我们的感激之情是发自肺腑的。我们花了很大的力气来考虑如何措辞，既能婉拒她们的谢意，又能够不挫伤她们的热情。好在最终他们还是表示了谅解，不再勉强我们。他们一度很担心我们这些外国人是不是还没有领会到她们的感激之情，不过最终她们还是相信我们彼此都怀有同样的情意。一天下午，骆伯母给我们打来电话——他们可是北京城里第一批通电话的家庭。她在电话里说，不管怎么样，我们最起码也得过来看看我们的“新家”。这是我们之间的一个玩笑，缘由是骆伯母把所有的地契都交给我们保管，就好像那房子是我们的家一样。她和她的女儿们为我们备好了马车，说还可以去野餐。她们之中英文讲得最好的香华曾告诉骆伯母，野餐是英国人最喜欢的一项消遣活动。

我们一起度过了非常美好的一天。我们先是陪着骆伯母在屋子里面四处检查，看还有没有什么地方需要修修补补。随后，我们就一起坐在阳光明媚的庭院里，吃着甜甜的、软软的小馒头，啜饮着芬香的茶饮。院子里的一些房子曾分租给房客，现在最后一位房客已经搬走了。那是一位从广东来的有钱人，娶了四房姨太太。香梅很天真地说，他可能需要一个分门别院的大房子。多少有点遗憾的是，她没告诉我，这户家庭有多少个孩子。他来北京是想谋取个一官半职，来的时候提前预付了一个月的房租。但没有料到，不久小皇帝溥仪就退位了，他只好带着他的妻子们和一大堆行李，匆匆忙忙回了老家。

中国的家庭来回迁徙，多半是这种情形。随着清王朝的统治被推翻，很多中国家庭的轨迹也随之发生了变化，绝大多数是选择落叶归根，倦鸟归巢，回到自己的祖籍。每当发生大规模的灾难，比如打起了仗，很多人就会本能地回到家乡寻求避难，祈求神明的庇佑。中国发生祸乱，反而使每个家庭都紧紧团结在了一起。虽然在每个屋檐下都会有二三十口人，但是每个人都不会被抛弃。每个家族的“一家之主”，都要克服千辛万苦，带着他的家人们，赶火车，乘汽轮，搭小舟，坐轿子，跋山涉水，跨越几百英里甚至更远的路途，朝着家乡出发。不仅如此，他还要顾及这个队伍中的每一个人，不让任何一个人掉队。前几年，广东西部一带强盗猖獗，如果他们还要经过那样的地方，不幸被山上的强盗拦路抢劫，他不会像其他人一样，庆幸自己的担子轻了，反而会为这些损失痛哭，并努力去追回这些损失。

一天早晨，电话铃又响了，骆太太府上的门房在电话里告诉我们，有一位很有名气的演员来了北京，如果我们有时间的话，太太和小姐要来接上我们，一起到戏院去看戏。在使馆避难的我们，几乎没有什么时间可以用来梳妆打扮。一会儿，两辆玻璃马车带着一群光彩照人的太太过来了。她们的头发整齐光滑得简直无法用语言来形容，发色闪着黑黝黝的光泽，服帖地贴着她们的头皮，上面戴着明晃晃的人造花和蝴蝶，显出漂亮的头型。不过，她们并没有佩戴那种高高的满人旗头。她们不无遗憾地说，要等到这段风波过去了再拿出来用，不过言语中又有点轻松的意味。她们的旗头像展开的翅膀一样，能给她们增添不少的尊荣，但这旗头的分量可也不轻。旗头的基底是用木头做的，戴到头上非常重。看来，中国的妇女都有着不一般的抗偏头痛的能力！

在我们说笑之间，马车穿过了一座人群拥挤的叫作“前门”的大城门。前门位于内城的南墙，就在通往紫禁城那条又宽又美的大路入口处。顺着大路向北望去，在一排排森严的大门之后，隐约可见紫禁城中那些华丽的黄色屋檐。我们穿过外城狭小的胡同，来到一个很现代的高级饭店。穿过被油烟熏得灰暗的厨房，避开手上端着盘子来来往往的伙计，我们来到了预定的房间里。在那儿，我们和朋友们一起享受了一顿美味的午餐。在中国北方，用面粉做成的饺子是一种非常受欢迎的食物。饺子里包着的是剁得碎碎的、细腻的肉末。中国北方的猪养得不是很肥，所以相比中国南方，北方的猪肉更加适合我们外国人的口味。

吃完午饭，我们又换了地方，去了一家装修精美的“照相馆”，一起拍了照片。骆伯母在我们中间，挽着我和母亲的手。拍出来的照片，唉，最好还是收到抽屉里吧。照片上骆伯母的样子，也就比漫画的效果好一些。骆伯母告诉我们，接下来的行程是到戏院去看望一位常太太。此番出行的主要目的，就是要让那位常太太开心起来。常太太是一位大官的遗孀，在辛亥年的革命以前，她的丈夫被委任到陕西的省会，也就是西安。从北京坐马车去西安，需要好几个星期的时间。那段时间，西安的士兵陷入彻底的疯狂，他们攻入西安，不分满汉，展开了屠杀。当那些屠夫冲过来时，常太太挡在儿子前试图阻止，但却是徒劳的。她的丈夫和儿子，惨死在了她的眼前。

眼前的惨象，让常太太一下子就晕了过去。后来，一个老妈子趁乱救下了她。靠着这位老妈子的忠诚，她才活了下来。老妈子将她带回了自己贫困的家，给她穿上农妇的衣服，说她是自己的妹妹。后来，忠诚的老妈子找到了另外几个幸存的官员，让他们带着常太太回了北京。不久之前，她们全家还带着对未来的美好希望离开北京，现在只能孤身一人回到了北京，成为一个可怜的孀妇，真是叫她生不如死。她丈夫生前的一个朋友把她带回了自己的家，这也是一种中国式的友谊。这又让我想起了何超，看来他并不是这种忠诚信仰唯一的坚守者，也并不是因为主人是个外国人，才激发了这样的忠诚感。

在戏院豪华的包厢里，我们舒服地坐在一起。看戏的间隙，一个女仆给我们拿来了茶水和几盘咸瓜子、糖豆子。第一场戏是一个历史故事，舞台上锣鼓喧天，演员们化装成勇敢的武士，穿着我难以描述的特有戏服，摆出各种各样的造型，挥舞着手中的武器。他们脸上分别抹着白色、红色或黑色的颜料，以此来表明他们不同的身份。他们用很高的假声，唱着一种介于朗诵和歌唱之间的调子，我们完全听不懂，所以也无法了解这部戏到底讲了什么。第二场戏的结构更为简明，表演也很质朴，之前喧闹的乐队也保持了缄默，所以我们毫不费劲地就知道它说的是什么。这场戏很简单，但其中的人道主义倾向却深深打动了我，我想它体现出了一些中国之所以为中国的东西。我至今也不知道这剧目的名字[1]，也遗忘了其中的一部分情节，但我可以百分百地确定，能写出这个剧目的人一定是一个天才，而当时演员们的表演也做到了尽善尽美。

我们看到，一个穿着蓝色棉布衫的年迈老农登上了

1　此剧应为传统戏曲《打侄上坟》。

中国北方的小农场
它由晒砖建成，屋檐下面晒着干草。农场被整理得很整洁，农民们将每辆手推车都装满粪肥，这些粪肥易碎，同时还招引苍蝇等虫类。

舞台，身后跟着九个相似穿着的儿子。他们肩上扛着锄头，正忙完农活往家里走。当他们经过一个中国田间常见的坟包时，迎面走来了另外一对年老的夫妻。从两人的穿着打扮上，可以很明显地看出来他们属于上层人。老太太裹着小脚，拄着一根多节的拐杖，在舞台上蹒跚而行。二人的脸上露出十分悲伤的神色，似乎充满着风霜。此刻正是春天的清明时分。清明是中国的复活节。按照习俗，这一天人们要给已经过世的人扫墓，特别是要给辈分高的祖先们扫墓。死亡并不能让中国的家族四分五裂，每个人在死后必须埋葬在分给他的那块墓地上。墓地是按照他在家族中所占有的地位划分的。移居海外的中国人都很害怕死了之后不能和“自己的祖宗”葬在一起，所以很多回中国的船会运载着棺材，带着游离在海外的孤魂认祖归宗。

有钱的老头是一名官员。他用中国的方式和老农打招呼，询问了他的年纪。两人发现他们是同年。于是老官员又问老农有几个儿子。

“九个，”老农回答：“都在这儿呢。”

九个儿子走到前面来，就像所有中国农民一样，很笨拙地弯下腰行礼。

老官员回了礼，说：“啊，我也有个儿子。你儿子孝顺不孝顺？”

老农听明白问题以后，赶紧回道：“是的，是的，还算孝顺。”扮演老农的演员，把那种农民特有的土里土气惟妙惟肖地表演了出来，让我们觉得好像是一个真正的老农就站在了我们眼前。坐在正厅后排的一些中国青年，一边靠着大理石桌子喝茶抽烟，一边大声为演员的表演喝彩："好！"

老农继续说："老爷，他们都是些废物。不过唯一比较好的，是他们还不敢忘本，愿意孝敬我，伺候我，老老实实忙田种地，传宗接代。"

老官员感慨道："你是好命啊。"

"是，是，老先生，在这一点上，我算是有福了。不过，您应该比我福气大多了。您看，您多光宗耀祖、枝繁叶茂啊。我却很穷，穷个叮当响啊。您有学问，有智慧，是一个老先生呢，别人都会尊敬你。我呢，很笨，大字不识，连账都不会算。"

老农表达了自己对老官员丰富学识的羡慕之情。在这样的短暂交谈后，他和他的九个儿子一起退下了舞台。他们虽然略显笨拙，但却很真实。

这时，老官员转向了他的妻子开始哭诉。

"唉，唉！"他叹息道："这个老农民，根本不知道自己多有福气啊！他只知道说我有钱财，有学问！可我宁肯拿这些东西去换他的九个儿子啊！我还说我有一个儿子。其实，我一个都没有！如果那个孽畜，不自甘堕落当一个废物，我会把他撵出家门吗？我会和他断绝关系吗？他成天挥金如土，和城里的那些个流氓地痞，还有那些没用的废物混在一起。他把祖宗的训诫都放脑后了，丢尽了我们家的脸啊！你看，等我死了，都不能风风光光下葬，就因为我没个好儿子啊！唉！唉！我还有什么脸去见地下的祖宗？我能告诉他们，我们家已经断了香火吗？”

演员的声音哭得嘶哑。可怜的老妇人满头白发，巨大的痛苦让她的脸庞都扭曲了。她摇着头，以同样的哀痛应和着老官员。他们蹒跚着，流着泪，搀扶着退下了舞台。他们表演出来的那种压抑着的痛苦，远远要比大声哭喊宣泄的表演方式，更能打动人。

随后，舞台上空了。然后，台上出现了一个人，弯着腰，偷偷摸摸走到墓地里，手里还提拎着一些纸钱。纸钱是中国扫墓时用的一种祭品。这人正是老官员夫妇的儿子。当他把祭品放在墓边的时候，他的老母亲又出现了。老太太虽然不敢拂逆丈夫将儿子逐出家门的决心，但是，出于母亲的爱，她还是时常想念自己的儿子。她偷偷折返回来，就是想替儿子给祖宗上坟。她认出了自己的儿子，却没有看清楚她儿子正在干什么。她绷直了身体站着。

“儿啊，你在这儿干什么？”她质问道，“你是来亵渎祖先的灵位吗？你怎么堕落到这般田地了？”

儿子转过身看到了自己的母亲，立刻跪下来给她磕头，泪流满面。他解释说，就算他再堕落、再无事生非，但到了清明节，他也不敢忘记自己对祖先、父母的责任，所以就自己过来了。可是，他不敢见父亲，只能偷偷藏了起来，趁着傍晚时分过来上坟。他说，虽然他也许并不配来，但还是用仅剩的钱，买了些祭品来祭拜。悔过的儿子把头埋在自己的膝盖上，哭得像个孩子。老母亲立刻宽恕了他，弯下腰一把抱住了他。

这场戏的高潮是和解。老父亲为了寻找妻子，也出现在了舞台上。他先问她在干什么，随后看到了自己的儿子。于是，他怒气冲冲质问他的儿子，是不是又要回来，再一次伤他们的心。但老父亲并没有特别憎恨地责问他的儿子，因为事实上，他也很想念自己的孩子。老太太告诉丈夫，儿子知道今天是清明节，所以才过来上坟的。老父亲听了之后，感到欣慰。他和儿子进行了一场诚挚的长谈，告诫他不要再忘却他应该对祖先和父母尽到的责任。最后，老父亲接受儿子重新认祖归宗，一家人在墓地握手言和。

看到这，场下的中国年轻人又是齐声喝彩："好！"这样的喝彩和赞誉，对演员们也是实至名归。老妇人的表演让人称道，但不说出来，谁敢相信这居然是男扮女装演出来的！不过，作为外国人，即便是出于礼节，我也很难像周围的大人们那样去鼓掌喝彩。我们用热泪盈眶的方式，表达了崇高的敬意。身世可怜的常太太，眼泪夺眶而出，随后就离场了。"浪子回头"式的情节，是能够诠释中国家族关系的极好故事，对于中国人来说，有着非常特殊的魅力。

第 7 章

中国式款待

日子一天天过去了。朱迩典公使坚持己见，不同意我们搬回椅子胡同。他的态度非常坚决，有那么几回，我们想在椅子胡同逗留一两天，可是每次都被他急吼吼地叫了回来。

当我们鼓起勇气，再次拿我们的私事去打扰公务缠身的朱迩典公使时，他对我们说："只要你们高兴，你们可以住在北京城的任何地方，但就是不能到皇城一带！"可是我们也只想住在皇城那儿。"至少，"朱迩典公使看着我们，补充了一句话，"至少要到局势完全稳定下来才能住过去。"

在我写下这段话的今天，辛亥年的革命已经过去了好多年，也许在北京皇城里找个住处会很安全了。那里的城墙依然高耸，但过去戒备森严的宫门，也就是在1912年那个晚上，我们曾一度担心会被关闭的城门，现在早已洞开，而且不论白天黑夜，都无人守卫，马车、黄包车乃至汽车都可以任意进出。但这毕竟是多年之后的事了。那个时候我们该如何是好呢？

包哲洁小姐自己解决了这个问题。她有一位朋友，也是她的老师，是一位满族的女士。无论是在血统还是在气质上，这位女士都显得非常高贵。她有着自己独立的主见，不过一直单身未婚。在她的父亲去世之前，她一直非常孝顺地伺候他。她是一个忠诚的儒家信徒，办了一所女子学堂，只教授儒家的道德学说。世人对孔圣人的怠慢和疏忽，让她极其心痛。可悲的是，她坚持认为造成今日中国动荡不安的原因，就是世人对孔圣人的怠慢。在她看来，中国唯一的希望，就是要深刻反省，然后重新学习圣人的信条。因此，她一心扑在她的学堂上。这位女士总是穿着蓝色的棉袍，干净大方，走起路来笔直挺拔。她过着非常简单的生活，每天早睡早起，饮食粗淡，待人亲和。她是中国已逝时代的理想典范。

这位女士也承认，要想让中国重新回到儒家的时代是十分困难的。在她看来，中国社会已经堕落得无以复加了。但她要尽自己的力量，把那些应该保存下来的传承下去。出于这样的考虑，她还在北京城外一年一度的庙会上，搭了一个儒家式样的台子。庙会里充斥的是小贩和变戏法的嘈杂声，飘荡着叫她反胃的油渍辣味。一旁教会搭的台子前，人头攒动，而她的台子前门可罗雀，只有零星的外国妇女会过来看看。她知道，她们的到来，只是为了向她表示一下善意，或者是同情。尽管如此，她仍不死心。她认为，作为忠诚的儒家子弟，不管男人还是女人，在改变国家糟糕的处境上，还有最后一条出路，那就是公开陈述他们的主张，然后用自杀去唤醒麻木的公众。

这位女士个头不高，大约有5英尺2英寸高的样子。她弱小的身体里，却有一种强硬的个性。她的黑发下，是一副苍白的脸庞，疲惫早已在那里刻下了皱纹，总是紧紧抿着的嘴巴锁住了欢笑，灰暗的眼神传递出了忧郁的色彩。从她的外表就可以看出，她极有可能按照计划好的那样，毫不退缩地完成赴死的每一个步骤。这也是有先例的。大约五年前，一位官员的遗孀，出于对中国女子教育的使命感，办了一所女子学堂。可情况并不乐观，一些人家明明可以把女孩送来上学却不愿送来。于是，她收了一些孤儿养在学堂里。有一些朋友会资助她一些钱，但主要还得靠她自己来维持学堂的开支。为此，她散尽了家财。山穷水尽之际，她写了一封请愿书给地方的长官，要求省里拨款支持。然而，她并没有得到满意的答复。最后她声称，如果支撑学堂的钱，在她指定的日子之前不能到位的话，她将以死来抗议朝廷对女子教育的轻视。她这么说，也这么做了。当着一群孤儿的面，她吞下一剂鸦片，然后爬进轿子里叫人抬到街上。她的想法是要死在那个官老爷的门前，这样能叫他非常难堪，也算给他一个狠狠的报复。如果是这样的话，按照中国的法律，不仅这位官老爷会被认为是造成她死亡的凶手，需要为她的死负责，而且还得掏钱给她下葬。不幸的是，这位女士还没有到衙门口就死在了轿子里。至于学堂里的那群孤儿，后来的命运就无人知晓了。虽然这样，她刚烈的事迹还是广为流传，让朝廷受到了很大的舆论压力。从那以后，朝廷也开始对女孩的教育表现出了一定的重视。

中国人是一个很讲理智的民族。只要他们还能平平安安地活着，只要没有受到剥夺生命的威胁，他们会表现出强大的耐性，什么都不会去做。但是，一旦给他们一个足够充分的理由，他们也会像死了兄弟一样愤而反抗。在这点上，与我们外国人其实是一样的。

这个时候，包哲洁小姐很着迷于这个孤独、忧郁的满族女士。如果这位女士能再少那么一点狂热，也真的算得上是孔夫子的传人。我们开玩笑时会叫她是“孔女”[1]。“孔女”和包哲洁小姐趣味相投，都喜欢过一种清苦的生活。不过，包哲洁小姐一直在劝阻她的老师万万不要走以死明志的道路。一天晚上，包哲洁小姐告诉我和母亲，说她再也不愿继续躲在使馆里当一个百无一用的累赘。在她的恳求下，那个老师同意带她到学堂里去。我们先前学堂的学生现在都住在城外面，本来我们两人指望形势好转后，继续给这些孩子们教书。这下，包哲洁小姐可以从那位老师的住处出发去看那些学生了。

1 “孔女”即与“孔子”相对应。

就这样，包哲洁小姐离开了我们。她拥有一大堆令人信服而又显得高尚的理由，比如她要去说服她的老师。她说孔子也一直生活在乱世，但他也没有自杀，这确实是历史事实。后来，我们很欣慰地听说，那个老师一次次地推迟了她的自杀计划。不过，这个小女人身上那种不屈不挠的英雄气概，还是让我们佩服不已。最后，我想应该是包哲洁小姐的劝说起了作用，她终于答应，除非再发生政府辱没圣学这样的野蛮行径，“殉教”的事情她就先放下了。比较幸运的是，在后来民国成立之后的最初几年，北方也没有再发生这种事情。这位老师平静地又过了好些年，看着她学堂里的学童长大成人，变得比她曾在学堂里为学生们树立的典范还要更好。

我怀着羡慕的心情，陪着包哲洁小姐走过北京动辄数英里长的大街，绕过交叉的拐角，穿过狭窄的小巷，进入这个坐落在城北的儒学学校，并最终看到了那个老师提供给包哲洁小姐的简易房间。房间很朴素，也很干净，墙上糊上了白纸。后来，每次包哲洁小姐匆匆来看我的时候，都会告诉我很多叫我着迷的事情，比如她在那里的日常工作，比如那个老师生活的前途等。但是，这些终究是包哲洁小姐的生活。我母亲的生活也很充实，就像我在前文所提到的，她正和骆太太家那个参谋财务的表亲周旋，而骆太太在这件事情中，仿佛已经沦为了一个旁观者。我的母亲总是那么能干，哪怕是躲在使馆里当一个难民，也遮不住她的才干。她对朱迩典公使可谓察言观色，每每总是能挑他心软的时候，请求他准许她外出。而我呢，总是独自一个人，变得无所事事。我过去的学生们也早已漫天散去，与我相隔万里。

突然之间，一个想法电光火石般地穿过我的脑海，困扰我的这个问题迎刃而解了！如果包哲洁小姐可以留在一户中国人家，为什么我就不能呢？如果我去骆府，他们一定会敞开胸怀来欢迎我。不过，他们家现在自身难保，女孩子们甚至都准备找个地方躲起来。这么一想，那么我去骆府的主意也不高明了。她们担惊受怕的事情已经够多了，我还去给她们再增加压力干什么呢？不过，我们还有另外的中国朋友。他们家姓宫，不是满族人，而是纯正的汉人。在北京发生动乱之前，我们和他们家相处得还要更熟一点。

小皇帝宣统退位的时候，宫大人曾写信告诉我们他不久就要退休了。那时他还在直隶省当着提法使司的官职。直隶是中国的一个省，省会是保定府，他多数时间在那里的衙门办公，不过还要管天津一带的事务。因此，他常常在保定和天津两地来回奔波。辛亥年的革命爆发前，他们一家都住在保定府。革命发生后，他想方设法搞到了特许，在天津租界租下了一套两层洋楼，把一家人安顿下来。2 月 29 号兵变的时候，他恰好在北京。那时的官场，到处是阴谋诡计、结党营私，让他不胜其烦。为了避开官场上的迎来送往，他住进了一家客栈。晚上暴动发生的时候，客栈的客人们都跑到了二楼，而宫大人恰好就住在这一层，结果涌上来的人太多，把楼板压塌了。宫大人和其他许多人一起摔到了地上。几天之后，当他来看望我们时，还一瘸一拐，满脸黯淡。中国绝大多数的官僚，看起来脸色都很黯淡，这恐怕是因为他们普遍不喜好运动，哪怕只是走走也不乐意。他不忘和我们说笑："要是我们跌下来摔成一堆的时候，那些革命党来抓我们，就要大捞一笔了！我跑出来的时候，发现客栈里挤满了朝廷里的大官！就在楼板倒塌的时候，还有两个当过巡抚的家伙，闪烁其词地和我打哈哈呢！"

他雇了一辆常见的玻璃马车来见我们。见完我们之后，他打算就乘车去火车站搭乘回保定的火车。去火车站就得经过前门，此时此刻就在前门，从兵营里涌出了很多蠢蠢欲动的士兵，在街上晃着膀子呢。我和母亲紧张地对视了一眼。宫大人可不年轻了，现在又一瘸一拐的，看起来还病怏怏的（恐怕还真是病了）！革命以来不断的叛变、苦难，对他也是很沉重的打击。不过，我母亲下午还得去见骆太太。因此，这次肯定得由我来出头了。唉，在这个多事之秋，他的身体可比他的灵魂弱多了。如果有人打他一下，他可能都来不及挣扎就会死去。我对宫大人说："你可千万不能一个人去车站。"他开始和我推辞。其实，他也很感激我愿意陪他去。最后，我母亲又把那个著名的红色针线包塞到了我手里。我们把这个针线包里的真实内容告诉宫大人后，他精神为之一振，一路上谈笑风生，全然没有注意到车窗外潮水一般的士兵们阴沉的眼神。

我想，如果我要效仿包哲洁小姐，那么再也没有比宫家更适合我了。为了探讨这件事的可能性，我的母亲决定到天津去拜访宫大人的夫人，也就是宫太太，同时她也能在天津买买东西。从北京到天津只要三个小时，结果如何呢？我这么说吧：她去了，她见到了，她被征服了。不，她是被他们的友好征服了！[1]宫家人热情洋溢地接待了她，仔细询问了我们的近况。他们对于我们打算继续住在皇城附近表示出深深的忧虑，对朱迩典公使对我们的“顽固”交口称赞。当他们听说包哲洁小姐和她的老师住到一起时，便主动地邀请我们母女两人来和他们一起住，而且是想住多久就住多久。当我母亲代表我接受这份邀请时，他们可谓喜上眉梢，对于我母亲不和我一起来，则唏嘘不已。我母亲想方设法地提到了食宿的问题，并且表示将自理食宿的费用，因为我们并不知道他们家的经济状况到底如何。感谢上帝，她没有接着说下去，我也是后来才知道，这么说是对他们自尊的严重伤害。他们家的儿子励诚后来告诉我：“在中国，朋友们都是这样住在彼此家里。这是我们的风俗习惯。我父亲到北京，在他很多朋友的家里，也是想住多久就住多久。只要他愿意，住上一年都没有问题，尽管这样做也许有点欠思量。但是不管怎么讲，绝不能谈钱论价。

1　作者在这里诙谐地模仿凯撒“我来我见我征服”的名言。

在中国，朋友之间谈钱是非常丢人的事情。”

那天，另外一件让我感到大开眼界的事情，是我终于见识到了母亲在中国家庭里的地位。此前，骆伯母全权管着她们家的钱就已经叫我够吃惊的了。励诚是还住在家中唯一的儿子，英语非常好。我母亲和他母亲交谈时，就是他在翻译传递，并且代表他母亲向我们发出了邀请。当时，励诚的母亲冲着我母亲微笑，叫励诚这么问道：

“您女儿什么时候过来呢？”

“噢，您最好还是给令尊写封信，”我母亲建议道，“先问问他有什么想法。”

“这是为什么啊？”励诚很诧异。

“因为也许他会不愿意我的女儿，一个外国女人，住到他家里来。”我母亲的回答也很坦率。

“只要我母亲说她可以来，那么她就可以来。”励诚若无其事地说，“至于我父亲说什么，都没有什么关系。”

就这样，我来到了宫家在天津的房子，结束了在使馆里当一个累赘的生活。为了回报他们的好客和热情，我决定不仅要教他们说英语（他们渴望能说得更纯正、更流利），还要给他们介绍一些英国人的观念和思想。不过后来，我发现比起我能教给他们的，我从中得到的快乐要多得多。在这户中国人家里住的这些日子，是我生命中最快乐、最值得回忆的时光之一。当我们知道刚开始彼此是如何想象对方的时候，我们笑得那叫一个开心！

在我们彼此相处中，并没有发现有什么不寻常的困难。不过正如包哲洁小姐所相信的那样，我受到的这种中国式款待可是空前的。老实说，此前我们还从没有听说过任何一个外国人，不管是男人还是女人，是完全出于友谊，而不带有任何其他一点动机地住到中国人家里做客。有时，传教士可能会在一个中国信徒家里住上几天，但是他会预先安排好自己的食宿和仆役，并且会支付可能的费用，以免给信徒带来负担。有些路桥、铁路、电厂的外国商人也会成为一些中国官员家中的座上客，但这都是为了商业谈判。接替骆大人担任山西巡抚的官员，得了些轻微但又很烦人的毛病，一名德国医生便前往太原府来给他诊治。他就被安置在衙门里的豪宅中。这位巡抚先是请了一名英国医生，但是并没有什么效果。这名德国医生给巡抚开了瓶药，就匆匆回到人满为患的教会医院去了。巡抚拿了药，他迷信的妻子却劝他不要吃。德国医生再来的时候，发现药瓶压根儿就没有开过，于是，他又开了相同的处方，但是这一次他站在巡抚身边，看着他把药吃下去。巡抚很快康复了，他非常高兴。过一段时间，他就会把这位德国医生请过来，当然，是希望他能暂时给他当一当私人医生。这个德国医生可是个宽厚、乐观的人，他向我们描述了他所得到的一个令人恐怖的特权。这个巡抚认为，没有什么比阅兵更能取悦洋人的了。为了表达敬意，当医生来的时候，他命令侍卫列队欢迎。他一声令下，那些侍卫就向空中鸣枪。德国医生第一次受到这样的迎接，还以为要死到临头了呢！

这种款待都带有功利的目的，而我与宫家人之间，只是分享彼此的友情，感受彼此的美意。

不过我也不会忘记，在我去天津前，我和我的一个英国熟人在北京见面时发生的事。

“非常高兴看到你啊！”她大声嚷嚷，“我听说你那位聪明的朋友和中国人住一起去了。这是真的吗？快告诉我这不是真的！”

“这是真的，”我笑着说，“我去那儿看过她，她非常快活。那真是个好地方。”

感觉她眼珠子都快掉出来了，可当听我说出接下来的话时，她可是完全惊呆了。

“下周，我也要到天津的中国朋友家里去住上一段时间。”

“哦！我亲爱的孩子，”她嘟囔着，“你母亲怎么答应你的？她疯了吗？到那儿你吃什么？你睡什么？”

“这些问题，等我回来以后，我就会告诉你。”我说完，她就一把把我紧紧抱住，忍不住开始抽泣。

她显然属于那种人，用励诚在信中的话来说就是：“（他们想象）中国人是吃猫和老鼠的民族，住在兔笼子里。”励诚读过一些外国人描写中国的书，对此很是愤慨。我从天津回来以后，也努力向我的那位熟人描述真实的情况，希望能够把她从对中国的误解中唤醒。不过我很怀疑，她是否真的相信过我的话。

第 8 章

熟识的开始

我们是在山西的省会太原，和宫、骆两家熟识起来的。从北京到汉口的铁路，有一条非常了不得的支线，从平原上的直隶到高原之中的山西，150 英里的路程，却曲折攀延了足足 3000 英尺高。太原府位于山西群山的怀抱之中。法国设计师建筑这条铁路时，克服了很多难题，不仅仅要考虑到黄土地易于流失的特质，也要考虑到山地和高原的地形。山西既有奇幻的山峰，也有深达二百英尺的峡谷。在自然风化的妙手偶得中，峡谷被一些拱形的石块连接起来，为乡野之间来往的人们架起了天生的桥梁，免去了颠簸绕行之苦。

运行中的铁路呈螺旋状攀爬，有时候车厢会拐得很厉害，碰巧坐在最后一节车厢的人，都能看到正在前面拐下一个弯的火车头。无疑，这段铁路是怪异的，但却能把从太原到北京的路程缩短到仅仅一天，这是一个令人感到骄傲的成绩。在中国这么幅员辽阔的国家里，我们常常会感到自己是多么的孤陋寡闻。对于中国人而言，譬如新婚旅行，并不是一件轻松的事情。为了赶三四百英里的路，他们需要天蒙蒙亮甚至更早的时候就起来，只为赶乘早上六点半出发的火车。

如果这样的事情发生在一个没有在中国乘坐过火车的英国人身上，他很可能认识不到早早出门的重要性，需要被有过乘坐经验的家人催促着出门，也许终于在六点十分提前赶到了火车站，却只能发现原定六点半发出的那趟火车早就开走了。如果他为此火冒三丈，火车站的工作人员一定会觉得很惊讶，他会说，“但是，每个要赶那趟车的人，都已经在车站等了几个小时。很多人整夜守在这里。我们不知道还有人要乘这辆车，所以提前让火车发出去了。”

然而，这辆盘旋而上的火车，对我来说，却是致命的考验。从英国到中国漫长的海上旅行，曾让我过了很久才恢复过来。不过，那种晕船的感觉，如果和乘坐这辆颠簸的火车相比，简直是小巫见大巫了。

那时，骆大人正是山西的巡抚。我的母亲和他府中的女眷来往很多。乡村生活对这些官宦人家而言，非常平淡无奇，所以他们特别期待我们的到访，特别是他们家中的两个女儿。他们总是很和气地询问我晕车后身体的状况，这常常叫我对自己孱弱的身体感到很羞愧。当我复原的消息一传到骆太太那里，香梅和香华姐妹就过来看我了。她们是我最早结交的满人朋友。她们的拜访非常正式，出现在我眼前的两位大小姐，身穿闪闪发光的旗袍，脚踩黑缎面、白木屐的绣花鞋，头顶着高高的旗髻，看上去很高大，也很迷人。但实际上，除了香梅还有点圆润以外，绝大多数中国妇女个子并不高，身体很纤弱，感觉就像我这样的人一只胳膊也能夹起一个。后来，我们更加熟悉了之后，就经常尝试这么做，这给我们增加了不少欢声笑语。骆家人经常来看望我们，在我们不拘小节的英国式款待中，慢慢由相识成了相知。不过，骆大人和骆太太还被他们的祖制束缚，每每在新年的时候，都要训诫儿女们一番，要求他们遵从祖宗传下来的教诲，而不可任凭自己按个人意志行事。但怎么说呢，我还是希望我们之间的友谊能够长存不息。

当时宫大人也在山西做按察使，他很欣赏我父亲的才智、学识和坦诚。从宫大人的脸上，就能看出他所具备的全部品质。他思想深邃，有很强的洞察力，眼界很开放，为人机智，待人宽容，对朋友有求必应。在生活中，他似乎很少为凡夫俗子的琐事而烦忧，也不像很多中国人认为的那样，认为城里出现的外国人总是意味着阴谋诡计。他很真诚地对待外国人，所以外国的绅士们也很乐意与他相处。一个中国人，不管是士绅还是老百姓，当他们怀疑外国人的诚意时，或者认为自己并不了解外国人，抑或是根本不愿意去了解外国人时，就会变得非常冷漠，表现出一副冷冰冰的姿态。即便你和他交谈的时候，他也总是面无表情，就好像小孩对自己的朋友撒谎那样，虽然思想上承受着很大的压力，但却拒绝说出任何有关事实的真相。

在骆大人留给我们的第一印象中，当他转过来看我们时，我们也看到了那种复杂的脸色，虽然他已经在试图掩饰。他毕竟是这么一个大省的最高长官，身上承担着重大的责任，也很清楚地知道，过去对外国人的处理方式曾经惹下过多大的麻烦，因而我们也能够容忍他刹那间流露出的情绪。事实上，往日对外国人的暴乱，最终受害更多的是中国人自己。一旦处于那种情境里，没有人能够预知自己的同胞会给自己带来多大的浩劫。不过，骆大人表现出来的表情，也许是因为我们的到来，并不符合中国人的习惯和礼仪。在中国，男人去拜访朋友时并不会一并看望他府中的女眷，作为主人也不会出面接待来家中拜访的妇女。我们见骆大人，主要还是出于骆太太的坚持。骆大人因为固有的思想观念，以至于一旦遭遇新的情况，常常会被冲击得无法缓过神来，包括后来他家中被暴徒洗劫时，他的表现也是如此。现在回想起来，他家中被洗劫，显然并不是一个合适的或者愉快的时机，让他去接受这样的一种新的习惯和礼仪，但却是一个让他动摇“老观念”的好机会。骆大人肯定一直这么想：如果不是外国人来中国，大清不会亡，他也不会向外国人求助，而且还是向外国女人求助。虽然他并没有这么说过，但是中国的男人和其他国家的男人一样，更愿意是自己去帮助女人，而不是向女人寻求对自己的帮助。不过因为我们代管花瓶和卷轴的事情，骆大人抛却了个人的成见，专门给我们打电话，很郑重地感谢我和我母亲这两个女人。就这点而言，骆大人的表现很绅士。

但是，当我们英国人在考虑如何树立自己在这块大陆上的形象时，我们怎么能因为这块大陆的封闭，就进而去非难这里人民的无情无义？不过，奇怪的是，在中国，我们似乎完全不顾自己的体面了。从各种情况看，我们最初对于中国的探险，一定是抱着热诚而友好的精神。那时，中国人一听到“英国人”这样的词，眼前就会出现一个健壮、正直、爱说笑的形象。然而，当有一天，中国人发现他们对英国人的所有想象都是一场错误的时候，他当然会失望了。一个人只有无忧无虑地面对世界时，才能发现朋友之间的真诚。只有那时，他们才能发出银币一样清脆的笑声。

在中国的北方，流传着一个英国顾问的故事。他和他的中国同僚一起为一位大臣工作。有一次，财政上出现了数百万的亏空，英国顾问很快发现，很多银子都进了自己同僚的口袋。当然，这些中国人心里也是门儿清，干着次要的工作，却又不像大多数中国官员那样只拿很少的钱。英国顾问并没有选择斥责他们或者威胁开除他们，也没有公开这件事情，简直就是一副“和他们是一伙”的样子。他在和他们说笑之间，拍拍他们的后背，用他悦耳的声音，开玩笑似的称呼他们为骗子和无赖，嘲弄他们玩出的伎俩，说他们做得很聪明，自己差点就被骗到了，不过他希望在第二天那些不见的数目能够补回去。这些同僚很乐意照做了。对于这位洋大人，他们崇拜他，信任他，甚至愿意跟着他去乡下视察。要知道，在中国，由于道路颠簸不平，住宿条件恶劣，官员们很厌恶外出视察。

中国也有和很多“老顽固”不一样的人。在我们认识的中国人中，有一位已婚的少爷，他不像其他人那样总以老习俗为借口，和我见面时并不会摆出一张冷漠、不苟言笑的扑克脸，在交谈中也会努力对我们的善意给予回应。所以，有时候我会说得更加动情，他也会和我握手。在中国人看来，握手是一种外国的礼节。当我只是看望他妻子的时候，他也会坚持要见见我。就像不少普通的中国年轻人一样，他很真诚地希望能给外国客人留下非常有礼貌的印象，认为他是愿意像外国人两性之间那样正常社会交往的开明分子。但是，我知道他的努力是徒劳的，当我们面对面时，他甚至都不敢直视我。我倒是很愿意分担他所经受的考验，但他被中国的传统礼仪束缚得太紧了，交谈时他的双眼就一直盯着地上。我知道他垂下的双眼传达的意味，这表示他很尊敬我，所以不敢把眼睛抬起来看我。但是，他其实也知道，并且知道我也知道，现如今一个中国男人面对面地看一个外国女人，不再是一件羞耻的事情了。所以，我就会这么认为，在与我会面的整个过程中，他的心理活动一定

寺庙里的中国舞台
演员从后面登上舞台。布景采用了伊丽莎白时期的风格。两个布景工扯起一块帆布作为城墙，其他人则模仿马跳跃的动作，以代表马匹。

时髦的中国年轻绅士
在花园的茶室中享受下午的美好时光。夏季，桥下池塘里的荷花和莲花竞相开放。

是这样的："在我面前的是一个多么危险的人呢！我必须要小心谨慎一点，最好表现得非常有礼有节，但是又不能太纵容，否则她就会把我家搞乱。我到底在做什么？如果她是一个端庄的中国女人，我应该永远都看不到她。她真是一个麻烦啊！如果我的'内人'受了她这些古怪思想的影响，坚持要和我手挽着手在路上走的话，那我就要一辈子都抬不起头了！"

这些中国人也没有意识到，外国风气也是在不断改变的。在他们的脑海中，英国绅士们"挽着他的妻子"这个维多利亚时代的礼仪，一直延续到了今天。其实，我们很多外国人并没有特别注意到这样的习惯，也没有觉得这有什么迷人之处。如果我们看到这一幕，可能会使我们联想到维多利亚时代那种宽大的女士衬裙和男士们夸张的邓德里雷长连鬓胡[1]，觉得是一种老派的行为。但在中国人眼里，如果男士公开挽着女士的手，就像公开露出十九世纪的贴身内衣一样让人羞耻。中国男人们最恐惧的，就是担心自己的妻子起而效仿。确实，那些敢于在公开场合手挽手的中国人，都很鲜明地表示出要和那种让女性足不出户的旧传统决裂的立场。

由于宫大人一贯对外国人的友好立场和欣赏态度，我父亲很快和他建立了友谊。当父亲带着我一起去拜访

1 邓德里雷爵士是喜剧《我们的美国堂兄》中的人物，这部喜剧上演以后，人们就把连鬓胡子称为邓德里雷长连鬓胡。

他时，我们还发现他家中的女眷们也和他一样有着开放的思想。我第一次见到宫伯母（后来她也像骆伯母一样，让我在提及她的时候使用这样亲昵的称呼），还是在太原府衙门宽阔的庭院里。她作为宫大人的“内人”，一直走到礼数所允许她走出来最远的门前来迎接我们。她一手抓着我母亲的手，一手抓着我的手，热情地把我们迎进门。她年轻时曾裹过小脚，虽然后来顺应新思想解了小脚，不过还是有点跛。在中国妇女中，她个头算是很高了，大概有五英尺四英寸[1]那么高，而且仪态端庄。她走路的时候，被裹过的小脚左右摇摆，按照中国诗人委婉的说法，就像是一朵在微风中摇曳的百合。不过，要我们跟着她琐碎的步伐行走，也有着想象不到的困难。她贵妇般的纤细手指紧紧缠绕着我们的手指，轮流与我母亲和我说话。在笑容和友好的映衬下，她的脸庞光彩照人。

宫伯母穿着非常简朴。她的束腰外衣和裤子都是用整整齐齐的黑色绸布做成的。光滑的发髻笔挺地垂在她纤细的后颈上，黑发上没有任何装饰。她身上唯一的亮色，来自她耳朵上的金耳环。中国的妇女一般都会佩戴金耳环。接下来，我被引见给了宫大人。他和他的妻子一样，很俭朴地穿着一件蓝色的薄绸长袍。励诚，当时只有 17 岁。他姐妹们的服饰，颜色要更明亮一点，不过

1 大致相当于现代女性 1.63 米的身高。

都没有任何的装饰。

十年之后，很多事情都变得不一样了。我最后一次见到励诚，辛亥年爆发的那场革命已经过去了十个年头。他穿着花团锦簇、贵气凌人的缎制长袍，衬在衣服里的是昂贵的皮草。我们一起用餐时，我忍不住揶揄他，说他“像女人一样爱慕虚荣”。

“不过我还得告诉你，待会和你分手后，我还要参加我父亲的一个老朋友的60岁寿宴，还得继续这么穿。”他说，“你也知道，那是一个欢庆的场合，那里有热闹的乐队、喧闹的鞭炮、喜庆的灯笼和美味的宴席。每个人都要穿着他们最好的衣服。瞧，这还只是我的晨衣。”他在说“晨衣”时故意用了法语，自从学了英语之后，他又将自己的注意力转移到了法语上！

“哦，哦，励诚！”我嘲笑道：“这倒是一个不错的借口呢。但是我发现，每次看到你，你都穿得不一样，可一次总比一次好。你就像所有的年轻男人一样，就知道爱慕虚荣，铺张浪费。”

于是，他就摆出一副让我颇为同情的悔恨表情来，“对我而言，那些好衣服就像是一场噩梦。这可都是民国带来的恶果啊！在大清的时候，如果一个人在家里或者是私下见面的时候，穿得很华丽，会被认为品位很差，有些衣服只有在正式场合才能那么穿。那时候，一件衣服可以穿很多年。现在，要是你穿得不够富丽堂皇，别人就会认为你是穷困潦倒的，也不把你放在眼里。现在，衣服已经不仅仅是衣服，增加了很多新的功能。不停购买艳丽的丝绸和昂贵的衣服，好像已经成为了我的生存所需。我想我会破产的！”

“那你的父亲是什么态度？”我询问道。

“他很厌恶这样。他说这也是他坚持退出官场的另外一个理由。你知道，他一直是一个心直口快的人。他说他太穷了，所以没法为民国的政府服务，过去在清廷当官的人，可没有能力维持这样的奢侈生活！”这位老官员对新的社会规则下巨额的不法收入，持有多么蔑视的态度啊！不管怎么样，我还是恭维了励诚几句，说他穿着这些漂亮缎子衣服显得非常帅气，总比那些胡乱穿着西洋服装的时髦一族好多了。对我的恭维，励诚显得很是得意。

第二次来宫家的时候，我终于见到了宫大人。因为我们第一次到宫家拜访时，彼此都留下了非常好的印象，所以宫太太再一次地邀请了我们。他们说，这样我就可以向他们学汉语，而她的三个孩子也可以向我学英语。这样的安排真是太好了。励诚特别高兴能见到我。他和很多中国学生一样，对新的知识非常渴求。宫大人的一个师爷，曾在沿海一家教会学校学了两年的英语。虽然励诚只跟着他学了短短一年的英语，但他在这方面的知识量却足以让人感到惊奇。见到我们，还是励诚第一次和英国人直接对话，不过他的发音已经非常准确了。奇怪的是，他的发音要比他的老师好多了。当他告诉我们，他要把学习英语作为一项消遣的时候，我情不自禁地笑了起来。他的父母说，过去几年他都在刻苦地钻研中国的古典文学，现在学学英语，就当作给自己放个小假，是再好不过的了。可是我们西方人，从来都不可能把学习中文当成是一项消遣。

宫太太没有拘于中国的礼数，直接把我介绍给励诚认识，这是我没有想到的。我很清楚，在中国这是不合礼节的。和很多在中国的年轻外国人一样，因为担心失礼，我有时反而会比中国人更拘泥于那些曾激起公愤的陈旧习俗。当励诚第一次出现在我眼前时，我收起了肩膀，垂下了眼睛，就像有一次骆家的大小姐看到一个男人跌跌撞撞闯进我们的画室，表情立刻变得很僵硬一样。宫太太热情称赞了我的端庄得体，虽然这对我来说也许并不需要。励诚告诉我他在天津的一次难堪的经历。一位已婚的美国妇人邀请他去家中喝茶，他非常高兴地接受了，希望可以借此了解一些美国的事情。但是当他到达的时候，非常惊愕地发现，那位美国妇人还邀请了另外两位年轻的中国女性，“因为她们可以彼此见见面”。她向在座的女士介绍了励诚。当他发现那两位可怜的姑娘因为她们位置的安排而感到难堪，甚至有点不知所措的时候，他立刻和她们拉开了一定的距离。励诚说：“那位美国女士，哦，我知道她是善意的，那是一种美国的习惯，她希望我们能够坐得靠近点。但是，在中国这不是一个君子的行为。我看到那两个姑娘都快急哭了，所以我立刻就告辞了。我以后再也没有机会去了解美国了，真是太遗憾了。当然，那两位姑娘以后肯定也不会再去了。”

当宫太太问我愿不愿在宫大人当值的时候，和她一起去拜访他，我期期艾艾地说着“不敢当，我承受不起这样的荣誉”之类的话。而宫太太直接就拉着我过去了。我知道她这是把我当成了朋友，所以才用外国的礼仪来招待我，我也不用再大惊小怪了。和宫大人的第一次见面，对我而言是有史以来最窘迫的一回了。宫太太以前从来没有看过外国女人，所以对我的穿着很感兴趣，我也很坦诚地给她看了。中国女性的衣服，不管是内衣还是外衣都裁剪得一样，只是颜色不一样。晚上就寝的时候，脱去外衣和裤子（具体穿多少取决于当时的气候），穿在身上睡觉的衣服和刚才脱去的完全是一样的式样。所以，我们外国女人花色繁多的衣服，让中国女人感到很惊奇。第一次见宫大人的时候，他穿着蓝色绸缎长袍，可以说是英俊倜傥。但当我听到宫太太用一种兴奋的语调，向他描述我是如何换装梳洗的私密细节时，青涩甚至有点木讷的我真是恨不得找个地缝钻进去。

宫大人从他高大的老式案桌后面站起来，用力地和我握手。我的注意力被桌子上闪闪发光的黄铜墨盒给吸引住了。这些墨盒和我们随身携带的那种圆形墨水瓶很像，整齐地排在桌上。一支羊毫毛笔，一小块用来磨墨的砚台，也都整齐地摆在桌面上。砚台上刻着浮雕，上面的图案是一头大象正从芭蕉叶中抬起它的脑袋。桌后的架子上是很多小巧的盒子，里面装着各种文件手稿。

宫大人温柔地倾听着宫伯母说话，然后对我说，希望我不要在我们的衣服堆里睡着了，因为听上去它们既不舒服也不柔软。我猜想他已经看出了我的尴尬，便转移了话题，问我喜不喜欢花，还向我展示了他摆放在房中的一件新瓷瓶，上面绘着蔷薇的图案。他的体贴让我心存感激。因为他公务繁忙，所以我很快就告辞了。优雅的宫大人给我留下了深刻的印象。他有着中国人不常见的高鼻梁和炯炯有神的黑眼睛，整张脸都显得很有贵族气息，就算在西方人眼里也充满了魅力。他稀疏的黑胡子，很难让人相信他已经55岁了。不过，还是他的谈吐举止最让我着迷。

第 9 章

古老的衙门

就像古希腊或者古罗马的民居一样，中国士绅的房子是由东南西北四面房屋围合起来的四合院，中间是一片开阔的院子。荷马在史诗里提到“奥德修斯的华丽宫宅”时这么写道：“这里房屋鳞次栉比，庭院建有防护的卫墙和无数雉堞，双扇院门，结实坚固。”[1] 这种格局在一个家族制的社会里是必然的。和 50 个儿子、50 个儿媳妇住在一起的特洛伊老王普里阿摩斯，也采用了这样的房屋格局。不仅这些是相似的，中国房子的地板也和荷马时代一样，是用硬泥制成的地砖铺设的，而不是木板。这样的话，烧得通红的炭盆就可以安全地放在地上，因为在这些房子里是没有壁炉的。

中国的很多衙门——也就是高级官员的官邸——令

1　这里引用王焕生《奥德赛》的译本，人民文学出版社 2003 年版，第 320 页。

人印象非常深刻。最外面是一扇大门，门被漆成红色，红色在中国是很喜庆的颜色。穿过这道门，就置身于一个露天的广场，老百姓是可以进来看的。支撑的柱子往往是圆的，上面刻着一些丝状的图案。门是方的，两块相同的门板关起来的时候，门缝非常紧密。从外面看，门没有门闩和拉手，就像是整块门板一样。衙门里往往有着一进接一进深深的院子，院子与院子之间的接口处，还有很多这样的门，从外向里都在一条直线上。不过在内院里，也会经常看到很可爱的月形拱门。门房和男仆就住在离大门最近的地方，大门后面就是客厅和公堂，再往后就是官老爷自己的房间。最靠后的是妇女和孩子住的房间，也就是中国人所谓的“内宅”。

我们第一次见到宫大人的时候，他还是山西省的按察使。山西大概有 8 万多平方英里，相当于英国从奥格罗茨（O’Groats）到地角（Land’s End）那么大的地方。在他的衙门里，还住着他的主簿、师爷、执法的官吏、门房、士兵和马夫。如果他对工作负责，真的希望主持正义的话，那他几乎没有什么空闲时间。衙门的大门要随时向那些希望申冤的百姓开放。有一次，励诚在陪我读中国的故事《赵城虎》[1]，这被看成有志于学习中国文化的外国人首先应该读的书。那时他告诉我，当他父亲刚做县令的时候，都没有时间出门，可怜的老百姓一直跪

1 《聊斋志异》里的一个故事。

在他的椅子前，恳求他来主持公道。他们之前都被严重侵害过，因而不断地请愿。这些人就跪在衙门外，磕着头，大声喊着冤。他们会递上状子，呈明冤屈，他的父亲会接过来进行推敲。如果这些老百姓有证人，那宫大人就传唤过来，然后根据听到的情况做出判决。如果没有证人，他就不会在他们身上花时间。审案结果隔天早上会在衙门的大门上贴出告示来宣布。如果在堂上证人显得不老实，或者聒噪不休，他会拿起摆在桌上的惊堂木，“嘭”的一拍，这样就能让他们老实起来。

不过，一个县令并没有生杀予夺的大权。但当他做了省里的按察使司，就能决定这些重要的事情了。有些地方的贪官会随意地判处监禁、拷打和死刑，造成一些冤假错案。因此，除了是罪大恶极的土匪强盗要斩立决以外，其他的死刑判罚必须由省里的按察使司仔细审核后再呈报给皇帝。也因为如此，1900 年山西巡抚在衙门里处死外国人的那件事[1]，清廷的皇室是难辞其咎的。山西巡抚只不过是代表皇帝和律法的权力，监督死刑的执行。这是我们心中永远不能释怀的阴影。

都说中国监牢的条件是非常糟糕的，这话不假。但我们也必须要说，对这些可怕的情况，中国朝廷中的官

1　1900 年 7 月 9 日，在巡抚衙门西辕门前，山西巡抚毓贤将设计诓骗来的 46 名传教士全部杀害，其中包括 11 名幼童。

员们从来都没有满意过。他们倒是很想把监牢的条件稍微改善一点，但这些举措往往会因为下属习惯性的腐化而不了了之。励诚告诉我，很多人会向他父亲行贿。可每每被他父亲轻蔑地拒绝后，这些贿赂很快就会到他的师爷或其他下属的手里，这些人经常会借用他的名义，打着他的旗号在外办事。励诚说，差不多正是因为这些，他父亲非常劳神费力。不过，这些人贪污受贿的主要原因，还是因为他们的工资太低了。他们每个月能从公家领到的钱少得可怜，生活都入不敷出，甚至都抵不了一个月的灯油开销。宫大人有一次对我说："如果中国的官员们也能像你们英国官员那样享有津贴的话，那这就是一个非常好的官僚体系了。"

抛开这些沉重的话题，就中国衙门本身而言，是非常值得一游的。进入衙门的大门后，给人的第一印象并不亲切，那么多门没有一扇像是为来访者打开的。这些门永远和衙门口的大门保持在一条线上，开在每个院子围墙的正中间。这些内门一般不会开启，只有到了非常特殊的场合才会打开，比如婚礼、葬礼、外国官员来访、上级官员来视察等。紫禁城里通往内殿的大门也不是经常开放的，一年之中也只有当皇帝去天坛祭天或者去先农坛祭农的时候开放。于是，中国各地的官府也纷纷仿效。

那些带着国家使命而来的外国男性访问者，罕有能够进入衙门客厅和公堂后面的机会。如果他能像我一样成为一位大人的朋友，那么还有可能进入大人的书房。不过，女客人是绝对不允许到公堂区域的，家中的女眷们也不会常常到公堂去，否则会给人留下热衷于权术的印象。我们认识的一名官员，他的姨太太就常常往公堂跑，被人说成是像蜘蛛一样到处钻空子。这个姨太太劝服她的丈夫把原配夫人扔在了老家。唉，这个官员可真是一个可悲的男人。我不认为他抛弃了他的原配妻子，他的原配妻子会真正失去什么。

衙门是个很大的地方，占据着很大的土地。衙门里的房子是彼此独立的。它们都面向中间的天井开着门，各自的后墙刚好成为天井的围墙。因此，每个天井里都有三个房子，但并不连在一起。第四面墙的中间会有个门，由此可以通往下一个天井。有的衙门里相邻的天井之间是用穿过院子的回廊连接的，一般都有着精巧的护栏，顶上漆着花鸟、小山和瀑布。但是，不管天气好坏，如果你打算从一间房到另一间房，必须从露天的院子穿过去。

近些年，中国房子的客厅开始装上外国的炉子来取暖，用一条长长的锌管子把烟排出去。不过，房子太暖中国人也会觉得受不了。有一次，我劝香梅去一家外国医院做一个小手术。当我去医院看她的时候，她告诉我她房间里的暖气让她觉得非常舒服，但我没有想到，她居然还把窗户开着。难道屋里的暖气让她觉得窒息了吗？为此我向香梅解释，说我们英国人也是喜欢在流动空气中生活的民族。说到这我也笑了，这让我想起一名中国青年学生刚到剑桥时的抱怨。他后来在中国成了一个非常有名气的医生。那时他从香港来到剑桥，很不适应英国阴冷潮湿的气候。有一天他见到了我，笑着说："自从我在女房东的楼上找到了一个小房间，我就感觉好多了。在那里，我觉得很暖和。你们英国人真聪明呀！我真希望我早一点发现这个小房间。但是你们为什么不在里面装个灯开个窗户呢？那样的话就可以在里面学习了啊。"他的话让我完全不知所云，后来经过打听，才知道他所说的小房间，其实是房东的壁橱。这个壁橱非常大，而热水管恰好就从那里穿过！

中国的春秋季节，户外的空气非常宜人。但是中国北方的冬天又冷又干，温度在华氏零下 10 度。全年的雨几乎都集中在夏天那几个月，有时又特别热，所以根本不能在门外逗留。哪怕只是下起中国人所说的"毛毛雨"时，穿过天井从这间房跑到那间房，也是非常难受的。后来，中国南方的商人们开始喜欢住两层小楼式样的房子，这就和我们的房子差不多了。

尽管有着这些瑕疵，但宫家所住的衙门还是很值得一看的。这里的房子坚固、宽敞，比例协调，让人觉得非常踏实和静谧。它的每一部分，比如砖头、灰泥、墙、地基、大门木料，甚至持久耐用的鲜红漆，没有一样东西是随随便便造出来的。唉，可惜的是，在现在的中国，特别是那些大的开放口岸，很多事情已经不是这样子了。

为举行婚礼而装饰的内堂

石板上铺着地毯，屋檐上挂着红灯笼和贴着双喜的红绸。内堂里供着祖先的牌位，新人就在那里用被红绳系着的两个酒杯喝酒，许下誓言，将自己杯中的酒融入对方杯中。

这些衙门如同中国大地上星罗棋布的各种牌楼和宗祠一样，从它们建起来的那一天起，就承担了经受岁月冲洗的使命。过去的时光，它们已经承受下来了，当然，它们中的很多在这一过程中毁灭了。因为人类不管如何处心积虑，建起来的建筑终究是不会敌过时间的。这些建筑的坚固，有时反而成为了它们生存的弱点。它们很可能已经矗立了很多个世纪，以至于没有人觉得彻底修复它是自己这代人的事情。这么多年来，人们只是不时地给它们添添砖、加加瓦，这已经让它的屋顶太厚重了，厚重到令人恐怖的地步。屋顶的房梁很可能就是半爿大树，但却根本没有人来锯一下或者加工一下，以减轻它的重量。这还不算，人们为了让房子冬暖夏凉，在厚实的屋顶还加上了厚重的瓦片来防雨，为了让房子看起来更加美观，在屋檐上还用瓷做了一系列的麒麟、凤凰和各种臆造出来的保护神。中国的房子倒塌往往是因为它屋顶太重了，重到连墙都支撑不住了。宫大人的衙门里还有一个小马厩，里面养着骡子，以便拉他的官车。他侍从的小马也养在里面，用干草来喂养。有一次，我们乘马车经过大清银行太原分行总办的衙门时，瞥了一眼门里的小花园，发现在草坪和大树之间种了一些海葵。鬼使神差地，我们在一个男仆面前聊起了这件事。这个男仆经历过一次大手术，那时我母亲日夜照顾着他，所以他对我们总是感激不尽。我们说："我们花园里怎么就没有海葵呢？"第二天这个热心的男仆就冒冒失失地跑到大清银行的衙门里，冲破门房的阻挠，在他们愤怒的注视下，开始揪海葵，不，是连根拔起海葵！门房们一哄而上把他打倒，用棍子打他，撕烂他的衣服，不给他解释的机会。他回来的样子简直惨不忍睹。我们不得不为他的冒失行为登门去道歉。很不巧，那个银行的长官非常厌恶外国人，向他道歉可不是一件能让人产生愉快回忆的事情。

宫大人书房外，就是一个小院子，种着一棵高大的榆树。我第一次来时还是春天。我看不明白的是，人们在树干离地几英尺的地方绑了一圈干柴。宫家最年轻的女儿正陪着我，她当时只有11岁，长得很漂亮，长长的辫子在脑后摆来摆去，上面还系着一根红绳。红绳子被系得很整洁，接头很巧妙地挽在了头发里。她顺着我的视线望过去。

“请原谅我注意这么小的事情，”我很正式地和她说：“但是这些柴是干什么用的呢？”

她显然为我的无知发笑：“为了把猫赶走啊。”

“你们讨厌猫吗？”我问她。

“哦，没有，”她回答说，“但是我们喜欢鸟在树上搭窝。如果猫总是爬上去把鸟抓住吃掉，它们怎么可能在上面搭窝呢？”

除了暴发户以外，中国家庭里的家具通常都是很简单的。但是在衙门里，家具配备得更简单，甚至都不够用。客房里的布置是这样的：方桌和椅子背对着墙，墙上挂着一幅卷轴画。当然，衙门里是有床的。但如果是在中国的北方，甚至连床都可以不要，因为他们有炕，也就是砖床，冬天在下面点上火，房间里就会觉得很暖和。宫伯母说宫伯父在某些方面还是很奢侈的。宫伯父是南方人，不习惯睡炕，于是便买了张床，在上面还罩上帐子。他还特别喜欢把衣服存放在箱子里而不是壁橱里，喜欢用方便携带、可以折叠的日式铁架梳洗台。

衙门为何如此简朴节约？原因倒是不难发现。一个官员可能会待上多少个月甚至多少年才能有一纸上任的调令，但在这期间，他很有可能已经吃光了他所有的盘缠。他有时还不得不向放贷的人借款，那么债主就会派一个人掌管他的财务，以确保他能早日还上钱。在这么大的国家里，凭着那么原始的运输工具，他到达目的地都得耗上几个星期的时间。虽说作为官员在沿途客栈会享受到一定的特权，但是在中国外出旅行并不便宜，因为这样的旅行往往时间很长，而且还要拖家带口。而且一旦被调走，中国官员们也不习惯于卖掉家中的财物，往往要带着一起上路。况且他到一个新地方上任了，也不能保证自己能待很长时间。这些都要取决于他的上司，以及自己拥有的影响力。事实上，朝廷是不希望一个官员长期待在一个地方的。

记得当我们不得不避住到使馆去时，我们曾天真地和骆太太谈到过变卖家产的可能。骆太太的回答是："这样会很不吉利的！"

最后，我们也觉得卖掉那些与我们朝夕相处的东西，比如中国木匠给我们打的家具来换钱，还是有些于心不忍。那时，有一位姓王的小个子太太曾经看上了我们的摇椅，于是我们就送给了她。摇椅让她感到又怕又乐，当她坐到里面剧烈摇动的时候，她就停不住，最后被拉出来的时候，她都像快疯了一样。另外一个从南方来的朋友，一到冬天就发气管炎，所以很痛恨北方的严寒。我们就把我们的加拿大暖炉送给他。可惜就是没有人能帮他把排气的锌管装上，否则也许他还能再活上好些年。我把我的小铁床连同上面的蚊帐，一起送给了骆香梅，她后来写了一封非常讨人喜欢的信来答谢我，说希望能因为和我睡同一个地方，从而让她的脑子像我一样“聪明”。

在中国的中部和南部地区，并没有北方那么冷。那里的人们会在家里摆上一个铜盆，在里面添上烧得红红的木炭。当然，要放多少木炭就根据个人需要添多添少了。不过，中国最普遍的避寒方法就是多穿衣服，有条件的话就在外套里衬上动物的皮毛。炕在白天是一个暖和的沙发，到了晚上就是床。炕上铺着灯芯草织成的席子，在上面加上一层薄床垫，房中的女人们几乎一整天都会盘腿坐在上面。对于外国人来说，唯一的不足就是垫得骨头疼。对于中国家庭，尤其穷苦人家，炕是很实惠的。英国的工人们有时候会把热砖块放到床上取暖，而中国人则是造了一个砖床，在下面点上火去取暖。热传到炕的上面，而烟则通过烟道排到室外去了。

宫家和骆家都是一尘不染的。中国和其他国家一样，家庭的清洁都靠女主人来操持。不过这两家人对于整洁的标准还不算什么。我听说另一个官太太，家里吃饭的碗筷在饭前饭后都要各洗一遍。不过，在前文提到的那个阴谋诡计的姨太太家里，灰尘和蛛网就到处都是。在她家的客厅里，有一个产自巴黎的很华丽的沙发，她说这还是花高价从上海买过来的。不过呢，没过多长时间，沙发淡粉色的锦缎上就油迹斑斑，锦缎被扯破，里面的白色填充物都露了出来，沙发的一只脚被盒子垫着。还有一个官太太曾和一群朋友来宫家做客，她们都是吃烟的。偶然之间我听到她说："干净！这家房子都快干净死了！都没有什么脏地方可以让我吐口痰！"

说完她推开窗户，往外吐了口痰。

在中国，一个女人如果不善持家，是没有任何借口可说的。因为女人们通常手头是没什么其他事情可做的，除了私下外出，或者为她们的丝绸手帕、衣服和鞋子绣上一点花。事实上，官员的妻女们在外省的生活是非常枯燥的。她们远离了熟悉的亲戚朋友。清政府为了防止地方官员尾大不掉，禁止官员在他的祖籍当官。一个中国官员可能会从这个省到那个省兜兜转转，但不到他告老还乡的那一天，就是不能回到老家。

中国有过一首很好的诗，写的就是一个官员，在他所挚爱的家园终于呈现在他苍老的眼前时，所表现出的那种欢乐。这首诗的作者是陶潜，死于公元427年，大概就是在圣奥古斯汀把基督教带往不列颠前150年的样子。陶潜的传说在中国世代相传。他是一个廉洁的官员，尽管他的妻子时常会唆使，但他从来都不受贿。直到今天，中国人依然无比钟爱着他所处的那个时代。这里，我想引述他诗中的一部分：

问征夫以前路，恨晨光之熹微。乃瞻衡宇，载欣载奔。僮仆欢迎，稚子候门。三径就荒，松菊犹存。携幼入室，有酒盈樽。引壶觞以自酌，眄庭柯以怡颜。倚南窗以寄傲，审容膝之易安。园日涉以成趣，门虽设而常关。策扶老以流憩，时矫首而遐观。云无心以出岫，鸟倦飞而知还。景翳翳以将入，抚孤松而盘桓。

归去来兮，请息交以绝游。世与我而相违，复驾言兮焉求？悦亲戚之情话，乐琴书以消忧。农人告余以春及，将有事于西畴。或命巾车，或棹孤舟。既窈窕以寻壑，亦崎岖而经邱。木欣欣以向荣，泉涓涓而始流。善万物之得时，感吾生之行休。

已矣乎！寓形宇内复几时！曷不委心任去留？胡为乎遑遑欲何之？富贵非吾愿，帝乡不可期。怀良辰以孤往，或植杖而耘耔。登东皋以舒啸，临清流而赋诗。聊乘化以归尽，乐夫天命复奚疑！[1]

在外省的省会，官员的妻子和亲戚朋友之间是彼此隔离的。习俗允许她们去别的官员家里拜访，或者也可以去买东西，但是只能去那些不显眼的小铺子。不过，如果我们把宫太太和那个有法式沙发的姨太太进行比较，我们也可以发现，衙门里的女人们并非都有着同样的兴趣爱好。不过总的来说，她们外出必须坐在轿子里，或者是关着门的小车里，这种车的轮毂是黄铁做的，又厚又重，跑起来颠来颠去，坐着其实很不舒服。她们外出绝不可以步行，而且在外必须一直低着眼睛，万万不能东张西望。否则在老百姓茶余饭后，官太太伤风败俗的行为就要成为一个热闹的话头。他们会这么起哄："连老婆都管不好，凭什么来管我们？就让她们在街上闲逛，像外国女人一样不知羞耻地盯着男人们看哩！"

中国的女人们外出回来后，会津津乐道于外面每一个细节，尤其是对外国人的细致观察。这些内容不断有人讲，不断有人听，显得很烦人。我第一次见宫太太的时候，发现外省的规矩也很烦人。

她说："告诉我，你会骑马吗？我听说外国的女人都习惯骑马，我们这里的女人可不能骑马，这显得有些太胆大妄为了。"

1　这里所指的就是陶渊明的《归去来兮辞》。

我们在太原都是骑马外出的。我答应向她展示如何骑马，并且告诉她骑马其实并不需要多大的勇气。对于我们外国人而言，除了北京的黄包车以外，没有比骑马更舒服的交通工具了。我们很厌烦坐在颠得腿都要痉挛的小车上。我们在马上则可以跳上跳下，感到快乐随性。

我说：“你看，这样我们觉得很自在。”

“这恰恰和我们相反，”她沮丧地说，“我们在这里，要比在任何地方都要小心翼翼。我们越少被看见，老爷的声誉会越高。在这里，我们要比在北京孤独得多。”

难怪，当我到天津和她住在一起时，宫太太不断地和她的朋友们聚会，享受着大都市所带来的自由。

第 10 章

生活在租界

在天津、上海、汉口、香港这些城市生活的中国居民，他们的生活和乡村古老的、与世隔绝的生活有着很大的区别。房子外观的变化就是一个明显的标志。在上述城市中，中国人居住的街道是一个非常有趣的研究对象。人们可以清楚明白地看到东方和西方在建筑外观风格上的针锋相对。这一片也许是咄咄逼人的西方风格胜了一筹，那一片也许是绵远悠久的东方韵味又扳回了一局。为了方便与外国的贸易往来，越来越多的中国商人开始到这些城市定居。尤其在香港，商贸往来受到了英国法律的保护，公平的商业环境吸引了很多商界名流前来居住。他们的房子非常富丽堂皇，其豪华程度即便与中世纪威尼斯的宫殿相比也毫不逊色。

辛亥年的革命爆发以后，很多中国人开始因为政治的环境而选择迁移到这些城市的租界里生活，比如宫家一家人就是如此。租界虽然还在中国的领土上，却因为租赁或者是永久性割让，插上了外国的旗帜，几乎不受中国的管辖。他们最大的想法，就是希望自己的家人能免遭伴随革命呼啸而来的毁坏。外国租界正可以提供这样一个远离革命风暴的安全地带。他们中绝大多数人，只是希望能在租界里面有一个临时的住所。但在那时，他们中绝大多数人都没有想到，1911 年的这场革命所带来的变革与破坏，可不仅仅是一场疾风骤雨，在和平与繁荣重新回归大地，在他们能够重新回到自己饱受蹂躏的家园之前，还有一浪接着一浪的惊魂考验。

所以，很多“流亡者”逐渐也放弃了短暂避风头的想法，开始在外国租界里盖起了又大又结实的房子，似乎打算要在这里住上一辈子。如今，在天津这样的城市里，满大街都是高端的府邸。当然，其中也零星夹杂着几间对外出租的房子。那些府邸看上去都是崭新的，哪怕你只是在门口瞄上一眼，就能知道房主享受着非常现代的生活方式。不过这些房子还是保留了传统中国住宅的两个特点——坚固结实，免受干扰。我们外国人理所当然地认为，既然是英国或是法国的租界，当然就会有着良好的治安，可大多数中国人还是习惯于老式中国房屋的构造，在房子周围拉起高高的围墙，开一扇坚硬的实木大门，每天不忘插上门闩，再雇上一个忠于职守的门房，把房子层层拱卫起来。

在我住到宫家之前，我对中国人在租界里封闭的生活非常感兴趣，希望能够具有小说《吉尔·布拉斯》[1]中描写的神迹，掀开他们的屋顶，观察他们是怎样生活的。当然，他们在屋子周围盖上一圈高高的围墙也不是没有好处。当中国北方的沙尘呼啸而来的时候，在铺天盖地的灰尘中手忙脚乱、难以呼吸却又束手无策的外国人，只能嫉妒地看着他们的中国邻居安然无恙地躲在高高的围墙之后。聪明的中国人，用高高的围墙挡住了从戈壁和土耳其斯坦[2]吹过来的沙尘风暴。北京城也许和奥里尔·斯坦因[3]先生在中亚发掘出来的城市一样，最坚固的墙可能并不是城市外围的城墙，而是城内的一堵堵院墙。太原其实也是如此，每当狂风从山西席卷而过的时候，我真的很难相信，太原的城墙居然已经矗立几百年之久而没有在风暴之中崩塌。

天津的这些所谓的现代中式房屋，不仅门脸不够吸引人，仅仅是匆匆一瞥也能看出更多令人不快的地方。大门和房顶的装饰往往都很刺眼。他们喜欢用石膏勾勒出花盆的形状，再用石膏描出比实际生活中要大得多的花朵，然后在花瓣上涂上花花绿绿的颜色，还不忘记用

1　这本书是18世纪法国作家查尔斯·索瑞尔（Charles Sorel）所著，“恶棍罗曼史”的代表作。

2　当时外国人沿用的对里海以东广大中亚地区的称呼。

3　奥里尔·斯坦因（Marc Aurel Stein，1862—1943），英国考古学家，曾先后四次在中亚地区特别是中国的新疆和甘肃考古，发现了敦煌吐鲁番文物。

缠绕的铁丝做成叶子的形状。有的房子会把装饰换成京巴狗，但却不是那种能够再现出实际生活中京巴狗的那股机灵劲的石制品或者青铜制品，而是拙劣的石膏模仿品。当然，他们还不忘在它的鼻孔上加上红点。还有的房子，在墙上画出一只灰白的凤凰，却把翅膀抹成俗气的艳蓝色，也许房主本来是想让人联想到凤凰神圣的起源，结果却是白费工夫。这些低劣的模仿明显缺乏生气，反倒形成了一种笨拙的讽刺，看到这些真是让人莫名惊慌。这难道就是康熙皇帝传承下来的品位吗？这难道就是乾隆皇帝流传下来的艺术吗？这可怪不得外国人吧？他们脑子里面可从来没有构想过这些东西！

但我想，对此还是要多一点耐心吧。中国人这些看似贻笑大方的行为，其实正说明中国已经开始朝着尽善尽美的方向前进了，只不过她有她自己的方式和节奏。从我们的角度来说，在过去的20年里，我们也从东方学到了很多东西。就拿女裙来说，我们用鲸须给裙子做衬架的时代已经结束了，这必须得感谢古老的东方大陆啊。裙子优美的样式，宽松的风格，多变的色彩，不都是受到了中国或日本文化的启发吗？如果我们换位思考，当一个中国人在英国的海岸边，看到一个英国孩子，像我曾经干过的那样，穿着一件印着“幸福”两个汉字的衣服，但两个字其实全部都被印反了，那么他是会觉得怒不可遏，还是会哈哈一笑呢？

中国人来到了租界，就像是来到了一个新的世界。

租界里整洁的街道，整齐的警察，穿梭的电车，还有排水管道、电灯，无一不让他们感到新奇。或许对他们而言，最奇妙的就是有了自来水！这就像一个人，突然之间从乔治三世的时代穿越到了乔治五世的时代。或许我们也没有注意到，其实我们享受到这些条件也并没有多长的时间。他们很快也会发现，在租界买一套面积很大的平层根本行不通，因为那里的土地寸土寸金。不过，纯粹的洋房又不符合他的品味，而且不能满足传统家族制生活的需要，就他的一堆姨太太而言，洋房还真是转不过身来呢。实际上，他们倒是很乐意把他们的房子就建在两根坚固而华丽的柱子上，这样所罗门王也不需要再为他的神殿寻求更高的典范了。既然已经这样了，我们只能对颜色暗淡的围墙、颜色更加暗淡的石膏凤凰和哈巴狗，睁一只眼闭一只眼，并且希望在这样的审美过渡期结束之前，我们都能保持住相当的耐性。

当然，并非所有的中国人都是如此。我在天津见到宫家人时，他们和我一样成为了“避难者”，把一栋两层楼的公寓作为一个临时的落脚点。在当时的情况下，他们仍然非常高兴地接待了我。后来，他们写信告诉我，他们在一条绿树成荫的街道上买了一栋房子。直到几年以后，我才有机会去参观这套房子。当我坐上摇摇晃晃的黄包车，经过一幢幢装饰着灰白色的石膏花和镀金的铁丝树叶时，感觉到自己的心一点一点沉了下去。我在想，宫大人这样的一个传统的中国文人，一个祖祖辈辈都是翰林、诗人、举世闻名的艺术家，一个书香名第的传承者，他是否也会在家中的大门上画上一只哈巴狗？我责问自己，要是早点问清楚是不是这样就好了，免得心中如此忐忑不安。

宫大人家的新房子并不大。显然，他对于官场上“发大财”的门道毫无兴趣。房外是一排铁制的护栏，这可以让人联想到巴黎近郊讷伊的小镇风光。目光穿过护栏，越过小小的门房，就可以看到庭院中的夹竹桃正在怒放。摆放在走廊里的芦荟像个哨兵一样挺立，延绵的紫藤遮住了房子大半片的灰色外墙。触目所及的视野里，你找不到矫揉造作或假冒伪劣的艺术留下的痕迹。鲜花和阳光带来了整齐和质朴的美好感觉。相邻的房子则是一套高墙耸立的宅邸，这是有钱人家的标志。不可避免，房子的前门果然矗立着一只石膏做的哈巴狗，正盯着我们看呢。现在，中国人给它的原型起了一个很亲昵的称呼，叫作小狮子狗。这个小动物，无论是它的鬃毛还是气质，确实有点像万兽之王。当我的目光停留在这些拙劣的模仿品上时，宫大人正在向我介绍周围的风景。

我忍不住低声轻笑起来：“看到了没，您家可没有一头小狮子保护你们呢。”

“一条街上，只要有一只就足够了。”宫大人嘴角一挑，露出了恶作剧般的笑容：“这个小狮子狗，无形之中也真的保护了我们。小偷怎么会放着有钱人家不偷，专挑我们这些穷光蛋下手呢？”

当然，家家都有本难念的经。我在前几章里提到的骆太太，她的大女儿香莉嫁给了一位姓陈的少爷，也住在了天津的一所洋楼里。这座洋楼是香莉的公公购置的。每次我去看她的时候，她总是坚持先在前厅迎接我。前厅的地板上铺着绿色的布鲁塞尔毛毯，中间摆放着一套茶几，几个花瓶点缀其间。前厅顶上的枝形吊灯，取代了我们熟悉的煤油灯，灯光被吊灯上装饰用的玻璃珠反射到了壁炉的饰架，整个房间都熠熠生辉。女主人为我精心准备了一块从英国茶店里买来的昂贵蛋糕，以及一杯拌了罐装牛奶的茶。由于这个房间并不常用，所以显得非常冷清。我们主客二人只能用炽热的友情抵挡冰冷的空气。

当房间里的气氛热乎起来以后，她就会邀请我上楼去。公寓的楼梯并没有铺上地毯，相比于香莉的绣花鞋，我的皮鞋踩上去发出了打雷一样的声音，每上一个台阶，脚步声几乎要传遍整个屋子。在宅子靠后的地方有一个大卧室，这就是香莉个人使用的房间。她可以不和自己的婆婆、姨奶奶和妯娌们挤在一起。香莉的丈夫家是一个大家族，所有人都住在这个大宅子里。

我和她的丈夫从来没有见过面。他对自己的妻子非常害羞，人前人后总是尽可能地与她保持距离，也从来不关心她内心的想法。这可是所有人都看在眼里的事情。我和香莉坐在她的卧室里交谈。她的卧室也是她的育婴房、化妆室、裁剪屋和书房。吃饭的时候，她和宅子里面的其他妇女坐在一起，而不是和自己的丈夫。她的丈夫和自己的父亲、叔叔和兄弟们，会在另外一个单独的房间里吃饭。这是中国传统礼仪的一部分，也是这个家族古老的习俗了。

香莉只有 26 岁，不过她已经生养了三个小孩。不幸的是，那个最为家人翘首以盼的儿子却夭折了。可能是坐在熟悉的房间里的缘故，我和香莉逐渐感到不那么拘束了，于是便开始谈论一些女人之间的话题，比如妇女儿童们最时髦的兴趣——针织。我发现她们母女三人都感冒了。在外国，任何一个房间，不管它是什么用途，即便没有摆上什么家具，都会尽可能布置得干干净净、整整齐齐，房间铁炉里的火也一定总是烧得旺旺的。但是，在香莉的卧室里，地上没有铺地毯。现今的中国，流行在每个房间都铺设一层厚木板，以便达到防潮的目的。门与地板之间的空隙，让冷风能够源源不断地透进来。从房间巨大的玻璃向外看去，约 20 英尺以外的是一幢新建的房子，它光秃秃的白墙就是这扇窗户的背景。卧室门旁是一个外国式样的衣橱，镶着长长的镜子。房间里最大的中国特色，就是一张双人床，一张大约一米见方的红色八仙桌和两三把配着豪华靠垫的椅子。房中还有两口红色的猪皮箱子，里面是叠得整整齐齐的衣服。这可是当年作为新娘的陪嫁一同搬过来的。

我的思绪又回到了香莉在北京的家。环视整个房间，我仿佛看到了她的母亲和两个妹妹正忙着把珠宝缝到衣服里去。我看见了门上的黄铜把手被铸成了蝴蝶的形状，漂亮的老式衣橱虽然很简朴却掩饰不住亮丽的光泽。院子里的阳光透过窗户纸，变得若隐若现。炕上摆着一张狭长的木头桌子，两边各放了一个红色的草蒲。桌子大概有一英尺那么高。晚上睡觉时可以把桌子移开。如果想在炕上和朋友们聊聊天，那尽可以斜靠在桌上，桌上还可以放上几盘水果和水烟。

从我们西方人的角度来说，没人觉得中国的老房子有多舒适，要知道，这里面的规矩太多了。但是那种老房子看上去却显得很有味道，而且中国人也知道如何让它变得舒服起来。当我坐在香莉的卧室里，听着她们母女三人咳来咳去的时候，我真希望她们可以住到她的娘家去。香莉忧伤地对我说："你也知道，去年冬天，我的儿子因为咳嗽夭折了，他爸还一直没能从这个打击中缓过来。如果再失去我的女儿，我想我也撑不下去了。"

"你能像我们外国的妈妈们那样，每天带她们出去呼吸呼吸新鲜的空气吗？"我问。

"不，不，"她回答道，"我怎么能这么做呢？我的婆婆、姨母们会不高兴的。她们会认为我疯了，野了。其实，即便频繁出门，她们也不会真的指责我。因为她们还是很疼爱我的，我也很喜欢她们。但要是带孩子们抛头露面，这会严重触犯她们的底线。我不能那样做。"

我沉思了一会，然后问："那到花园呢？那里很开阔，而且周围还有高高的围墙，外面的人也不会看到你。”

她还是摇了摇头。我仿佛看到了死亡之手再一次伸向她和她的孩子们。只是因为任何一个来拜访的人，进出都会经过花园，所以她也不能到花园里去，必须待在里屋，包括她的孩子们。

中国人家里的花园，并不是我们所理解的那种花园。中国人可以造出世界上最美丽、最精致的园林，但令人诧异的是，他们却不懂得如何去欣赏绿色的原野、繁茂的花丛、整齐的草坪、林间的小路。中国是杜鹃花、绣球花、秋牡丹和迎春花的原产地，但中国人却很少注意到它们的甜美与可爱，任凭它们在湖北和四川的郊野悄悄地绽放。中国人并非不爱花，他们更偏爱娇嫩的花朵，更偏爱精心呵护的花朵，更偏爱一花独放而非百花齐放。中国的妇女，要么是喜欢在发间插上一朵玫瑰，要么是喜爱戴着用芬芳的兰花编成的小巧花环。记得有一次，当我在一座寺庙中漫步时，在庭子里的水池旁看到一朵美丽的牡丹含苞待放，我弯下腰想轻轻地触碰一下，突然一个和尚高声喝止了我：“别碰它！你会把花瓣碰掉的。三天后它就要开花了，我已经守了一个星期了。”

种在水池里的芍药、栽在木桶里的夹竹桃、长在瓷盆里的牡丹、制成盆景的雪梅、独立疏篱的菊花——这就是中国人所认为的“花园”。但是，即便没有我们所说的那种花园，那天津这些房子周围就能种上矮草，铺上碎石路，就能允许孩子们到户外来享受新鲜的空气和阳光了吗？那位年轻的丈夫陈少爷就愿意漫步于整个城镇了吗？

“真是个讨厌的家伙！”我心里想，“如果他的孩子夭折了，他只能责怪他自己。但是，这对可怜的母亲而言，真是太残忍了！”

我在心里这么咒骂的时候，一个女佣走进来对香莉说：“二太太，少爷让我带话给你，他今天要去北京，过个三四天就回来。”就这么完了？丈夫都不来和自己的妻女们说声再见吗？

“知道了。”我的朋友平静地说。我真希望她能让我到另外一个房间里去，以免妨碍他们之间彼此告别。但这是不需要的。我猜想这位丈夫对于自己的离开感到难以开口。就我所知，他倒也不是一个坏人，只是过于羞怯。谁能想象得到，他们夫妻二人，从来不会一起吃饭，一起散步，一起聊天呢？不管怎么样，当香莉听到他要走的口信时，其实我也看得出来，她还是有点伤心，感觉有点受伤。我又一次在心里说：“那个讨厌的家伙！他现在要做的，就是和自己的妻子单独待上一两个月，这样他就能发现，不管上天会不会再给他一个儿子，他已经拥有了一位无比仁慈、勇敢、忠诚的爱侣！”

我想，新的中国也许最羡慕我们西方的，就是我们独立的家庭生活。感谢上帝的恩典，我们年轻的丈夫可以免受家长的干涉，从而学会如何去爱和尊重自己的妻子。

第 11 章

家族的圈子

显而易见，宫家在很多方面是很特别的。他们能将自己的生活全部展露给我看，就是一个很好的证明。此外，宫家的女人们，要比我上文提到的骆家，享有更大的自由。

如果想要总结整个民族的家庭生活状况，是几无可能的，特别是对于中国这样一个占全世界四分之一人口的国家，更是绝无可能。如果一个东方人去欧洲旅行，他是住在贵族的城堡还是农民的草屋，是住在意大利主教的宅院里还是苏格兰的鞋铺里，抑或是在克拉彭[1]的寄宿公寓里，将决定他对欧洲的不同印象。如果他只是在一个普通的英国家庭中逗留数日，然后就打算写一篇有关欧洲家庭的论文，那么他的结论一定会被认为是过于草率了。

1　英国伦敦西南部地区。

正因如此，我不打算对中国人的家庭生活做一个全景式的描述，或者是从细节到整体做全面的论证。我只能从我的亲身经历出发。当然，我得承认我是幸运的。因为恰好我在合适的地点获取了合适的素材，能够把这样一个凭借才学获得很大声望的家族作为我的研究对象。当然，我这么说，也许是因为从我们自身的一套标准出发，更偏好于那些崇尚现代生活的家庭，而非保守循旧的家族。

宫家对治国理政有着深切的兴趣，热衷于学习他们本国的历史，但对外国人到来所引发的社会变化，也持越来越宽容的态度。有人会说，中国的家庭不都是这样的吗？我很清楚，事实并非如此。在另一方面，宫家人也展现出了父慈子孝、兄友弟恭、夫义妻贤的一面，这也是所有文明人应当具有的品格。虽说宫家在很多方面所体现出来的卓越品质，在中国千千万万的家庭中应该不是孤例，但我还是认为，宫家有其独一无二的地方。

生活中的宫大人和宫太太淡泊致远，所行所思也如春风化雨一般影响了很多人。但是，即便是他们，也和他们懵懂的同胞一样，在处理家庭关系上面临着一些困境。其实，西方的家庭在不同的程度上，也面临着相似的困境。我们都需要面对家族中的老一辈和小字辈如何相处的问题。对成长中的年青一代，老人们是该包办一切还是适当放手？如何才能实现门风严谨和适当妥协之间的微妙平衡？啊，确实如此，有家就会有爱，有家也就会有各种各样的矛盾，东方、西方莫不如此。不过，不管在东方还是西方，有多少家长能够做到像宫伯父这样优秀的程度呢？

从宫家的家谱中我们可以发现，他们的家族世代为官，出了很多政治家和官员。三百多年来，这个家族每一代人之中也至少能涌现出来一位学者。可以说，这个家族有着深厚的家学渊源，做学问似乎就是他们的第二天性。中国有句话叫作“肚子里面装满墨水”。这里所说的肚子，实际就是“头脑”的意思。在中国要想当官，唯一的途径就是参加以古典文学为主要内容的科举考试。一个家族，如果能像宫家一样世世代代出了不少官员，往往就意味着这家人也出了不少学者。在中国，所有人都可以参加科举，这也是民主在中国最极致的体现。我看到新闻上说，美国的石油大亨喜欢挑选成绩最好的学生进入他的公司，因为他认为成绩最好的那个人，有能力卖掉最多的石油。同样的道理，中国人认为，如果一个人能够掌握复杂的古典文学和深奥的哲学，在此基础上还能创作诗歌，写出一手好文章，那么他也就具备了掌控任何事、任何人的能力。曾有外国的要人对中国这一选拔系统进行了细致的研究，认为效果还真是不错。

在宫大人的父辈里，虽然他的叔父也非常了得，但名气最大的还是他的父亲。宫大人的父亲很小就通过了童生的考试，随后他的目标就是进入翰林院。在中国，翰林院是最高也是最受青睐的学府。成为一名翰林，意味着可以光宗耀祖。果然，他最终取得了这样的荣耀。历来翰林们的档案都存放在毗邻英国公使馆的贡院里。在庚子年间，来自甘肃的义和团[1]，为了攻打英国公使馆，把火引过去，就放火烧了贡院[2]。这把火把贡院里已经存放了几个世纪的无价典籍化成了灰烬。这比损坏贡院本身还要令人扼腕，也是对中国传统文化的一次不可饶恕的背叛。

中国的科举是非常严密的。成千上万的考生，不同的年龄，不同的阶层，通过笔墨的比试，从而决定不同的等级。在省城举办的乡试，每个考生都被关在独立的单间里面，朝廷会派员前来巡视。经过残酷的竞争，成千上万的考生中只有少数人会成为举人，取得参加在北京举行的会试资格。会试要每三年才举办一次。通过会试的才能参加在皇宫里举行的殿试。殿试由中国聪明人里最聪明的人，也就是天子来主持，被挑中的人方可进入翰林院。其中表现最为优异的，就可以被称作“状元”。

如我先前所说的那样，宫家这个家族是独一无二的。宫大人的父亲进了翰林院，宫大人自己也在 18 岁的时候获得了同样的荣耀。这对一个家族而言，可谓是空前的荣耀。他的儿子励诚也精通中国古典文学，被寄望于能够为这个家族第三次带来同样的荣耀。然而，随着清王

1 其实应是董福祥率领的甘军。

2 应为翰林院，位于东交民巷使馆区的北侧。“甘肃的义和团”应为攻打使馆的甘军。

朝被推翻，旧的科举制度也被废除了。宫家人对此都感到非常惋惜。科举取士的八股文，在近代的中国用途非常小，已经被更加实用的学科，比如数学、当代史、地理等所取代。这其实倒是一件非常明智的事情，但是人们还是会为翰林的消失表示遗憾。他们的昂扬斗志，他们的雄心壮志，都是值得人们赞誉的。

在通过一系列的考核后，宫大人的父亲被选为当时皇帝的老师，这也意味着他将成为这个国家最重要的大臣之一。他穷尽一生，为皇室尽忠职守长达 40 年之久，但也免不了因为犀利的言辞和耿直的进谏而遭受斥责。当外国人出现在中国的舞台上时，他富有预见性地意识到，洋人完全能够成为中国的朋友而非仇雠，他们可以为古老中国带来知识与光明的启迪。他对历史的研习、对知识的热爱以及对真理的追求，促使他以一颗开放喜悦的心接受和研读国外的文化与科学。在日积月累的耳濡目染下，他对年轻的光绪皇帝成功施加了积极的影响，鼓励皇帝用全新的思维谋局取势。他还曾试图缓和慈禧太后与外国人的紧张关系，但最终还是失败了。

1898 年，光绪皇帝迎来了亲政的考验，为了证明自己能够独立肩负起治理帝国的重任，无需慈禧太后继续垂帘听政，他在短短几天中颁布了十五条重要的法令。

他大笔一挥，废除了陈旧的科举制度[1]和很多陈规陋习，改变整个帝国的法度。不久，他的变革遭到了以慈禧太后为首的顽固派的激烈反对。光绪皇帝试图软禁慈禧太后，不过慈禧太后的势力显然更为强大，反而软禁了光绪皇帝。从此，没有她的懿旨，光绪皇帝不得离开中南海的瀛台半步，也就再也不能掌握执政大权了。

年轻的皇帝被软禁后，鼓动光绪开展变革的人被专制的慈禧太后斩首示众。尽管宫大人的父亲并不反对慈禧太后，但他同情光绪的维新思想是众所周知的事情。于是他被逐出了朝廷。四十年的尽忠职守，换来了一朝扫地出门的下场。

这位曾经的朝廷干城，已是满头白发。他预料到，如果清王朝还是一意孤行地闭关自守下去，仍然将外国的先进文化拒之于门外，不断地撕毁已经缔结的条约，迟早会为这个国家带来灾难性的后果。怀着沉郁的心情，他回到了南方的老家，在生命中最后的日子里，为自己写了几卷自传，回顾一生为官的岁月。最后，他这么写道:“六十年中事，伤心到盖棺；不将两行泪，轻向汝曹弹！”[2]

宫大人父亲的预言不幸应验了。随着义和团的兴起，灾难来临了。清政府里那些激进顽固的官员，已经愚昧

1 其实科举制度直到1905年才经慈禧批准后废除，并非光绪在戊戌变法期间所为。

2 即翁同龢绝笔诗。翁同龢被免职，是在戊戌政变发生以前。

无知到了难以置信的地步。他们居然相信义和团能够在咒语的保护之下刀枪不入，从而可以把外国人和所有有关外国的一切东西都驱逐到大海里去。啊，大海，那是我们的母亲，在她轻柔的抚摸下，我们再一次积攒起了力量。清朝的溃败给了宫大人的父亲以沉重的打击，国家的耻辱也让他精神崩溃，他卧床不起，抱憾而亡。在他身后，留下了大量尚未出版的文学作品。四十卷浩繁的诗歌、散文，给他带来了崇高的声誉。宫大人从他父亲那里继承了研读中国历史的喜好。在读史之余，他精心整理了父亲留下来的手稿。他已经出版了两卷手稿，为其父亲的声誉辩护，其余的也将陆续出版。

宫伯父人生中的一段黄金岁月，就是他在翰林院当差修史的经历。作为一名翰林，他每个月只能拿很少的钱以贴补家用。不过他和父亲生活在一起，婚姻幸福，家庭美满，做着闲散的工作，在尔虞我诈的朝堂之上也有着稳定的地位。可以说，在他父亲倒下的前 30 年里，他都过着非常轻松愉悦的生活。后来，他陪伴自己的父亲回归乡里，父亲过世后接下了微薄的家业，然后重返北京，在等待了一段时间后，得到了慈禧太后的恩准，成了一名文官，不久就被派驻到山西做按察使。也就在那时候我们第一次见到了他。

宫家的年青一代已经长大成人了。他们对自己的祖父自然也格外地尊敬。宫大人还存有父亲的照片，时常把照片拿给朋友们传看。这也是这位老人值得人们尊重的一个重要标志。还在宫大人父亲的那些同辈们相信神秘的照相机会把人的灵魂摄走的谣言时，他就已经主动去拍照了。照片上是一位有着冷峻脸庞和深邃眼神的老人，和宫大人一样，他也有着中国人中不常见到的鹰钩鼻，整张脸因为他短短的银色胡子而显得更加富有神采。和欧洲人浓密的胡须不同，他的胡须比较稀疏。按照中国人的观点，这是老人有福气的标志。

在经过私塾先生的启蒙教育之后，宫大人就跟着自己的父亲学习古典文学。励诚也接受了同样的教育。宫大人经常提及自己的童年生活，然后指出现在的孩子比他们那时要轻松得多。他在四岁的时候开始学习汉字，换到现在的孩子，人们肯定会说："那太早了！"他在五岁的时候每天要学两行汉字，现在人们多半会说："太多了！"那时候，到了晚上如果不能准确地把白天所学的字默写出来，两只手要各领五大板的惩罚。"我只被打过两次"，每每谈及于此，宫大人一定会很骄傲地加上这么一句话。每当他听到有关溥仪小皇帝的好消息时，他就会很高兴，认为如果时机成熟的话，他将来会成为一个好皇帝。他有两个朋友，在辛亥年的革命爆发后，曾与摄政王有过一次交心的谈话。正说着话，进来了一个五岁的男孩，当他看到这两人灰白的头发和庄重的神情，立刻跪下来给他们磕头。他们大吃一惊，连忙把他搀扶起来，也就此明白这位年幼的皇帝，已经处在了危险的境遇之中。他们说："您是我们的皇帝，应该我们向您磕头。”小皇帝回答：“不，你们是我父亲的朋友，是有学问的人。老师教导我要尊师重道。”于是，他们只好受了他一拜。

当得知我想给自己起一个中文名字，宫大人表示可以帮我取一个，这真让我受宠若惊。只见他思索了片刻，然后就给我取名为“福芸”，意思是“幸福的园丁”。一开始，我认为这个名字并不适合于我，但得知其中蕴含的精妙内涵后，我被打动了。

宫大人笑着说：“你不就是来给我们中国培育花朵的吗？”

我明白了文字中蕴含的奥义。“花”是一个单字，但同时也有另外一层意思，指代绚丽的土地。而且，中国的女性，难道不是最美丽的花朵吗？所有思想的花园里，不也都是开满了不败的花朵吗？我非常高兴也非常感激宫大人。他这么祝福我：“希望幸福的园丁在中国的花园里能够培育出更多让她欢喜的花朵。”

幸福的园丁——福芸。我非常满足地留下了这个名字。

宫伯父和宫伯母一共生育了 8 个子女，活下来 5 个。头两个儿子和头一个女儿都去世了。第一个儿子幼年的时候就夭折了，第二个儿子去世之前已经成婚了。当时宫伯父还在北京。二儿子和他年轻的妻子以及年幼的儿子都死于一场流行性的伤寒。当宫伯父到山西的时候，19 岁的大女儿也死了。

“她是怎么死的？”我问励诚。

“因为山西尘土飞扬的气候，”励诚说，“你知道山西的沙尘暴有多可怕吗？那足以杀死任何人。她是咳死的。”

唉，肺痨，不管是在中国还是在世界上的其他地方，肺痨都是一个可怕的疾病。人们怀疑可能是因为饮食习惯中缺乏动物油脂的摄入，才导致了肺痨的发生。

虽然那三个子女已经故去了，但给人的感觉是他们仍旧生活在这个家庭圈子之中。在中国的家庭里，子女之间不用名字来彼此称呼，而是用他们的排行。所以宫大人家的子女，就被称为大哥、二哥、三哥、四哥，女孩子也是采用同样的方法。所以，故去的人们不会被大家所遗忘。尽管排行在前的两个儿子已经死了，第三个儿子仍然被称为“三哥”，在中国人看来，这听起来似乎更有人情味。对励诚的朋友包括我而言，励诚就是励诚，但在家里，他是四哥。虽然在谈及他兄弟们的死时，他曾动容落泪，但当他和我解释这一切的时候又充满了笑意。笑对于中国人而言，要比眼泪更让人感到释怀。

二儿子还活着的时候，宫大人把三儿子励贤过继给了自己的弟弟。他在家中的称呼叫“三哥”。但是我更愿意简称为“哥”，这样更接近于中国人之间亲昵的叫法。宫大人的弟弟没有儿子，这意味着当他活着的时候，没有儿子尽孝，死后也没有人来祭祀，所以感到死不瞑目。这种过继的现象，在中国是很普遍的，而且养父母和孩子之间的感情也是非常真诚的。两个儿子死了，一个儿子被过继给了自己的弟弟，宫大人四个儿子之中只剩下一个宝贝儿子在身边，所以他总是希望励诚早点完婚，给宫家添个孙子，这种想法倒也不足为奇。我第一次在天津见到宫家最小的儿子励诚的时候，他才 17 岁。励诚的意思就是“勉力成为一个真诚的人”，这倒是人如其名了，因为他确实增进了我和他们家之间真诚的情谊。

活着的四个女儿里，年纪最大的已经 30 岁了，虽然已经结了婚，不过还住在父亲家中。她的丈夫因为父亲去世，按规制必须回到浙江老家守孝三年。这时已经过去两年的时间了。她带着一个 18 个月大的女儿，回到了自己家中，表面上看是因为经济拮据，同时也希望能够陪伴自己的家人一起渡过眼下的变故。真正的原因是宫伯父太喜爱这个女儿了，抓住一切机会把她留在身边。她的名字叫作文静。在家中，她的称呼是二姐。她甜美的脸庞，顾家的性格，特别是她温柔的眼眸中所闪现出来的无私、纯真的眼神，让人感到文静这个名字也是人如其名。若非发生了意外，文静本该有两个儿子和一个女儿，但第一个儿子刚出生就夭折了，第二个儿子长得虎头虎脑，却不幸在五岁的时候，也就是在我来之前的那个夏天死于痢疾。有点讽刺的是，最不被看重的女孩活了下来。她是一个可爱的小姑娘，家中每个人都很宠爱她，亲昵地称她为“小猫儿”。她真正的名字叫菊儿，“真诚的树立者”励诚说，“用英文说‘菊儿’太拗口了，谁能一口说出来？”

剩下的两个女儿，其中一个名叫婉兰。她和我成为了特别交好的朋友。我总是简称她为花儿，她 20 岁了，已经有了婚约，但她的婚礼却因为政治环境而被推迟。在早些年，人们会认为一个姑娘 20 岁结婚有点晚，邻里之间也会责怪父母太不把女儿的出嫁放在心上。但是如今时代已经变了，已经没有那种必须尽早把女儿嫁出去的规矩了。这也正好迎合了宫伯父作为一个慈父的心理。

家中最小的女儿，就是那个曾告诉我衙门中树上绑着树枝妙用的小女孩，如今还是个孩子。她的精力太过旺盛，不过她聪明的家人总会找到办法来管她。她最喜欢的事情，就是帮自己的哥哥姐姐们跑腿，但对于所有书香门第里一个 12 岁的姑娘必定要学习的文化知识，却没有一丁点的渴望，总是尽可能地逃避。她的姐姐花儿小时候也是这样。在被家人反复“镇压”，在和父亲兄长唇枪舌剑的过程中，她也锻炼了自己的智力。她的学名是霭荷，不过家里人都称她叫小六子。和其他的同龄女孩一样，她每天都兴高采烈的，成为父亲眼中的一颗开心果。很多时候，她都会因为我这个外国客人古怪的礼仪和奇怪的思想突然就大笑起来。

当火车从北京长长的站台驶出来的时候，我的思绪已经飞到了这户人家，想着她们将会给我们多么诚挚的欢迎。对接下来生活的憧憬，我激动得都感到了些许的颤抖。已经有 5 个月没有下雨了，气温零下好几度，但是太阳仍然把光线洒向了大地。我感到澎湃的心潮，正在冰冻的大地上颤抖着敲击，空气也一并战栗了起来。我想象，如果这时下一场大雨，大地就会变成泥沼的海洋，沉重的行李会将火车的轮子压陷到泥里，那么我们必须乘着独木舟方能离开。不过，阳光将依旧灿烂。

火车很快就驶过了赤裸的黄土地，经过建造于查理曼大帝之前的古老而残损的城墙，以及天津城周边广袤的废城。这些城池被掩埋在无数的古冢之下，见证了人类历史生活和斗争的无奈。

在搬运工抢着帮人们搬运行李的喧闹声中，我到达了天津。残渣和垃圾让天津城里的河流显得更加污浊，但这也是在工厂和码头上忙碌的人们在这贫瘠的土地上走向成功的一个预兆。

第 12 章

我终于来了

除了身在保定府的宫大人，宫家全家都在等着我的到来。励诚则带着一个仆人在车站接我。励诚已经不是那个我在山西曾见到的脸色苍白、眼窝凹陷的书生了，他比以前胖了不少，还特意戴了一副眼下在中国青年人中流行的墨镜。我真是差点都没有认出他来。

他热情地和我握手，告诉我他就知道我一定会非常乐意来和他们一起住的。我还真没想到他会这么说。是的，我当然很乐意！他说得如此热忱，更是让我觉得不可辜负他们的美意。我们之间用英语交谈。说实话，他的英语提高了很多。励诚说这是他交了不少英国朋友的缘故。最近他读了《格列佛游记》，所以他的语言风格还带有点 18 世纪的味道。当我恭维他看起来还不错时，他回答我，他之所以胖了是因为他已经一个多月没用脑子了。

我们乘着黄包车前往他们家在河畔的房子。到了以后，男仆和车夫为收取多少车费争执不下，车夫们的要价是平时的三倍。励诚赶忙把我拉上了楼。不过片刻之后，他又告诉我仆人最后把价钱压到了多少。

在楼上等着我的宫太太热情地欢迎了我，询问诸如我的母亲身体怎么样、我父亲有没有从欧洲写信过来这一类的问题。她默认我和知书达理的中国人一样，把这些事情看成关乎孝道的大事。傍晚时分，整个家庭都来看我了，说不定其中还夹杂了一些好奇的老妈子。我热情地和他们每个人握手。我先是被带到励诚的书房里喝茶聊天。在这段避难的日子里，这间房还被当成客房和画室。过了一会，宫太太就带着我来到走廊尽头，看她们为我布置的房间。我瞥了一眼，房间有一扇面向河的大窗户，她们完全按照我在太原时的喜好精心布置了我的房间。他们租了一张外国式样的大床，还很贴心地在上面铺上了弹簧垫。我带上了自己的被褥、垫子、枕头、毯子、床单，这是我们在中国外出旅行时的习惯。中国人也会带着自己的被褥外出。宫太太说怕我不习惯硬邦邦的土床和竹席，所以特意加上了这么一个弹簧垫。还在楼下与车夫讨价还价的男仆，没有来得及把我的被褥拿上来。宫太太一边说着话，一边坐到了弹簧垫上。她在床上蹦了几下试试，结果就被弹了起来，这让她尖声笑了起来。女孩们很快也围了过来，显然，她们对外国人喜欢在这种火山爆发一样的地方睡觉感到很可笑。

老妈子端来了茶水、糖食和水果，把我请到红色的八仙桌旁坐下。桌边是一对从英国商店买来的摇椅。他们特意买来日式的屏风，用来遮住堆在房间中的箱子。房中的炉子正熊熊燃烧着，在我借住的这段时间里，她们可是没让这炉子歇过一分钟。过了一会儿，老妈子又端了一些刚做好的热乎乎的点心来。这是用白面做成的馅饼，夹心的馅是红豆沙。这馅饼的味道真的很好，不过我只敢吃了一块。因为我还得留着肚子，在随后而来的晚餐中好好表现一番，否则主人会以为她们家的菜不合我的胃口，一定会很过意不去。

仆人把我的被褥拿过来以后，老妈子就开始帮我铺床了。宫太太和家中的女孩们，尤其是老妈子们，对我带来的东西非常感兴趣，但似乎又不好意思开口。最终，宫太太作为她们全家的代表，来询问我是否介意让她们进来看一看。

“多干净呀！多干净呀！”老妈子们拥进来以后，立刻开始七嘴八舌起来。我很吃力地与她们讲起客气话，说着我的东西不干净、你们的才干净这样的话。唉，可真没有哪一个外国人这么违心呢。因此，当励诚过来帮我解围的时候，我总算是长舒一口气。励诚告诉我，大家都知道中外礼仪不同，但是礼貌的“心”和“意”是相同的，所以我也不用强迫自己刻意地讲“好听话”。于是我转向老妈子们，开始给她们简单介绍床单的用途和清洗的方法。说实在的，我完全是不假思索地讲了这些。最后我突然想到，我说的这些问题她们可是从来都不会遇到的，因为她们在此之前从来没有见过床单。

我的朋友花儿进来后，马上就说我们外国人睡得太软了。作家爱默生说过，我们睡觉的床要硬一点。如果花儿知道了，一定会成为他的拥趸。她带着我去参观她的床。她说她的枕头里塞的是干草，难怪她会说我的床太软了。小六子则告诉我，她的枕头里塞的是青豆的豆荚。尽管我绞尽脑汁地用汉语表达对这种创意的恭维，但我的头脑可并没有在这些奉承话中糊涂。说真的，我还是觉得有点难以置信，怀疑自己到底有没有听错了小六子的意思。把青豆的豆荚塞在枕头里，睡在上面，那岂不是跟睡在刨木花上一样扎人吗？她们床上还有一床厚厚的被子，里面塞的是棉花卷。这既可以用来当毯子，也可以用来当垫子。家里的每个女孩都有一床这样的被子，当她们睡觉的时候就把自己裹成茧一样。

小六子的名字让我困惑了很久。她的名字用中国话说起来很悦耳，不过励诚还是把她的名字逐字用英语翻译了出来，喊她 Small Six。据我所知，她可不是六岁的小孩啊，那这个名字到底是什么意思呢？

看我迷惑不解的样子，励诚笑着说："那是因为她生在六月。小孩子嘛，我们还是喊她乳名比较多。嗨，小六子，"励诚拽了一下她的小辫子："我们要是喊你霭荷，你肯定都不知道是喊谁的吧？"

确实，当你看到小六子的样子，恐怕很难与荷花联想到一起。对此，文静的解释也许更好。她说，小六子脸色红润，健康挺拔，体型匀称，长得要比她的姐姐们都要高大。这也是毫无疑问的事情，她可是家中唯一一个没有被裹小脚的女孩。

“那是不错。”我说：“如果她想要个英文名字，既然她生在六月，她可以就叫罗茜（Rose），而不是荒谬的Small Six。”

虽然我的言辞有些唐突了，但宫太太却很喜欢这个名字。在这本书里，我还将继续把这位小姑娘称为小六子。其实，今天的她已经结了婚，不过依然是我们的小六子。宫太太这么多年来一直试着叫她“Rose”，可是每每从她嘴里发出的却是“罗瑟”。中国的南方人几乎发不出我们的卷舌音“r”，只能变形为“l”的音。汉语的词汇是以单音节为主，一个词的后面如果加上“s”或者“p”的音，对他们而言就是双音节词了。所以我建议小六子用“Rosie”作为变通，这样说不定宫伯母就能碰巧发出“罗茜”的音了。

晚上，三哥带着他漂亮动人的妻子来看我。大家都很兴奋。他的妻子是一位活泼优雅的小个子女人，总是用她清纯的眼睛朝着我笑。他们住在附近的一处公寓里。这个公寓的拥有者是一名姓李的年轻人。这位李先生刚从美国回来，是一个很“现代”的人，宫家一家都很喜欢他。她们告诉我，李先生夫妇都喜欢穿着外国式样的衣服，是最新潮的人物。三哥说他在春天也会穿外国式样的衣服，但是冬天穿洋服还是感觉太冷了。于是，当他穿外国式样大衣时，他会给大衣配上一个毛领子。他的妻子则戴着一副皮手套——这是当时中国妇女的时装中所必不可少的一部分。她们衣服的袖子，也不是宽松地可以当手笼用的款式了，而是变成了紧袖的样式了。

我们一个个轮流试戴嫂嫂的皮手套。不过，比下来还是嫂嫂戴着最好看。她的手小巧又漂亮，正像三哥说的那样，“像孩子的手一样”。嫂嫂喜欢用上海的方言说话，她会讲的官话还很有限，所以我几乎听不懂她在说什么。不过，从她的嘴里我还是经常听到“兵”这个字。这个字在中国是很有含义的，它更多地指代着抢劫、悲惨的意思，而不是保卫和荣耀的意思。

文静把我带到侧厅她的房间里，一起哄她那可爱的婴儿入睡。我这才知道，这个可爱的小姑娘只有 18 个月大。可是，当她母亲说她有两岁的时候，我还是吃了一惊。那个时候，我把中国人算年龄的方法给忘记了。在中国，孩子生下来就是一岁，哪怕她是在年底的十二月份出生的。可爱的小猫儿，除了身体小一点，其他各个方面，包括学习走路、说话和理解成人指令的能力，以及牙齿、背脊和脖颈的发育，比同龄的英国孩子还要好。小家伙一直都不愿意睡觉，也只有当她妈妈抱着她上床的时候才能眯一会儿，而且也是睡一会儿闹一会儿的。好在她的妈妈不觉得晚睡有什么不好，乐观地认为这是所有孩子的天性，也就任她去了。

文静对今天拉我过来的车夫坐地起价的贪婪感到很

气愤，她说这些人的脑子一定是有问题。

“你想想看，有一次六个车夫一下子冲到我的面前，难不成他们认为我一个人可以同时坐进六辆车吗？”她用一种夸张的口吻说道。

我告诉她，如果换了我，我就告诉他们我要选最干净的那辆车。文静乐了，她说下次就用这一招。

我们在女孩们的卧室里吃晚饭。在我过来之前，他们家都是在我现在住的房间吃饭。宫大人回来的时候，也会把这里当书房用。备好一个四方桌和一些椅子凳子，我们就可以吃饭了。花儿和小六子睡在一张床上。由于没有时间去挑选一张好的中国床架，她们就租了一张外国床凑合一下。不过，床架上居然没有弹簧垫，只是交叉地摆着一些木板，然后直接在上面铺了一张席子。这倒是和花儿颇为粗犷的体格相得益彰。黑色的床腿上绑着竹竿，这是用来在夏天挂蚊帐的。这时候，她们用这些竹竿架起床帷，把床遮了起来，四面的帘子把床完全围了起来。白天她们会很精巧地把帘子挂起来。花儿说她喜欢睡在床外面，也想学着外国人那样不装帘子，呼吸着新鲜空气入睡，但是她母亲总是担心她们会被冻坏身体。慈爱的宫太太本来也打算为我拉起床帷，后来，她之所以同意我在房里敞开来通着风睡觉，是因为她想到外国人的身体构造也许和中国人的不一样。

文静带着她的女儿，和她的姐妹们睡在同一间房里。当然，床也是四面围起来的。文静听说过外国人的孩子

一个中国富商在香港的豪宅
用繁花装饰阳台的房间，繁盛树木中的假山和桥梁，那简直就是一座宫殿。

宅邸中的卧室
家具是用广东产的黑檀木雕刻而成，床帷晚上就会放下来，白天被子就整齐叠放在床尾。

都是单独睡在摇床里，她觉得这样太不人道了，所以她问我为什么外国人要这么做。我告诉她，我们这么做的原因，是为了防止造成婴儿窒息。她承认在中国有很多小孩会因为窒息而死去，也正因如此，她从来都不肯让老妈子来帮忙带小孩，因为她觉得她们不会像她这么细心照料孩子。但是，她当时还是坚持认为，其实直到今天也还这么认为，外国的母亲不像中国的母亲这样疼爱孩子。

“你看，”她说：“孩子需要温柔的呵护。”然后她仰面躺下，把她的孩子放到自己的身上，几乎就是放在心脏上。我不知道这样的情况下，孩子是怎么避免窒息的，但是对于文静而言，小家伙还很轻呢。有一次文静在路上看到一个长得又大又胖的英国婴儿，感到非常羡慕。我告诉她，如果孩子母亲也像她这样总是抱着婴儿睡觉，那肯定会吃不消的。文静听了笑了起来，然后把小猫儿抱得更紧，像圣母玛利亚一样地看着孩子，流露出母性的光辉，然后不断地和我抗辩着：

“反正她肯定没有我这样爱孩子！”

好吧好吧，争论到此为止。

文静是全家公认的美人。她的脸庞是可爱的鹅蛋形，发式虽然朴素，但在她的头上倒也显得很好看。忙于照顾孩子的她，压根儿就没有时间像其他中国女人那样梳妆打扮。不过，虽然不施粉黛，但她自然的弯眉、黑色的眼眸和红红的嘴唇所构成的优美脸庞，散发出来的美丽是我的拙笔所无法描述的。我的描述只能从侧面说明她完美的容貌。当她还是一个11岁的女孩时，她父亲的一个官员朋友来他家拜访，当他穿过内院的拱门时，无意间看到了文静，第二天就登门为他的儿子求亲，希望将来文静能够嫁给他的儿子。这还不能证明她的美貌吗？或许，我们西方人关于美的标准与中国人大为不同，但无论是按照西方的标准或是东方的标准，文静的美貌都是毋庸置疑的！

宫家人在一起并不拘于严格的礼数。吃饭的时候，除了花儿和小六子在给老妈子搭手帮忙，所有的兄弟姐妹都坐在一张桌子上。宫太太说桌子太小了，摆不下那么多碟子，所以坚持要以一种很别扭的姿势，坐在文静的床边吃饭。不过，坐在这里倒是给了她更好的视野，可以管到我们每一个人了。她坐下来以后，床帘被挂了起来，搭在闪亮的黄铜钩子上。乍一看，她就像一位坐在神龛里的神仙。不过脸色可是不像的，忙碌了一天的她，脸上仍然生气勃勃。她还特意为我买了盘子、刀叉和汤匙，另外还有一双漂亮的红筷子，这被我留下作为纪念品予以收藏。很久以来，我就想学着中国人那样用筷子和碗吃米饭。装在碗里的米饭，可要比摊在盘子里的热乎多了。我们互相帮彼此夹菜，把在桌子中间或更远的够不着的肉、鱼、蔬菜，夹到各自的饭碗里。

晚饭后，我们愉快地聊起了天。三哥告诉我们，有一个外国女人坚持要戴比她手小的皮手套，结果把手都勒出了血。他坚持说这是他亲眼看到的，所以我并没有和他就此进行争辩。不过让我感到颇为震惊的是，年轻的中国人居然如此关注一个外国女人的衣着言行。

晚饭后，我们一起去了宫伯母的卧室。老妈子们收拾完桌子，也回自己的卧室里吃饭去了。记得在北京时，有一次我们和骆太太一起吃晚饭，当时没有男人在场，甚至她年轻的儿子也不在。由于我们是临时决定来的，因此到了以后发现老妈子们正坐在桌边吃晚饭。于是，骆太太就安排我们在院子里吃晚饭。习习凉风之中，油灯摇曳不停，也算是一次不寻常的经历了。

宫伯母的房间里有两张床，都被床帷和顶篷罩了起来。中国的裁缝，除了会做男装以外，从床帷到孩子的衣服甚至到女士的晚装都可以一手包揽。宫伯母的床帷是干净的白色印花棉布，边上钉着蓝色的褶子。帘子的上面是蓝色的顶篷。另外一张床也是差不多的，不过颜色是红色和白色。这张床是给励诚住的。当他父亲不在的时候，他有义务来看护他的母亲。其实，床用帘子围起来以后，隐私的空间要比想象中大得多了。

励诚和三哥也是很好的朋友。晚上的绝大部分时间，他们就坐在母亲的床边，和姐妹们说笑逗乐，常常惹得大家哄堂大笑。直到来宫家之前，我还相信布勒特·哈特[1]关于中国人的笑声里总是藏着泪水的论断。现在，我想他的这个判断是不够公允的。我希望他能听一听三哥揶揄花儿时励诚发出的快乐笑声，或者能看一看花儿假意要打励诚的样子。花儿轻轻地推着励诚的肩膀，想把他放倒。一旁的三哥不敢用劲地推花儿，因为她的小脚刚刚放开，一个不小心就会摔倒。

我和小六子就坐在另一张床上。当花儿觉得哥俩对她的戏弄让她忍受不了时，就会跑到我们这边来寻求帮助。我恰好坐在她和小六子的中间，按照英国女孩之间的习俗，我把胳膊搭在她们的腰上，然而她们立刻就跳了起来，咯咯地傻笑。当然，她们不曾有这样搭着腰的习惯，也从没有用过这种方式来表达好感。当时我觉得有些费解，后来我才知道，中国女人总是把她们从肩膀到臀部的侧面，想象成是一条直线。不过，也曾有人在一次很轻松的氛围中，向我透露她也有着和外国人一样的身体曲线。事实上，中国人和古希腊人一样，有着挺拔的躯干。

文静和女儿坐在地板上打滚，并没有留神于兄弟姐妹们之间的嬉闹。屋子里只有这一间房子的地板上铺了地毯。虽说外国市场上那些漂亮耐用的地毯其实都是中国生产的，但对于一般的中国人，地毯还是个新事物。

1　布勒特·哈特是美国 19 世纪小说家，曾以中国移民为主角创作了两篇小说，塑造了刻板的华人形象。

房子里铺的这张地毯非常有意思，中间是一只猴子，正吊在一根大树枝上，羡慕地看着一只开屏的孔雀。自然生动的动物图案，非常逼真。这和欧洲人所采用的那些方形花案一样，适合于地毯款式的设计，但显然要有趣得多。

九点半的时候，一直在励诚的书房里和嫂嫂聊天的宫伯母来了，她说我一定很累了，“请”我去睡觉。确实我真的是累了，很多新的印象在我脑海里旋转，我需要仔细地再想一想。宫太太往我手中塞了一个大苹果，说闻着味道就想咬一口。我拿起苹果，走回了我的房间。

第 13 章

中国的家庭

宫家人能够很自然地在一起说笑的样子，让我陷入了沉思。我来到这里之后的所见所闻，打破了我对中国人家庭生活的很多成见，一时都有点缓不过神来。宫家的兄弟姐妹们就像我和我的兄弟姐妹们一样，可以亲密无间地嬉戏打闹。要知道中国一直有着男尊女卑的传统，吃饭要尽着男人们先吃，连读书学习都要让男人们优先。我刚发现这个规矩时，几乎都不敢相信自己的眼睛。我所认识的一位英国女士，在中国生了一对龙凤胎。有一次她在吃饭时，两个孩子同时哭闹了起来。这位母亲就先哄靠自己最近的孩子，恰巧是女儿。她的中国保姆，就硬把女儿从她怀里抱出来，然后把儿子塞了过去，叫嚷道："先喂男孩！"这种重男轻女的习惯，让此前对此一无所知的英国母亲深深地震惊了。

励诚逗弄花儿的主题，就是她的婚事，每次她都发出银铃般的笑声。按照当时的习俗，一个中国姑娘不能直接谈及她的未婚夫，她必须表现出一副忽视他的存在的样子。在中国，妻子也不能直接谈论自己的丈夫。如果实在需要，妻子也只能用“他”这个字，婉转指代自己的丈夫。如果他们夫妇有了儿子，那么“他”就用来指代儿子，“孩子他爸”指代丈夫。不过在宫家，兄弟姐妹们之间则没有那么多的规矩。嬉戏打闹后，花儿会为她的弟弟理顺弄乱的头发，而励诚也会摸摸她的脸颊，顺带还不忘再说出一些本来不该说的话。他们乐此不疲地游戏，就是想方设法引诱花儿说到自己的未婚夫。很多时候，她都假装听不到看不见。不过，有时实在经不住弟弟故意逗弄，忍不住莞尔一笑。励诚总是会抓住这个转瞬即逝的细节，立刻高声地嘲弄她。往往到最后，花儿得靠着一些“暴力手段”，才能让他们安静下来。

在这里，我突然有一种感觉，好像自己置身于一个英国家庭的聚会中，而不是在神秘的东方家族之中。宫家兄妹之间的玩笑之语，都是完全真诚的，没有一个字有讽刺、挖苦或者是打击花儿的意思。其实，中国人并不会轻易让一个外人进入自己的家庭圈子，而在我刚到这个家庭之初，居然就受到了这样无与伦比的礼遇。

也许，还是我们外国人过于追求人的自由吧，在我们看来，中国人的很多礼数，在很多方面是一些不必要的矫饰。他们做的很多事情，很多时候是出于面子。在中国，如果谁用手去拍击一个中国男人，会被看作不可饶恕的侵犯和羞辱。男人们之间打招呼，也只是自己抱抱拳，而绝不会和对方握手，更别提和女性握手了。外国男性和女性之间握手，在他们看来是非常粗鄙的行为。外国人之间互相拥抱，哪怕只是父女之间的拥抱，更不知道中国人要如何去想象了。如果我不是在中国人的思维方式中成长，如果我不是在之前分别与励诚兄弟、花儿姊妹们见过一次，如果我是以一个陌生人的身份与他们相见，怎么可能猜到他们之间其实是那么平等、友爱呢？当我看到花儿和励诚之间互相打闹的时候，整个心都感觉到很雀跃。我并不了解应当如何遵从中国的那些礼仪，生怕自己在不知不觉中就冒犯了那些不成文的规定。不过，显然我的担忧是多余的。

我说到中国人穿的洋装，这成了我们谈话的由头。我告诉他们，英国的中年男性通常喜欢穿深颜色的衣服。

“这都是品位的问题，”励诚说，“有人喜欢深蓝色，有人喜欢黑色，就像花儿喜欢她的未婚夫一样，可其他人对他一点儿兴趣都没有！”他为自己这个妙语得意地大笑了起来。出乎意料的花儿一下子愣住了，这次她可不能再假装没听到了，撅起嘴，但憋不住又笑了起来。

励诚又挑起了话头，他唆使我叫花儿给我看照片。我自然会问道：“什么照片？”这可正是励诚想听到的。“她丈夫的啊！”他耀武扬威一样地尖叫起来。他一直坚持把花儿的未婚夫称为她的“丈夫”，这把花儿逗得更加窘迫。虽然我帮花儿解围，说现在就这么叫时机还不成熟，可励诚还是继续大声嚷嚷着。宫伯母从旁边的房间走过来，问“hus-se-bun”是什么意思。在励诚颇为幸灾乐祸地给她解释了这个词后，宫伯母几乎一个晚上都在念叨这个词！对于中国妇女而言，“丈夫”这个词几乎是个禁忌，但用英文说出来，有了一种独特的魅力。不过，宫伯母是家中一位说了算的女主人，完全可以想做什么就做什么了。

励诚抢到了照片，并拼了命往花儿的眼前塞。这是花儿想都不曾想过的事情。她把脑袋低下来，死命地闭着眼睛，嘴上说这样来折磨她真是坏透了。为了帮花儿解围，我把照片拿了过来。她的未婚夫姓段，带着黑框的眼镜，是一名普通的青年学生。励诚用英语告诉我，当知道“段少爷”和“段老爷”来天津的时候，他还曾经打算去拜访，不过却得到了现在还不方便见面的答复。后来，“段少爷”还写信过来，说等他的学业负担稍微轻松一点之后，就会上门来拜访，不过至今他还没有来过。励诚猜测说，看来他的学业让他爱不释手，说着又开始发笑了。我猜，那位年轻人就和世界上每一个男人一样，面对未来的妻子都会感到有点羞怯。

对于花儿来说，未婚夫这个话题实在是谈得太多了，所以我适时转换了话题。我问励诚他们各自的名字都有什么寓意。让我很吃惊的是，花儿和我说，外国人看上去好像只有那么几个名字。我有点恼怒地说：“那你们老百姓的名字呢？”当宫大人或者励诚要提到中国的人民，或者是某地的平民，他们就会称为“百姓”，这个词就是指在政府统治下的平民。不过，我们还真的要承认，正如花儿所说的那样，和外国人的教名相比，中国人的名字还是很多的。孩子们的名字看上去都是按字来排的，花儿小时候被喊作小兰，小六子的名字也是如此。励诚的乳名叫小诚。和励诚一样，哥哥们的名字也是含有追求某种高尚品格的寓意。比如，早年夭折的大儿子的名字，寓意是要成为一个勤奋的人，所以叫励勤；和妻儿一同死于伤寒的二儿子，名字寓意是要成为一个正直的人，所以叫作励直。

“还有我，我是真诚的人，这就是我为什么要这么真诚对待段少爷的原因了！”励诚拿腔作调地说。虽然中国的名字用英语说出来有点可笑，但是用汉语说出来真的别有一番风味。花儿讲述了他们姓氏流变的故事。在几百年前，他们的家族本来姓“巴”，后来迁徙到一个叫作宫庄的地方（那里所有人都姓宫，后来这个家族消亡了），于是他们也改成了宫姓。在辛亥年的革命爆发以前，达官贵人们还会为自己生于某个历史悠久的家族感到自豪。这样的传统从一千多年前的周朝[1]一直沿袭至今。如果一个人是闻名的翰林或重要大臣的后人，这样的荣誉可是花多少钱都买不来的。

1　一般认为，周朝存在于公元前 1046 年—前 256 年，事实上距离民国初年至少 2000 年了。

一到就寝时间，宫伯母就把我送回房间。入睡前，我一直在回忆今天晚上所得到的惊喜。醒来后，正在打扫房间的老妈子立即用搪瓷盆给我打来了热水，还盖上一块精巧的红色圆木板来保持水温。之前，她被叮嘱一定要帮我拿“漱口水”，不过差点就忘记了。记起这回事后，她马上面露歉意地给我送了过来。当她发现我可能忘记带牙刷的时候，马上慌慌张张起来，如果不是我很快就把牙刷找了出来，她可能会把手边随便能拿到的东西塞给我。是这样，如果你受过这方面的教育，你就会养成这样的生活习惯；但是没有受过这方面教育的人，自然也就不会意识到这样的习惯。

我没有带大的梳妆镜过来，只在包里带了一面小镜子。只要哪一天我还没有梳头，宫大人家里的每一个人，甚至包括三个老妈子，就会挨个儿过来问我头发怎么了。其实，我的头发和往常也没有什么两样，只不过没有像中国妇女那样涂上特制的松脂。靠着松脂，她们的头发看上去总是一丝不乱。在她们看来，如果有头发卷起来的话，这个发型就是不合格的。中国的妇女并不像我们一样使用梳妆台，而是使用一种更为小巧的梳妆盒，盒子里面会有一面小镜子。古代中国人使用的是打磨过的铜镜，早些年则开始用锡镜，近些年也开始用玻璃镜子了。她们的梳妆盒里，会有不少小小的抽屉，分别存放着胭脂、水粉、眉笔、小梳子等盥洗用品。宫伯母的梳妆盒里还有一个可以旋转的外国小镜子。经过宫家的

快乐的中国绅士和他的一家
最年长的女儿坐在他旁边，他妻子前面坐着他的小孙子，他的儿子靠着他的肩膀站着。

“秘密会议”，一致决定交由我来使用。不过，我还是无法认同她们对发型的标准。在我后续做客的日子里，宫家的姐妹们或那些老妈子们，常常伸出手来努力抚平我头上的卷发，为的是能达到她们认为好看的标准。有一次，我无意中听到一个老妈子叹着气对文静说，看上去我的头发永远都平整不起来了，要想把我的头发抹平，最起码得用上一斤的松脂！好吧，为了宽慰文静，我告诉她，中国人喜欢的这种平滑的发型，在我们英国热衷打扮的年轻人中间也很是流行，而且他们还喜欢用味道更为浓烈的松脂，香得几乎都叫人不敢靠近了。

实际上，我觉得中国人不仅对我们的发式不了解，对我们的服饰也不了解。我随身带了一件深蓝色的丝绸浴袍，结果被宫伯母夸赞成是我最好看的一件衣服。每当家里有贵客来访，宫伯母就会喊上我，并且让我穿上那件蓝色浴袍。当然，我都照做了。当她向客人介绍我的时候，就会说我的这件衣服可是我的衣橱里唯一一件看上去不那么古里古怪的衣服了。

每天早上，她们的第一件事，就是给我沏一杯茶。茶叶一般是产自中国的品种。她们先放一点茶叶到杯子里，然后直接往里面冲开水。当然，并不会加糖或者牛奶。我发现这样喝很有提神的效果。宫家的姐妹们在房间里的小煤炉上随时都泡着一壶茶，这样在任何时候都能喝到茶。天津的冬天，往往接连几个月不下雨，空气变得像撒哈拉大沙漠一样干燥，连地面都像被研磨过一样，动不动就尘土漫天飞扬。人们除了感觉冷，还会感觉很干燥。不过，中国人并不像我们这样对干燥很敏感。他们喝水也很节省，连茶杯的尺寸都比我们的要小得多。另外，他们的食物绝大多数是咸的。他们也说自己喜欢“吃咸”，而我们外国人喜欢“吃甜”。还有，除非在特定的场合会喝上一小盅烫酒，他们一般只喝茶。吃饭的时候，他们是不会喝酒的。尽管我实际喝的水并不多，但宫家人都对我喝水的量感到了惊慌。我刚来的时候，在喝完一杯茶后，又吃了一个摆在桌上果盘里皮都已经发皱的橘子，这让宫伯母大为担心。她认为这正好说明，我们外国人的身体构造是和中国人不一样的，也许我们喝下去的水都被肚子里的米饭吸收了，而当这些水散发出来，甚至可以为坐在旁边的中国人的身体提供水分。

来后的第一天早晨，我、宫伯母和励诚三个人一同在励诚的书房吃了早饭。好客的宫太太还按照外国的习惯，特地为我买了一块白色印花桌布。如今在中国，招待外国客人时，为了尽地主之谊，都会铺上桌布，即便是一贫如洗的家庭，也会用床罩或报纸来当桌布。这还真是有点讽刺，当我们外国人开始抛弃胸衣和桌布的时候，东方人却对它们开始有了兴趣。宫伯母打算为我准备一点外国的食品，这可不是我所期望的。我向她请求道：“哦，不，求您了！我希望在这里能成为一名真正的中国人。”这话让宫伯母听了很高兴，她回答说：“是的，我也希望偶而能当一名外国人。”不管怎么说，我们都设身处地地希望让对方感到满意，我想我们也都实现了这一愿望。

励诚和宫伯母的早饭，一般是一碗由豆腐、肉沫和蔬菜烹制的汤。不过，在我到后的第一天早晨，他们坚持为我准备了火腿、煎蛋和吐司等外国食品。中国的鸡蛋个头很小，不过中国人好客的热情却很大。她们足足用四个鸡蛋给我煎了一份蛋。这实在是太多了，我费了很大的劲才说服宫伯母下次不必用这么多的鸡蛋。中国人做煎蛋的方法和我们也是不一样的，他们能用娴熟的手法，把正反两面都煎到，而蛋黄则包在了中间。不过，她们不把这叫作“煎蛋”，而是叫作“荷包蛋”。励诚解释说，因为这样煎出来的鸡蛋，形状就像男人们用的钱袋。好心好意的宫伯母，一方面生怕我吃不惯大米，坚持每天都为我备上面包；另一方面，又总担心我会吃腻了面包。

第二天的早饭只有我一个人吃。宫伯母给我准备的早饭里多了一样食品，她坚持要我尝一尝。它的做法，是用油把手指粗的细面包炸成鼓鼓的样子，吃起来味道很是不错[1]。中国人和法国人一样，每天有两顿饭，需要在固定的时间吃，而不在此内的早餐和下午茶，则可以按照自己的喜好，想什么时候吃就什么时候吃。女孩们偶尔会在自己房间的小煤炉上做些吃的。平时炉子上一

1　这里所说的应当是中国的油条。

直都在烧着热水。中国人好像从来都不用冷水洗脸，总是用煮沸的开水，烫出一个热毛巾来擦脸。她们还会在炉上温茶，也会煮出黏稠的粥，喝起来味美，还很有营养。她们梳妆打扮的时候，还会时不时停下来喝上两小口儿。吃完早饭，励诚过来告诉我说，宫伯母更希望我在10点之前能一直待在房间里，因为房子还没有打扫好。

虽然中国妇女的穿着很简单，但是由于她们对发型近乎苛刻的标准，每天都要花很长时间用于梳妆。我曾看到家中的一个老妈子，在帮助女主人梳妆打扮之后，又花了一个小时加一刻钟的时间，用来打理自己的头发。宫家的姑娘们会互相帮忙梳头，有时也会帮她们的母亲梳头。这是因为她们觉得那些老妈子不太干净，所以不愿让她们来帮忙。让我称奇的是，连12岁的小六子都会帮她母亲梳头，不像我们英国的家庭，都是母亲来帮女儿梳头。除此之外，小六子还会帮她的母亲穿衣、洗漱。在她看来，女儿有责任照顾她们的母亲，而不是由母亲来照顾自己的女儿。

午饭的时间一般是在12点。每天，当姑娘们终于完成梳妆打扮的任务之后，往往也没有多少时间用来学习了。然而，励诚整个上午的时间都在用功学习。姑娘们有时会让他过来一起读英语。不过，励诚现在已经是一名非常优秀的学生了，他经常会嘲笑姐妹们的发音错误。我只好让他坐下来写篇英文短文给我看，总算让他安静了好一阵子。

吃完午饭，我们会一起出去散步，有时会再学习一会儿，有时也会一起做女红。下午四点钟的时候，老妈子们就会端来茶水和点心。不过，多数时候，茶水是姑娘们自己准备的。当我问为什么要自己准备的时候，花儿说："我们从不让仆人碰我们的茶水和食物，她们的手太脏了！"

正因如此，老妈子们除了给茶壶添水，或者提拎些热水进来，还有吃饭时端碟上菜，好像也没有什么大用。有一天早晨，我早早出了房门，发现花儿正绾着袖子奋力地扫着过道，老妈子只是站在旁边看着。花儿的解释是："她总是扫不干净！"那个老妈子在旁边高兴地点着头，看来很赞同花儿认为自己没什么用的看法。

宫家还有一个厨子和一个做苦力的小工。小工一半的时间用来打扫回廊和楼梯，其他时候则随时听候调遣。厨子和他的主人一样，是土生土长的中国南方人。他有一个有趣的名字叫作"老三四"。他厨艺了得，烧出的很多菜都得到大家的好评。他做出来的烤鸭、鸽子蛋汤、炖肉、炸鸡，简直是厨房艺术的典范。他所烹调的素菜也很受欢迎，他把竹笋或是芹菜剁碎，和肉汁、酱油一起炒或者炖熟来吃，很有一番约克郡[1]的风味。

老三四每个月的薪酬是 10 块钱。这可是笔不小的数

1　英格兰北部的郡。

目。他跟着宫家很多年了，最开始时他每个月拿两块钱。小工每个月挣一块钱，老妈子每人每个月挣两块五毛钱。当然，这都是净得的，还不包括伙食的支出。励诚说他们的食量都大得惊人，差不多是他们的五六倍。每顿饭他们一个人就要吃上三四碗饭。算下来，每个月在每个仆人身上花的伙食费就要5块钱。

从喝完下午茶到晚上7点这段时间，我们一般会坐下来读书，或者做女红。晚饭和午饭一样，大家会坐在一起吃饭，有时励贤会和他妻子一起过来吃饭。晚饭后，我们会到宫伯母的房间里去聊天。聊天的话题，有时很轻松，有时也很严肃。10点左右，我们就上床睡觉了。和每天早上梳洗打扮一样，每天晚上中国的女人还有一套卸妆的程序。与我们英国人不同，不是母亲帮助女儿，而是女儿来服侍母亲就寝。

“你打算睡觉了吗？”有次我问小六子，她一直在打哈欠，却没有准备上床的迹象。

“等一会吧，”她随口回答：“等看到我妈上床以后就睡。”

第 14 章

意外的励诫

我来宫家一两天之后，有一次，宫伯母、花儿陪着我出门买东西。当时，我还没有意识到对于中国女人来说，走路出行是一件多么困难的事情。出发前，宫伯母提醒我，她会走得很慢。事实果然如此。同样，刚刚裹过脚的花儿走得也很慢。中国的女人都会裹小脚，而且会造成永远都不能复原的跛残。想到她们畸形的脚，以及每走一步所需要承受的疼痛，我觉得中国女人能够步行出门，简直就是一个奇迹。从宫家住的公寓到我要去的外国商店，正常步行大约需要 10 分钟，而宫伯母走了 45 分钟。在这一过程中，她始终表现得非常勇敢，不愿放弃，但我心里很清楚，她多么希望没有选择陪我出门。

在路上的中国女人一般不会并排行走，她们更喜欢排成一列。如果她们之间需要交谈，走在前面的人所说的话，就由中间的那个人复述给后面的那位听。有时候她们也会手拉着手，表达她们之间的友爱之情。但有时候，她们手拉着手，纯粹是因为自己晃晃悠悠要摔倒，所以抓住对方来保持身体的平衡。这种现象在中国的城市里是很常见的。但是在租界，三个女人这样走，其中还有一个外国女人，就很引人注目了。

宫伯母不止一次地向我提起，清朝的老太后，当年也会坐在车帘后面，看着路人来来往往。路过的几位黄包车夫认出了宫伯母这位老主顾，她很是亲切地与他们寒暄。尽管我告诉她我知道要去的商店怎么走，但一路上她还是连续向好几个人问路，显然她对我的带路能力有点将信将疑。她对世界周遭的一切都很友善，并且很愿意向周围的人们表达她的友好。一路走来，她不断地向路人们点头微笑。很多人立刻认出了她的身份，并且按照规矩向她鞠躬，这让她显得情绪很高涨。

买东西的时候，我遇到了一位和我有着几面之缘的英国朋友，于是将这位朋友介绍给她们母女俩认识。后来，她们俩对这位英国朋友的描述，让我乐不可支。我想，要是那位朋友知道她们俩是怎么看她的，肯定也会开怀大笑的。宫伯母说："你的朋友虽然头发很黑，脸蛋也挺好看的，可就是有点不太聪明。我和她说，今年的这个时候不太冷。就这么简单的话她都听不懂！你还说她在中国待两年了？这个女人多笨啊。"

"可不是嘛，"花儿附和说："她嘴上说'Me no savee

Chinese'[1]，这是多么搞笑的英语！难道她不会说英语吗？那她能说什么语言？”

噢，真叫我哭笑不得。其实，我的这位朋友还是一位编辑的妻子，人们都夸她和她丈夫一样聪明。她故意讲洋泾浜英语，以为中国人就能听懂，但显然花儿此前从没有听过这种混杂的语言。

我向她们解释说：“她和罗宾逊小姐是完全不同的。”罗宾逊小姐也是我的一位朋友。她很热忱，也很勤奋地学习中国的文学，在短短一年的时间，掌握了大量汉语古典词汇。这些词“古典”到什么程度？宫太太见过她之后，赞不绝口地说：“多么勤奋的女人啊！她说的词我一个也没听懂，真是聪明。”

由于我们的步速很慢，再加上在商店里店员的拖延，那天我们很晚才开始吃午饭。不过，家中并没有因为我们的拖延而有什么反常。像往常一样，午饭早就做好了。宫伯母因为感到疲倦和脚疼，回程时乘了一辆黄包车，因此比我们先到家。我和花儿走了一段路之后，由于花儿也感到难以坚持，后来我们也雇了辆车坐回去。宫伯母和车夫谈了一个相当不错的车费。我们坐的里程比她短，结果花的钱比她的还多。这让她很高兴。当她盘腿坐在床上，解开脚上的绷带，揉着疼痛的双脚时，她开始教训我们，说浪费是很荒唐和可耻的。

1　即洋泾浜英语，意思为“我不会说中国话”。

我们外出的时候，励诚还出去爬了趟山。他给我看过他描摹的一些中国古代名著中的插图，还向我展示了一套日本朋友送给他的古代印刷品。在他的书房，有一面墙上全是照片，其中第一幅就是法国著名的汉学家和学者爱德华·沙畹[1]先生的照片。沙畹在前往中国西部考察石窟时，曾路过太原，与宫伯父和励诚有过一面之缘。他们父子二人对沙畹非常敬仰——我何尝不是呢。沙畹在中国发现了很多数世纪以前的佛像，于是便用相机拍了下来。我在巴黎专门拜访过这位大学者和他的妻子，并且有幸看到了这些照片。这些佛像，有着类似于古希腊式样的细腰窄裙，还有着与圣母玛利亚相似的脸庞。这可能是因为亚历山大大帝的军队曾经到达过印度，早期的基督徒也曾经到过那一带进行布道。关于这些奇异的照片的故事，励诚是永远也听不腻的。

沙畹像边上挂的是一位德国医生的照片，也就是我在前文里提到的那位受到山西巡抚充分信任的德国医生。接下来挂的是他们家里人的肖像，包括宫大人的老父亲，那位曾经的帝师。墙上还挂着一些励诚年轻朋友的照片。此外，墙上还有一张孙逸仙的图画，这是励诚从报纸上剪下来的。虽然孙逸仙是事实上造成清朝覆灭的主要原因，但是宫家人还是很推崇他。他们希望孙逸仙能够带

1　埃玛纽埃尔 - 爱德华 · 沙畹，是学术界公认的 19 世纪末 20 世纪初世界上最有成就的中国学大师，公认的“欧洲汉学泰斗”，被推许为“第一位全才的汉学家”。

领这个国家，创造一个伟大和光辉的未来。

在对面的墙上，挂的则是一些卷轴画和古画的仿制品。其中一幅画，是由励诚的三个朋友一起画出来的。一个人画了其中的梅花，还在卷轴顶端的角落里写下一行话，大意是他要画三百幅梅花。其实，他都没种过哪怕一株梅花。第二个人画了一些水仙和一只戴胜鸟[1]。第三个人则画了一些竹子，他还有点诗情，在卷轴上题了一首诗：

露涤铅粉节，风摇青玉枝。依依似君子，无地不相宜。[2]

当我们到家的时候，励诚刚放下画笔。于是，他向我展示了他尚未完成的作品。早在山西的时候，励诚就师从一位老师学习绘画。后来，这位老师还写了很多信给励诚，教给他有关透视、灯光、阴影等艺术创作的规律，这些显然都被励诚牢记在心了。励诚对这位老师非常尊敬，以至于每次读老师的信他都要跪下来。励诚对艺术的崇拜，深深打动了我。我坐下来提起笔，在他的作品上写下了一句来自月神狄安娜的名言：

1 戴胜鸟是一种珍禽。在中国古代，这种鸟象征着祥和、美满、快乐。

2 此处表达的主要意境，与刘禹锡《庭竹》诗接近，故在此处引用此诗。

一件美好事物永远是一种欢乐。[1]

虽然这句话在英国已经是老生常谈，但励诚觉得非常精妙。后来，他把这句话翻译成了押韵的汉语：

一朝化解，百年伤悲。孰可为之？永存之美！

励诚在忙着翻译的时候，我踱步到了文静的房间。那天整个下午，我都和她一起做女红。她和往常一样，在给小菊——也就是他们昵称的小猫儿做衣服。我进房间的时候，她正在用毛线和棉垫做鞋子。她的针线功夫非常巧妙，甚至在鞋帮子上都绣出了图案。鞋头是一只小猫的头，耳朵、眼睛、胡须等要素应有尽有，鞋跟是一根小尾巴，上面还系着一个硬币，方便把鞋子提起来。其实，文静并没有什么现成的图案可以参照，但是中国人的双手有着天生的艺术才能。

小婴儿穿的每样东西都是文静自己做的。当我们一起做针线活的时候，文静提起了她那两个夭折的孩子，特别是那个已经长到 5 岁的孩子，让文静心痛不已。她双眼噙着泪水悲叹着说："他那么聪明，有着多么美好的前程呢。"我能够理解她的沉痛和惋惜之情。我第一次见

1 语出济慈的诗歌。

到宫家人的时候，这个孩子是他们家中最引人注目的一位。在太原时，他会抛开吓得惊慌失措的老妈子，很大胆地爬到我的膝盖上，做出骑木马的样子。“活着的这个可是个小笨蛋，”文静接着说，“我一点都不喜欢她！”

后一句话，是不必当真的，这只是她在伤心之余说出来的过头话。我经常看到她和小猫儿玩耍，搂着，抱着，逗着，一会儿假装呵斥她，一会儿又把她抱在怀里。虽然文静说小猫儿是个“小笨蛋”，但其实她很聪明，能够听懂她妈妈说的任何话。这个孩子得到了全家人的疼爱，包括她舅舅们在内的每一个人，只要一看到她，就会停下手中的活计或者谈话，把她抱到怀里逗她玩。这个小宝贝有一张漂亮、柔软的小脸，皮肤如牛奶般嫩滑，眼睛又黑又亮，而且总是笑嘻嘻的。

当她的妈妈一边做着针线活，一边说着“背叛”她的话时，小丫头正安静地躺在床上玩耍。文静告诉我，小猫儿在 6 个月大的时候就长牙了。这时，好像她知道我们在说她一样，骨碌碌地滚到我这儿，还把前额凑到我的脸上，亲了我一口。想到文静从来都没有用我们的方式亲过她的女儿，而且也不知道怎么去亲吻，我就觉得很不可思议。然后，她张开小嘴让我来数她像珍珠一样的小牙——她已经长了八颗牙。我问文静小猫儿有没有受过伤或者生过病，文静露出了诧异的表情，似乎不敢相信所听到的话。我告诉她，外国的小孩经常会受伤和生病，她马上归咎于这是我们外国人把孩子和母亲分开睡的缘故。而且，她认为不该给小孩喂牛奶，而应该像中国人那样，母乳喂养到孩子三岁，最后再用米汤来替代。小猫儿很快就厌倦了这种严肃的谈话。于是，文静给她套上一顶帽子。这顶帽子就像一顶小皇冠，帽子的边沿只有一条带子，中间还有一个洞，这是用来放孩子的小辫子用的。帽子上还镶着红红绿绿的彩球和铃铛，绣着传统的吉祥图案，看起来非常有意思。

文静告诉我，励贤的妻子，也就是她的嫂嫂，在四年前也有一个三岁的男孩夭折了。这是他们夫妻俩唯一的孩子。为此，整个家族，从夭折过三个孩子的宫伯父到每一个人，都陷入了深深的悲伤。听到这，我直观地感到，中国的婴儿死亡率达到 50% 是有可能的。在这个时候，我想我能从这个让人胆战心惊的数字中，读出隐藏在背后那无尽的忧伤和心碎。

我们一直忙到了下午四点半。这时，老三四给我们送来了一些松糕。花儿把松糕拿进来，说起了我刚到的那天下午曾夸过的一种蛋糕，名字叫作“馒头”，或者也可以叫“蛮（人）头”。她说，几百年前，有一个中国将军率兵前往四川镇压叛乱的蛮子。他成功镇压了他们，胜利后割下了两个蛮子首领的头颅，摆到战场上祭祀战神。后来，中国人把蛋糕做成这种形状的时候，就会假想这是蛮子的头。

喝完茶以后，我们又继续我们的针线活，一直到了晚上才罢休。花儿正在为自己做一件英式的束腰法兰绒外衣，并且还在上面绣上蓝色的花纹。衣服的裁剪并不复杂，做好穿起来也不是很长。我们都认为，既然外国女人的头发没有中国女人的长，那就应该在衣服上找点补偿，比如可以比中国女人的衣服长一点。她们觉得我带来的顶针样子很好笑，她们的顶针是一个金属箍，一般套在中指第二个指节上，这样能够在缝纫的时候看到针头的轨迹。看到我的欧式缝纫法时，她们忍不住一而再，再而三地笑起来。老实说，她们缝纫的针线均匀，针脚平整。之所以有这样的功夫，一部分的原因是她们敢于吃苦，另一部分的原因是她们所有的手工活儿都很利落，还有一部分的原因是她们每一个半针[1]都是按照缝鞋子和马鞍的方法来做的。对她们来说，平针[2]的手法可是看不上眼的。

一会儿，我们听到励诚和三哥进屋的声音，便放下手中的活计去欢迎他们。天色很暗，除了励诚的书房，屋子里的每一个房间都点上了油灯。在吃晚饭时，我觉得励诚哥俩儿有点儿古怪，刚开始我还没看出来什么。后来，我们才发现励诚在当天下午瞒着大家把辫子剪掉了。这可是一个非常重大的决定，他却故意不告诉我们。要知道，在那个时候，一个中国男人剪掉辫子，就意味着他对全世界明确宣告，他现在是一个新青年而非旧学

1　半针是缝纫的一种手法。

2　平针是最简单的一种手缝方法，通常用来做一些不需要很牢固的缝合。

生了，同时这也意味着他持有反满的立场，当年中国的男人开始留辫子，那可是在满人刀剑的逼迫下才就范的。

励诚把他的辫子收在了一个帽子里，一方面是以防日后还需再次使用，另一方面也是怕自己会为自己的举动感到后悔。在民国的第一个年头里，这是一种必要的预防措施。其实，老人们对留辫子这件事是包容的，但在年轻人看来，辫子本身是有着象征意义的。当年在南京，如果一个年轻人敢剪掉辫子，落到保皇党的手里可能就要丢掉脑袋；但也许就在相邻的街上，一个留着辫子的年轻人却可能被革命党抓住，生生地剪断他的辫子。

剪辫子花了励诚60个铜板，在宫伯母看来这价钱真是太贵了，我也这么觉得。宫伯母在吃晚饭时，不停地叫他："圆头！圆头！"三哥在几个礼拜前就已经剪掉了辫子，所以家里对励诚的行为或多或少也都有了一些心理准备。尽管励诚的穿着非常时髦，可理发师并没有给励诚剪出一个英国式的发型，而是剪成了一个板寸，头发茬子就像刷子一样。有句话我差点脱口而出，说这看起来像是一个和尚，好在我及时咬住了自己的舌头。在中国，把一个人与和尚做比较，是一件非常遭忌讳的事情。我估计，早前很多剪辫子的年轻人最担心的，就是害怕会引起这种讨厌的对比。在体面的中国人看来，"秃驴"是一个很脏的词，意味着下流、邪恶、肮脏、缺德。好在励诚自己说，剪完头让他觉得很轻松，很舒服，很高兴，我们才安心地开起了玩笑。三哥对小六子说，她最好也把长辫子剪掉，这样就可以像南京的女学生一样，穿起男人的衣服，拿起枪，组织一支女子敢死队来。

和我们一起吃晚饭的还有一位客人。他是励贤妻子的叔叔，一位姓刘的先生，也是一位上海人，只会讲一点官话，我几乎听不懂，只能猜测大概。尽管这样，我也毫不费劲地就明白他也是刚刚剪了辫子。围绕这个话题，他讲了很多趣闻。他在附近的北洋大学堂教授中国的古典文学，薪水是一个月 50 块银元，大概相当于一年 100 磅的样子。励诚非常仰慕刘先生造诣颇深的古典文学修养，据励诚说，刘先生还能写得一手好诗。眼下，刘先生的生活非常悠闲，因为很多学生都因为时局混乱而逃走了。刘先生讲了一个有关陕西革命党的故事。此时，陕西还在不断发生小规模的冲突。

“那里的人们，因为你们所说的那种‘死的恐惧’，炸断了一座桥，因为他们害怕被清军抓住。”励诚向我转述，他刚被这个故事惹得大笑，“一个富翁给了革命党 5000 元，又给了清军 5000 元，这样两不得罪，他家的安全就有保证了！”

刘先生刚去听了一场音乐会，这是中英两国各界名流为红十字会募捐而举办的。刘先生说，票价是一美元一张，他觉得音乐会很精彩。这让我产生了兴趣。音乐会在中国还是很新鲜的东西，我很想知道中国人是否能够欣赏这种高雅的艺术。毕竟，一美元对于一个年收入有一百磅的人来说，也不是到了可以忽略不计的地步。宫太太问刘先生这钱花得值不值，我很高兴听到刘先生说“值”，他说，他唯一不太喜欢的是男低音的部分，在他看来有点像可怕的低俗的噪音，还不如黄包车车夫在拉车时喊的号子，而男高音的部分则显得很有格调。

宫家人在中国的报纸上看到过有关红十字会的报道。就在几个月前，在中国的外国人都为华中地区饥荒的细节而感到震惊，英国一些报纸的远东版刊登了相关报道并发起了募捐。所以当他们提到红十字会的时候，我就说起了华中的饥荒。叫我很吃惊的是，这居然还是他们第一次听说华中的饥荒。他们的报纸上没有一个字的报道，他们甚至都在怀疑我所说消息的真实性。

大家聊得正热火朝天，宫伯母起身走开了，我跟了出去。烛光下的她，站立在窗边，看着外面零星的路人和街头远处的电车。她很想知道北京的电车怎么样，我告诉她北京并没有电车，她很是吃惊。接着，她开始像妈妈一样对我唠叨起来，关照我不要喝太多的茶，不要吃太多的橙子。我告诉她，这只是因为这里的冬天十分干燥，在英国多雨潮湿的冬天里，我从来不会喝这么多的茶。她露出了谢天谢地的神情，开始吃起了花生。窗户正对着一幢像溜冰场一样的巨大建筑。她告诉我，那里面长满了花生。我告诉她，在英国的冬天里，我们不会让这么大的建筑里长满草和花生，我们会除掉它们。听到这些，她露出了困惑的神色。

“但是也许这些花生会被送到法国加工成色拉油，”我补充说：“然后再送回我们英国。”

“哦！所以外国人还是喜欢我们中国的一些东西的喽。”她说着笑了起来。

我们坐下来，有一句没一句地随意聊了起来。聊天之余，我也会扫两眼窗外的河。白天看起来脏脏的河水，到了晚上则忽隐忽现地闪着光。按理说河水应该上冻了，但是今年的寒潮来得似乎有点晚。宫伯母告诉我，河对岸堆得高高的木头，是用来做铁轨枕木的。

“冒火的车，”她动情地说：“非常、非常好。我希望中国能有更多的铁路。”

我说：“我也希望如此。”不过此时，我的思绪还沉浸在关于华中饥荒的事情之中。

第 15 章

花儿的生活

花儿和我有过多次长谈，她始终带着一种批判甚至是苛刻的态度看待中国文化传统中的婚嫁和宗教习俗。花儿并没有文静美丽，也不像小六子那样童真和无忧无虑，但在三姐妹中，她有着最为睿智的头脑和最为开阔的视野。虽然不像小六子那么思维敏捷，但花儿更勤奋，更专注，思维也更具有逻辑。虽然还被生活本身所囿，但她思想自由，精神独立，不为陈规所缚。和文静不同的是，她不愿将自己完全封闭在家庭生活中，不愿只是为了丈夫和孩子而生活。

我想我和普天之下所有的女人一样，能够理解花儿的想法。在西方，我们说婚姻就像是抽奖一样，如果最终失去了婚姻，你也不能去责怪其他人。花儿从未见过她的未婚夫，对他的人品、性格一无所知，就连她的父母对未来的女婿也知之甚少，更多的则是依靠道听途说。直到结婚仪式结束之后，夫妻俩才会相见，从此两人的生活将彼此交缠在一起。那位丈夫，如果他愿意的话，可以在高墙之外寻找自己的乐趣；而花儿，按照中国家庭生活的规矩，更多的时候只能留在家里。如果想要逃脱这样的命运，除非她非常幸运地和一个有着现代思想的人结婚。我们虽然没有说出来过，但花儿和我都认为，宫大人有着进步的思想。虽然有不少深居庭院之中的妻子会不忠于自己的丈夫，但他确信自己的妻女有着善良的品质，尊敬自己也互相友爱，不会给家族的名誉带来污点，所以他很乐意给她们所需要的自由。

个人的自由并不是花儿唯一追求的东西，她毕竟也和励诚一样，出身于书香门第。她聪慧，喜好读书，也能够理解父亲和三哥之间关于政治和艺术的对话。她为人直率，见解不凡。我很难想象，如果她未来的丈夫除了个人和家庭生活，对其他都一无所知，会发生怎样的状况。她的未婚夫是宫大人一个挚友的儿子，他的父亲也是一个聪明的人，但并不是每一位聪明的父亲都能培养出一个聪明的儿子。不过让我略感宽慰的是，花儿在结婚以后应该还会住在天津，那她就可以经常回家看看，享受一下父亲与三哥自由的思想和交谈所带来的新鲜空气。

一个不善思考的陌生人会带来多少恐惧呢？如果他不是一个传统意义上的好男人该怎么办？如果他后来又娶了位妻子，动摇了花儿在家中的地位该怎么办？宫大人说他的父亲是位亲和、善良的好人，不过就像花儿说的，并不是生儿多似父，家里的人对那位年轻人了解得实在是太少了。而且，花儿对家庭、对妇女在家中应有的地位，其实都有着很高的理想。我敢说，花儿肯定立誓要做一个忠贞的好妻子，也祈祷未来的丈夫能立下同样的誓言。但同时，由于未来婚姻的不确定因素实在太多，由此带来的恐惧也时不时地攫住她的心。因此，花儿做出了很多女孩会做出的选择，央求父母不要把自己嫁出去，而是留在家中服侍父母终老。花儿的父母也做出了绝大多数父母会做出的答复——由于担心自己百年之后未婚的女儿会失去庇护而予以拒绝。在中国，一位父亲并不会将财产平分给所有的子女，财产并不是他自己一个人的，而是祖祖辈辈的传承，通常儿子会继承家产。如果家中留有一个不曾婚嫁的女儿，对继承者而言无疑是一个沉重的负担。中国的父亲会早早地为自己的儿子张罗婚事，所以他要考虑到未来的儿媳和孙子的生存问题。对女儿们，他会准备一份嫁妆。在儿子们能够挣钱养家，把绝大部分的薪酬投入家庭开支之前，一位父亲必须维持住家庭的正常运转。所以，从某种程度上看，这种传承的方式也是公平的。一位年轻的丈夫，为了担起养家糊口的重任，必须要付出更多的努力。当然，我可不是一次就能弄明白这样的家庭经济运转模式的。

在励诚剪完辫子后的一天，他要去饭店吃午饭。要我说，他的主要目的还是让其他人看看他的新头型。因此，我和女孩们有一整天的时间来买东西和闲聊。在我出门买东西的时候，我问花儿，向一个女孩询问她有没有订婚，是不是合乎礼节。花儿告诉我最好不要那么做，不过，我可以去问其他人，比如说那个女孩的母亲、姐妹，甚至是叔叔、兄弟。于是，我便一直追着小六子询问有关花儿订婚的事情。花儿则一直激烈地叫嚷着中国婚配制度的落后。我告诉花儿，为人父母一般都要比子女有着更为丰富的人生智慧，也更有生活的经验，所以他们也更有能力为孩子安排一桩门当户对的婚姻。花儿反问，如果是我，我该怎么办。我回避了这个问题，转而问小六子谁在为花儿准备嫁妆。中国的裁缝，也就是做衣服的工匠，在婚期临近时，会为新娘裁制大量的嫁衣。不过，花儿自己也做了一小部分的衣服，还亲手给自己的鞋绣上了花边。

花儿非常喜欢孩子。她非常喜欢我们英国人的花园，在那里，她常常会看到被中国老妈子抱着的英国小孩，孩子白白胖胖的样子让她很是喜欢。当然，她也很喜欢中国的孩子。有一天，当她和我边走边聊的时候，看到一位老妈子带着两个脸蛋红润的小孩站在路边，就走过去询问他们的年纪。花儿得知他们原来是自己的老乡，就非常高兴地抱了抱他们。还有一次，她看到两个中国的学生，就停下来和他们说话，问他们背的外国书包里面都装了些什么，还告诉他们要好好学习。两个学生非常害羞，并没有回答她的提问。

我来到宫家不久，为了招待我，花儿坚持要带我去看一次电影。于是，我成为那场电影观众中唯一的一位外国成年人。我很好奇这样一部外国电影是如何吸引中国人的。观众既不对外国的习俗感兴趣，也不对外国的思想感兴趣，我想他们并不能完全理解影片究竟在说什么。唯一吸引他们的，只是播出来的电影画面。这部影片让我觉得很单调。当最后出现男主角拥抱女主角的镜头时，花儿感到很困扰，她问我："他在伤害她吗？我一直以为他是个好人！"

如果不是我一直在旁解说，花儿完全跟不上这部电影的节奏。不过，这也没有什么关系，她更多的兴趣是电影院里一个两岁半的英国小女孩。在电影播映的过程中，她一会儿坐在我的膝盖上，一会儿坐在花儿的膝盖上。她九岁的哥哥告诉我们，他们的母亲并不知道他们在这里。带他们的老妈子，因为自己想到别的地方去，所以帮他们付了票钱，让他们进来看电影。小女孩亲昵而信任地用双手搂着花儿的脖子，这让花儿感到非常高兴。

中国人认为，两个人之间并不需要通过相互介绍才能认识，他们可以在大街上和电车里和不认识的人随意攀谈。我们对于交友的谨慎，在他们看来是完全没有必要的。他们常问我，一个伦敦的电车司机家中会有几个小孩，一天要工作多长时间，一个月能挣多少钱。瞧吧，中国人对这些细节总是很有兴趣。花儿和小六子也常常会注意我没有注意到的东西。励诚出去吃午饭的那天，我们外出经过邮局的时候，花儿发现里面的工作人员都没了长辫子。经过商场的玻璃窗户时，她们则看到一个陶瓷浴缸，为此感到很是新奇。他们从来没能让我天天洗澡呢。

看到浴缸时，花儿说：“别看那些老妈子总是害怕洗澡会着凉，你可不能认为我们就从来都不洗澡的，每个星期我都会在圆木桶里洗一次。”

“那些老妈子觉得花儿太讲究了，”小六子说，“她们根本不能理解她。任何她们理解不了的事情就归结为‘大户人家的讲究’。”她抬起她那张可爱的脸庞，用漂亮的黑眼睛看着我。她戴了一顶在年轻小姑娘中很流行的骑师帽，帽子是用深蓝色的丝绸制成的，顶部还有一朵粉红色的玫瑰花，后面飘着蓝色丝带。她喜欢把丝带拽下来盖住自己的脸。“不过，老妈子都很喜欢花儿，”她接着说，“可能是怕花儿骂她们，现在她们出现在她身边时，也开始知道要先洗洗手了。”

“不会洗干净的。”花儿哼了一声。

花儿的腿吸引了我的注意。她在裤子里面塞满了棉花，两个裤腿看上去像是两个枕头。花儿告诉我，中国的女孩往往要到 17 岁才开始穿裙子，并且把头发盘起来。不过，实际上到了 17 岁以后，她们还是更喜欢穿裤子，只是在结婚那天才会穿裙子。她的解释是，穿裤子更好走路。是的，中国的女人走路可确实不是一件容易的事情呢。

和家里其他人一样，花儿和小六子总是很担心我穿得不够暖和。当然，北方冬天的寒冷确实是不容小觑的。

我一遍一遍地向她们保证，穿得已经足够多了，以至于都不好意思再这么说下去了。

“可是你从来都不穿棉衣，衣服上也没有皮草！”她们总是这么一惊一乍，因为她们还不知道有毛衣这种东西，而且也不相信毛衣能够和她们的棉衣一样保暖。我就不断地让她们看毛衣到底有多暖和，告诉她们毛衣是如何编织、如何清洗的。在我的影响下，她们也开始学着用毛线编织袜子了。她们比我们外国妇女更擅长刺绣、女红等手工活，所以我很高兴地发现，至少在织毛衣上我还比她们好一点。眼下，花儿忙着为我的挂毯绣上紫色的花边，由于没有现成的模子来参照，她完全是靠自己的眼力在绣。虽然还有一些地方不够平整，但她可是满怀着爱意帮我绣的，所以我也就不计较了。不过，文静的手工活就好很多了！

在说说笑笑中我们回到了家，开始做起了编织。宫大人一直想要一个外国样式的衣橱，所以宫伯母就出门购置去了。她一回到家，看了我一眼，就说我明显已经很累了，要我躺下休息一会。我得承认，这几天的晚上我睡得确实不太好，所以当时还真有点头疼。

不过，想到宫伯母那充满洞察力的一瞥之后，我突然生出一股恐惧之情。经年累月的“内人”生活，肯定赋予了中国女人们一双能够看透别人心思的慧眼，一代又一代女人的传承，使她们不知不觉中就成为了心理学家。

我躺在床上，花儿坐在床边绣着紫色的带子。我和她说："我觉得你的母亲好像什么都知道。"花儿默认了。一个人的思想应该是最不该受到干扰的东西，所以我觉得花儿好像还轻轻叹了口气。宫伯母的眼力显得尤为敏锐。文静有一次和我说，比起宫伯母的那些朋友来，她母亲看透一个人的能力是"极好极好"的。我担心宫伯母会因为一些琐事而对我失望。如果在她看来，一个外国人比她的亲戚朋友还要难以琢磨，那她就完全有可能把我看成一个劲敌。好在她读我的心思，就像读一本书一样，也好在她就像对待亲生女儿一样对待我，这让我觉得心口卸下一块大石。

讨论了这件事情以后，花儿和我就开始讨论床上铺的东西。我床上各式各样的东西让花儿很惊讶。我也终于知道了她们晚上从来不脱袜子睡觉，因为北方的冬天实在太冷了，她们还会穿着白色的里衣和裤子睡觉。花儿还说，婴儿在冬天是从来不会脱光衣服来洗澡的，原因就是怕他们着凉。在寒潮之中，要想房间里不那么冷，唯一的办法就是烧热水。我不清楚英国的母亲在这样寒冷的环境里，会不会对孩子洗澡的事情感到犹豫不决，不过我知道，我们的祖辈们在这件事上可从来没有犹豫过。花儿之所以看到外国的孩子很兴奋，就是因为那些孩子显得非常白净。文静在为数不多的几次出行中，也会时常停下来观察外国孩子。她很惊讶地说："哦，你们外国妈妈怎么敢经常帮自己的孩子洗澡？这简直是拿孩子宝贵的生命冒险啊。"

满族新娘
嫁衣底边的刺绣由最精致的手工制作而成，设计成海浪和彩虹的图案。她的旗头色彩缤纷，上面嵌着珍珠和其他宝石。

身着中国近代外交制服的端方
义和拳闹事期间任陕西巡抚，冒着生命危险违抗慈禧太后的命令，尽全力营救外国人。1911 年革命中为部属所杀。

1911年秋天，当他们一家都还住在保定的时候，花儿曾经得了非常严重的痢疾。我很是担心，写信给使馆询问能不能找一位女医生，因为我担心她那时可能不方便见男医生。找到女医生后，我立刻请求花儿赶紧去看医生。后来，花儿给我写了一封非常热切的感谢信。但我怀疑，她最终并没有去找这位医生。想到这，我就问花儿当时的情况。花儿告诉我说，这场痢疾整整折磨了她一个月，不知喝了多少中药都不见好。后来她在报纸上看到说外国医生认为不吃饭是一个治痢疾的好方法，于是，她坚持24小时不吃饭，除了喝了点儿水，一口饭都不吃。老妈子一整天都哭着央求她吃点东西，说如果不吃东西人只会越来越虚弱，到最后肯定会死的。但花儿把她们都赶了出去，坚持什么食物都不碰，最后也痊愈了。对吧，我可是说过花儿是一个意志坚强的女性吧！

花儿告诉我她并不怕死，也不相信有什么阴曹地府。有些和尚曾鼓吹说，如果一个人死的时候灵魂里面带着罪，那么可以通过他们唱经的方式，来帮助这些人洗清罪过，从而免遭坠入地狱的煎熬。花儿说她和父亲都不相信这套说法。后来她开始相信基督教，她说，现在很多中国女人皈依了基督教。她认为天主教徒不是好人，花儿和我说，每个人都必须要承认新教徒是正直、公正的。我和她争辩说，她之所以有这样以偏概全的看法，不过是因为她父亲处理了几件法国人偏袒中国天主教徒的麻烦案子。不过，她一直听不进去。唉，法国人一直为自己国家政教分离的政策自豪，但为什么在外交上还要借助宗教的现世力量呢？

花儿提到了在保定时去世的那个小侄子。孩子的葬礼和老人是不同的，非常简单。下葬的时候，他们专门雇了一群衣冠不整、蓬头垢面的人来操办。这么做的原因，一个是经济拮据，雇用这些人花费不多；另一方面，就是这些人的脏乱也是显示悲恸的一种标志。外国人都很难接受这些不修边幅的人和身着华衣锦服的主人之间的强烈反差。

花儿还抨击了满人的习俗。她有一位 16 岁的满人朋友，曾告诉她说自己绝不会佩戴旗头，因为压得头疼。这位朋友还告诉她，在满人的家庭里，儿媳妇会受到非常严重的欺压，即使要当妈妈了，也不能和婆婆平起平坐。花儿很轻蔑地说："在那种家庭里，儿媳妇就像是一个仆人一样！"

当然，这只是花儿的一面之词。从我自身的经历看，事情是有着很大不同的。众所周知，除了官宦阶层必须表示对清王朝的效忠，其他的汉族人很难心平气和地对待满人，出于历史的原因，他们对这个居于统治地位的民族有着强烈的敌视。不过，在我们外国人眼中，这两个民族就像英格兰人和苏格兰人一样，除了妇女的服饰不一样，其他并没有什么不同。尽管宫大人对清廷忠贞不贰，不过励诚有一次还是和我这么说道："如果有一天，满人再杀回来重新统治我们，我会羞愧而死的！"

就在宫大人一家搬到天津后，我收到过一名满族学生的来信。他的父亲，人们都唤作“单大人”，曾经是清廷的礼部侍郎。这名学生也和一位满人格格的女儿订了亲。他和励诚一样，会忍不住地去嘲笑英语初学者们所犯的一些小错误。单大人曾经到访过我家。当他看到壁炉架上摆放着的花瓶，一口就说出这个花瓶是从西藏来的。这种花瓶的形状，像古埃及的油灯，里面还插着孔雀毛，是一位去过西藏的朋友送给我们的。单大人说：“这是我职责的一部分。我专门给慈禧太后引见来自西藏和蒙古的活佛。孔雀毛是用来撒甘露水的！”

单大人说他曾师从宫大人的父亲。他委托他的儿子，通过我向宫大人带去诚挚的问候。我给宫大人带去了口信，宫大人皱了下他的鹰钩鼻，我忍不住笑了出来。他解释说，他父亲 10 岁时的文学修养，一些满族人到了 50 岁都比不上。在中国历史中，几乎没有几个满人能够知道什么是真正的学问。他说，在朝廷上哪怕和他父亲说话超过三个字的人，都会争先恐后地宣称自己是他的“徒弟”。“他们在打仗上可能有独到的地方，但在文学上绝对谈不上什么天赋！”宫大人这么说是有原因的。满人不需要通过科举就能够得到官位，他们实行另外一套选拔考试的政策，对中国古典文学的要求不高，竞争也没有那么激烈。只要通过了这样的考试，他们就能轻易获得汉人付出艰苦卓绝的努力才有机会获取的名利。如果一个满人和一个汉人同时竞争一个官位，毫无疑问，满人肯定更有优势。不过，但凡有点自知之明的满人，都希望自己能够成为宫大人父亲的学生。

还是回来说说花儿吧。谢天谢地她不是一位满族的姑娘。她告诉我，励诚还没有订婚，因为他母亲现在还没发现有姑娘配得上他。不过，其实她已经在三四个姑娘中仔细考虑了。其实，当她的女儿们一个一个嫁出去以后，随着她的年纪越来越大，她就会很希望有一个女人能够协助她管理这个家，同时也能够像女儿一样陪伴自己。我们英国人也是如此，母亲在儿子成婚之后，就会把财务上的一些事情交给儿媳妇来打理，让她来操持这个家。

婆婆不再主持家务，并不意味着她会丧失在家里的地位。儿媳所掌管的财务，有一部分是要用来满足婆婆的所有需求的。花儿告诉我，她一个朋友的婆婆喜欢抽大烟，还喜欢赌博，经常会输得很惨，基本上每天都要去戏院看戏，所有的这些支出都得靠媳妇从家用中挤出来。有时，不管她怎么省着钱花，还是入不敷出，就得向公公多要点家用。这时，公公就会数落她太过铺张浪费，她的婆婆掌管这个家的时候可从来没有出现过这样的情况。也许人们要问，为什么她不把真实的原因告诉自己的公公呢？那是因为中国人很厌恶散布谣言，他们表示尊重的方式，就是在责难面前保持沉默。而且，对他们而言，抽大烟、赌博、看戏和家中人的坏脾气都是很常见的情况，所以为什么要抗争呢？花儿还说，不管在什么情况下，儿媳都要服从婆婆，这可是一个规矩。我想，这可能就是文静让她的丈夫独自一人返乡守丧，而自己要留在父亲家中的一个原因吧。文静从没有见过自己的婆婆，也不知道该如何与她相处。也许，她的婆婆是一个很习惯于在媳妇面前作威作福的人呢。她的丈夫多次写信劝她到南方团聚，她总是以他很快就要回北方工作，省去舟车劳顿以便节省开支的理由拒绝了。

我告诉花儿我对满族人的印象。有一次，我在使馆里遇见一位满族的格格。她有着非常柔嫩和光滑的脸颊，干净爽利，就像是画出来的人，甚至比画中人更加可爱。她是和她的婆婆一起过来的，她邀请我去她家做客。当我应邀来到她家的时候，她来到前厅迎接我，并一起来到了她的房间，她年轻的丈夫和两岁的儿子也都在房间里面。她的婆婆思想开放，所以她们可以和公公、丈夫一起吃饭。

“这房子可真大！”我称赞道，“你要管着这里的所有人吗？”

“是的，”她面露辛酸地说道：“算上马夫和老妈子，家里至少有 32 个人，也许还更多呢。我必须管着他们所有人，他们的伙食、工钱，还得让他们把家里打扫得干干净净的。唉，有些人实在太懒了，有些人又太好斗！我可怜的公公又没有多少家当钱。真是很麻烦！”

她两只手紧紧握在一起。我感觉到她并不喜欢她现在所做的事情，要知道，她不过只是一个 20 岁的少女。

可以确定的是，有了在家庭生活中的磨炼，中国的女人往往都是很能干的。当然，一个和善的婆婆也会给年轻的媳妇提供很多帮助和建议。骆伯母肯定就曾这么做过。虽然在我写这本书时，她已经过世了，但是她们家还是被她那还不到30岁的媳妇操持得井井有条。显然，骆伯母把自己持家有方的本事传给了儿媳，所以她很好地掌管了家中的25个仆人。

花儿继续和我说，小六子在8岁的时候也订亲了，未婚夫也是宫大人一个朋友的儿子，当时也只有8岁。那位朋友非常敬重宫大人，所以一定要让宫大人把一个女儿给他们家做媳妇。和其他女孩一样，小六子也从来没有见过自己的未婚夫。婚事定下来之后，宫大人的这位朋友被派到四川担任了一份很重要的职务。辛亥年的革命，最早就是因发生在四川的铁路纠纷而引发的。后来，战乱和屠杀一直在那里蔓延。宫大人一直没有收到这位朋友的只言片语，所以也根本不知道自己未来的小女婿现在在哪里，是不是还活着。小六子则和往常一样嬉笑玩耍，给客人们斟茶，帮她母亲捶背——这是她应尽的责任之一，包括捉弄自己的哥哥。显然，定亲这种事情丝毫没有困扰到这个12岁小女孩的生活。

最后，从客厅传来了一阵喧闹，结束了我和花儿之间的谈话。我们跑出去，看到励贤和嫂嫂一起过来吃晚饭了。宫伯母告诉他们，我已经能够很好地使用筷子吃饭了，而且中国食物也把我养胖了一点。三哥一到，文静就出来了，他们之间拥抱了一下，当然也不忘拥抱了我一下。这段时间，我经常被他们兄弟姐妹之间的真挚感情所打动。文静很高兴见到励贤，专门让小猫儿给励贤一个“前额吻”，然后让她给我们每个人都来一个。来到我面前时，文静为了逗弄小猫儿，就说她还是最喜欢外国的小孩，因为他们都养得白白胖胖的。此刻，小猫儿柔软的面庞正对着我，所以我回答道：“干净要比胖好多了。”

席间，嫂嫂喂着小猫儿吃东西。三哥告诉我们，他刚才和嫂嫂一起去一位德国医生那儿看病，那位德国医生得知他是宫家人后，坚持不收他的诊费。我推断他多半是因为在山西时受到过宫大人的礼遇。看完病后，三哥到德国医生的药店里去配药，结账的时候多付给了店员20个铜板。他离开以后，那位店员追着喊道：“你多给了20铜板！”为此，三哥认为外国人是非常诚实的。他说，如果那个店员是个中国人，肯定会把那20个铜板塞进自己的口袋。我这么回答：真不希望这样，中国的商人在我们外国人的眼中，还是有着很高信誉的。但三哥并不这么认为，在他们家人看来，外国商人就是要比中国商人好得多。三哥诙谐地向励诚转述了我的观点。励诚调侃地对我说：“如果你是一位正直的英国基督徒，你可不该这样说假话的喽！”

第 16 章

游戏与聊天

吃完晚饭以后，宫家的一大家子人通常会坐在一起聊天和嬉戏。偶尔我们会谈论严肃的话题，但绝大多数的时候我们还是很放松的。偶尔也会有朋友来向宫大人打听时事。有一名对政治充满热情的青年，经常在这时来看励诚。励诚会把他带到书房，这样我们就会到别的房间里去。三哥也经常来玩，但颇为世故的嫂嫂则会和宫伯母坐在一边闲聊。聊天的内容，不是她所看到的李先生那些时髦的东西，就是有关衣服的事情。她是一个赶时髦的小女人，常穿紧袖外套和百褶裙，衣服的颜色也是最时髦、最亮丽的。家里人虽然都没有说什么，不过心里都生怕嫂嫂哪一天会把三哥弄到破产。三哥这个人很疼爱妻子，对她可以说是言听计从，有求必应。虽然嫂嫂嫁过来的时候也带了一大笔嫁妆，但是，唉，怎么说呢，他们现在还没有孩子，所以三哥可能就认为，只要能让嫂嫂开心，花多少钱都是值得的。作为家里事实上的长子，他还是期望能有个孩子。不过，他的财务状况已经不是宫大人需要考虑的事情了，而是他的养父（其实是叔父）需要考虑的事情了，这也是他和嫂嫂单独住在外面，而不是和宫家住在一起的原因。

三哥是一位很有魅力的年轻人，身材修长，皮肤白皙，神色优雅，语调中听，待人得体，衣着大方。他说起话来常常口若悬河，妙语连珠，和他对话的人很快就会觉得自己笨嘴拙舌，更不敢和他妄谈生活责任云云了。三哥的心肠很软，和小猫儿以及自己的妹妹们玩耍时，常常显出非常可爱的一面。我知道他在外面当了一个小官，但他似乎也没有太当回事儿，处于一种想来就来、想走就走的状态。他告诉我，他已经请了无限期的病假，打算等到能看出新政权是如何运转时再回去工作。

文静通常在玩一会儿之后就会离开我们，回到自己的房间里，继续为小猫儿做衣裳。小猫儿在床上玩累了就会睡上一两个小时。等她睡一觉睁开眼睛时，她的妈妈常常还在昏暗的油灯下缝缝补补。油灯调得暗，一方面是经济原因——文静是一位很细致的主妇，另一方面，也是怕强烈的灯光会影响到小猫儿的睡眠。小猫儿睡醒之后就会被抱到我们这儿来继续玩耍，一直玩到所有人都回去睡觉为止。

我教会他们玩“举起来，詹金斯”[1]，他们把一些中国的游戏教给我。其中的一个游戏，是要把一个人的眼睛蒙起来，然后其他人把手指塞到这个人的手中，让他（她）去猜这是谁的手指。他们玩得都很娴熟，不过每当轮到我握住这些纤细的手指时，总是感到很茫然，猜不出个所以然来。我唯一能猜出来的就是花儿的手指，她的手指特别硬，而且我又经常会拽着她的手。绝大多数的中国人，甚至包括劳动阶层的女佣和苦力，手脚生得都很小。要我说，中国的女人们根本没有必要绑小脚，因为本来就已经很小了。

不过，玩猜谜的游戏，让我挽回了不少颜面。“我看到一样东西，住在红色的门里，躺在白色的路上，这是什么。”这是舌头！“一个小篮子，住着五个人。”这是鞋子！还有一种游戏，内容是要召唤中国古时候的一个将军张飞。当说到“头戴大盔，手拿长矛！”其中一个人就得摆出一副凶猛桀骜的鬼脸来，然后大家就会哄堂大笑。这需要每个人交替玩下去。励诚告诉我，中国的官员们经常在喝酒时玩这个游戏，谁要是反应慢了就得罚酒一杯。

1　这是一种猜硬币在谁的手心的游戏，有些类似于中国的击鼓传花。游戏者分为2队，一队人拿一枚硬币，队员在桌面底下依次传递。当对方高喊“举起来，詹金斯”的时候，本队所有人手心向内握成拳头放到桌面上，然后手心向下在桌面上拍击，手中有硬币的人要尽可能地防止硬币发出声音。对方根据拍击桌面的声音，猜硬币到底在哪一个人的手中。

不过，最有意思的游戏，还是我们互相之间的插科打诨。有时我也得成为被揶揄的对象。我在北京时曾用汉字给他们写过信，他们就会把我在信里犯下的很多错误指出来，然后很得意地嘲笑我。没有比重复我的低级错误更让励诚觉得好玩的了。当然，每次嘲笑完他又会做出“补偿”，对我的汉语水平进行过分的吹捧。我知道这个时候，我已经实实在在地被当成这个家的一分子了，“洋人”的身份已经被他们忘记了。

有一天晚上，我很尴尬地讲述了我和宫伯母之间的一个误解，这让宫伯母笑得肚子都疼了。有一天早上，她突然把头探进我的房间，然后问我喜不喜欢“Kwei”。突然听到这个问题，我有点丈二和尚摸不着头脑。她刚才是在和谁说话？听到这个音，我当时唯一能想到的词就是“鬼”。这时，我又听到她在门外和别人在说话，我以为是有人诽谤我们外国人喜欢魔鬼，而她也许正在为我辩护。所以，我急忙回答说：“不，不，压根儿不喜欢，谢谢。”我以为这么回答，应该万无一失了。但是她却沉着脸走了。我把头伸出去看是谁刚才在和她说话，结果发现是老三四。我回房后就翻字典查“Kwei”是什么意思，我突然想到她也许说的是“菇”这个字，在发音上和“鬼”是近似的。原来，宫伯母只是在考虑要买什么菜而已。

在我当众说出我所犯的这个错误后，宫伯母在大笑之余，马上吩咐老三四，第二天就去买些干蘑菇，泡发之后做给英国的小姐尝尝。说实话，这些蘑菇的味道真是好极了。后来，宫伯母经常吩咐人去买，因此我在他们家吃了很多的蘑菇。

还有一天晚上，三哥带了一封澳大利亚人写来的信，让励诚给他翻译出来。他在和这个澳大利亚人就买钢琴的事讨价还价。三哥说他想买架钢琴，但是他不是音乐家，而且家里又没有人会弹，我们都认为这实在是一件没有必要的奢侈品。于是，淘气鬼励诚在接下来的一个小时里，一直在对这封文笔非常华丽的英文信吹毛求疵。不过，他还是逃不脱被别人捉弄的命运。花儿和我们说有位唐小姐很合宫伯母的心意。

“拿她来笑我，不公平！”励诚马上开始抗议：“我和她压根儿就没有可能。”

“怎么会，还是有可能的啊，”花儿回击说。励诚常拿她的未婚夫小段来取笑她，今天终于可以报一箭之仇了。“妈妈已经见过她了，而且还非常喜欢她。她的刺绣可好看了。她懂诗词，还能说英语呢，比我们说得还好。”

整个晚上大家一直在忙着“攻击”和“反击”，我坐在边上，也不知道该帮谁不该帮谁，只能露出很无辜的笑容。励诚兴奋地告诉我，等到他父亲回家，才会真正知道什么叫捉弄人呢。其间，如果花儿被他说得哑口无言，他也会说：“哦，她不吱声啦。当然不吱声啦，为什么？因为她在想着她的小段呢！”

三哥也会混进来，坐到小六子膝上，或者胳肢她，拉她的辫子，拿书在她头上假装要打他，或者露出一副关心的表情问小六子的未婚夫小吴怎么样了。

这样的氛围，谁会不觉得快乐呢？

有一天晚上，励诚夹杂着汉语和他学会的带有乔纳森·斯威夫特韵味的英语，把他所知道的有关花儿婚约的情况告诉了我：

“老段”选了2月26日作为订婚的大好日子，派了12个人抬着架子过来，上面摆着6个红篮子，里面塞满了食物、大米、装饰用的纸鞋，还有绸布、衣服、棉花、红鸡蛋和蛋糕。当然，按照礼仪，羞怯的花儿得待在屋里。励诚赌咒发誓地说看到花儿透过窗户往外看了一眼，花儿极力否认着：“没有的事！没有的事！”花儿的母亲收下礼物，然后回赠一份差不多的礼物，主要的区别就是把女式的纸鞋换成了一双真正的天鹅绒靴子。很快，段家的老爷、少爷就到了。他们身上挂着一根红绶带，从肩膀上一直垂到屁股下面。他们带来了一张大红纸，上面用金粉写着小段历代宗亲的名字。宫太太收下来以后，回赠一张差不多的红纸，上面是花儿家的兰谱。

花儿偷偷和我耳语说，如果两个人要结拜兄弟或者姐妹，就要交换兰谱。我们俩已经在考虑结拜姐妹的事情了。不过，我们不交换兰谱也没有关系，因为我的家谱压根儿就没有带到中国来，而花儿也不可能清楚记得她的，所以她也不能指望我能记得我的。当励诚喋喋不

中国南方祖传的老宅子
依山傍水而建，因为相信山、水能够为居住的人带来好运气。图中只是老房子的一部分，还有很多为仆人和客人而建的亭子和庭院。

休的时候，花儿就垂着头坐在一边，不过我注意到在励诚说话的时候，她偷偷笑过好几次。有一次终于被励诚发现了。

“哈！”他兴奋地大叫起来，“看她！她坐在那儿，假装不高兴，其实心里可高兴呢！”花儿跳起来，把他的头发乱抓一气，嘴里说着：“笨蛋！”

“花儿订婚以后，”励诚接着说：“家里的亲戚朋友都来恭喜她。但是她害羞得不愿意见人，躲起来了。于是妈就代替她来见她们，不过，她正在……”

“又从窗户偷看？”我插嘴问。

“哦，是啊，是啊，”励诚尖声笑起来，“那个说媒的常太太，对花儿订了婚很是高兴，拼了老命要来见见花儿，可花儿就是不见。”

励诚说话的时候，小六子一直在旁边哈哈大笑，一会儿怂恿哥哥去逗一下花儿，一会儿就鼓励花儿拿美丽的唐小姐来嘲笑哥哥。小六子的笑声特别美妙，像潺潺的溪水声一般动听。她陪我出去的次数最多，因为她的脚没有被绑小脚，还是正常的足弓。有一次，她看到一个老妈子带着一个外国小孩，一下子就窜过马路，很是热情地逗弄着小孩，嘴里还称赞不已。还有一天早上，我们遇到了一些穿着红袍正在大声交谈的法师。小六子告诉我，这些人是道士，不要和穿着红袍的和尚混淆了。她说她根本就不相信这些人，因为他们“又坏又懒”。

有时候，宫伯母在聊天的时候也会谈到有关宗教的话题，这可能是我最有兴趣的话题了。作为他们家的客人，不管怎么样，我觉得我都不可以尝试去改变他们的宗教信仰，如果不是他们主动提及，我也不会聊起这个话题。我想，他们家这样地欢迎我，甚至在没有征求过宫大人意见的情况下，就让我住到他们家，因此我可不能给这户人家带来争吵和分裂。但是，花儿却问她母亲，为什么我每天早上都要念一会儿《新约》呢？她很想知道这是为什么。事实上，这段时间我一直在尝试用汉语来念《新约》，想以此作为一个很好的汉语练习。不过，我也担心，这样看起来更像是一种知识的练习而非精神的寄托。我勉强用我那初学者水平的汉语，支支吾吾地回答了花儿的问题，并且念了一段祷告文给她听。很奇妙的是，就在那天早上，宫家的姐妹们在一本由中国人印制的识字本上，接触到了祷告文。我恳请宫伯母能够允许她们用心学习祷告文。我说，也许什么时候这就能给予她们以力量和宽慰。“为什么不呢？”宫伯母回答说，“这些话听起来很好。”

不过，我在进一步解释的时候，犯了一些很大的错误——从对汉语还半懂不懂的外国舌头上，产生出误解是多么容易啊！宫伯母说，她觉得我们去教堂是为我们的家庭祈求好运、财富和健康，这是一个很好的想法。为了纠正她的这种观点，我不假思索，结果差点酿成更大的误解出来。我这么说：“哦，不！我们去教堂是为我们自己。”“什么！”宫伯母叫出了声，然后缩回了身子，似乎感到非常惊讶，“难道也不为你们的家庭吗？”当我再解释说，这里面并不存在有关财富与健康的祈求时，她说这样的话，她看不出去教堂还能有什么用处，她强调对于家庭的关注应该是自始至终的。显然，她对我们的宗教还是感到很迷惑。

另一个晚上，她向我展示了她珍藏的珍珠，都是一串一串的，数量很多。这还不是她收藏的最值钱的珍珠，最大的珍珠被缝到了各种各样扁平的黑色头饰上，用珍珠的奶蛋白色来点缀黑绒的背景。尽管很多人认为，中国的珍珠形状还不是很好，但一旦把这些珍珠摆在红绸盒子里，还是显得非常夺目。宫伯母的很多珍珠都上了年岁，不过依然像刚买时一样，被小心翼翼地串在一起。其中一些珍珠，是宫伯母的外婆传下来的，从来没有佩戴过。宫伯母把平时常用的珍珠穿在一根纤细的铁丝上，方便用来给她的头饰更换珠子。

励诚有时也会像他母亲一样露出严肃的一面。有一天晚上，他说了一件非常特别的事情。那天我走进他的书房，发现他正在很认真地研究一张纸，我便问他在干什么。他说他的喉咙疼，而这张纸上写了药方。随后，他补充说这是30年前从天上传下来的。我很惊奇，忙问他这是什么意思。励诚很严肃地告诉我，说这是一件非常神秘的事情，不要说他，就连他的父亲都不敢说自己能够理解，得到这张处方的人同样也无法理解。

得到这张处方的人，与宫伯父是亦师亦友的关系。

有一次，宫大人去北京看他，偶然中说到自己的喉咙疼。那位先生说："我们看看老天会给你的喉咙送来什么。"随后，他叫仆人从路边叫来两个目不识丁的苦力，把他们带到院子里的沙堆旁，让他们抬起一根棍子，在中间拴上一只很大的中国毛笔。刚开始，毛笔纹丝不动。于是，那位先生焚香祷告了一番。慢慢地，慢慢地，那只毛笔开始晃了起来，然后飞快地在沙子上写下了一张处方，上面详细地罗列着什么时候以及怎么使用这张药方，还有对病状非常详细的描述。这些症状与宫伯父的症状非常吻合。在这位先生的吩咐下，宫伯父连忙把药方抄了下来。随后，他们就把沙子上的字迹抹平了。

我怀疑励诚是在和我说笑。但是，励诚以极其坚决的态度，声明他是认真的。"我们只能说，不可思议。"他说他常用这张处方来治喉咙，从来没有失败过。我只能推断这可能是一种通灵板[1]，但是，和励诚一样，我只好说："我无法理解。"后来，我和一位同样出生在中国的英国朋友提起这件事，她告诉我她也从她的老师那里听到过一个类似的故事。

当然，励诚和他的父亲都不是迷信的人。有一次，我们在一本英文书上看到有关被蛇咬伤以及如何处理的内容。书中介绍了一个常识，如果被蛇咬了，要立刻在

1 是一种占卜方式。使用者相信可以凭此与鬼魂对话，提出问题并获得某种指示。

伤口和麻木的部位以上，把胳膊或者腿牢牢地扎起来。蛇这种动物，在中国南方并不鲜见。励诚说阻绝血液流通也是中国人用的法子，但是中国人往往会立刻拿出刀子，把被蛇咬过的肢脚砍掉。书里还有这么一句话：“魔法对蛇咬的伤口是无效的。”这让他觉得非常可笑。他说他从来都不相信魔法，也不能够理解还有人真会这么做，只有愚昧的老百姓才什么都愿意相信！

第 17 章

大人的消息

终于，我们收到了宫大人的来信。信上说他正在把手头上的事情移交给接任的人，然后就将出发去北京见袁世凯。袁世凯打算派他到山西当巡抚，并且希望他能够立即走马上任。不过宫大人还在犹豫，他还是想先征求在北京为数众多的朋友们对政局的意见，权衡之后再作决断。这之后，他希望能尽快回家。

得到消息之后，大家都显得又惊又喜。毫无疑问，这就是宫大人受到家人爱戴的一种体现。宫伯母立刻着手准备起来，在房间里挂上了两件用玻璃罩起来的刺绣。宫伯母告诉我，宫大人只有为数不多的几件奢侈品：第一件是他的历史手稿，第二件是青铜佛像，第三件就是这两件从湖南省得来的刺绣了。一件刺绣上绣着一只正在玩耍的黑猫，精妙的针脚居然能够表现出光影的效果来。这件作品当时要价 10 个银元，宫大人买回来的时候还被宫伯母斥责了几句，不过宫大人也只是笑了笑。另外一件上则绣着一只在花丛中歌唱的金翅鸟。

宫大人还特地带了信给我。励诚建议我给宫大人回封信。我恳请励诚饶了我。能够用中文写信的欧洲人只是极少数，能写出来的，恐怕就是汉学的专家了。不过励诚对我还是不依不饶。在我看来，用中文写信，特别是给宫大人这样的一位翰林写信，就像叫一个小孩写希腊史诗一样荒谬。在我强烈的要求之下，励诚答应帮我写信的开头，这也说明，我以前用汉字写的那些信，抬头和结尾很少是正确的。人类的交往是一个复杂的过程，与不同民族交往，就必须遵从于他们的某种形式而不是别的形式。励诚有一套四册装的《书信范例》，他很惊讶于我对此种文具居然一无所知，所以答应买一套简易的送给我。

励诚给我看了他书上的第一封信，信上有一些儿子给父亲回信时的必要用语，措辞十分谦卑。比如，儿子将信“跪呈”给父亲。励诚说他有很多次都是跪下来读父亲的来信的。他恳请父亲不要太过挂念自己，因为自己并不值得父亲挂念。随后还问候“玉体”是否安康，“玉体”指的就是他的母亲——我觉得这真是一个传神的表述。他说，自己的父亲是一个那么优秀而高贵的人，这让他感到诚惶诚恐。励诚还告诉我，父亲写给儿子的信字迹可以很潦草，随便写在什么纸上都可以，而儿子回给父亲的信必须用方方正正的信笺，字要写得工工整整。他和宫大人分开后，基本上每天都会通信，虽然问候的话变来变去就那么几句，但他每次都能用同样郑重的态度写信。

励诚将书翻到我需要借鉴开头和结尾的那页。他告诉我，我在信中提到自己时不能直接用“我”这个字，而是要用“小女子”，中国的信是竖着写的，这两个字要写得小小的，这样能够显得我自己很谦卑。然后，励诚就留下我一个人来写信。一些问候的词句我可以照抄，但是信的主体部分还是得自己来措辞。好了，我总算写出来了。励诚和花儿看到我写的信，都不可抑制地笑了起来。他们拒绝帮我改正上面的错误，也拒绝把信还给我，而是急急忙忙到邮局寄了出去。励诚说，当他的父亲结束和袁世凯的严肃谈话之后，看到我的信就能让他感到一些乐趣了。

我的“磨难”结束了，作为报复，我让花儿用英文给我的母亲写封信，这时小六子正好闯了进来，我让她也一起写。不过他们告诉我，小六子甚至还没有用汉字写过信。鉴于我当初所受的苦，我也就饶过了她。一直到文静给我们送来茶点，我们才把写信的事情放到一边。接到宫大人的信之后，老三四就被派到天津老城，为宫大人办公的衙门打扫卫生。虽然宫大人从保定府退了出来，但还需要在天津再工作一段时间。老三四走了之后，文静就接管了他的厨房。文静非常喜欢做饭，她做的小点心比老三四做得还要好吃。这个特殊的下午，我们吃到的小点心，名字叫作“面布饼”，之所以这么叫，是因为这是用面粉做成的饼，而且还像布一样轻薄。具体的做法，就是用面粉、水、糖揉成面团，把锅里的油烧得冒泡，然后放下去炸就可以了。

文静接受了我们对她厨艺的恭维之后，又回去开始做女红了。这两天她一直忙着给孩子做红色的大花棉袄。她希望抓紧时间，能在这两天做出来，然后腾出时间来再给自己做双鞋。励诚和花儿不止一次地劝她不要这么辛劳，我也告诉她，再这么劳累下去人也容易显老，别人会觉得她不止30岁了。不过，中国人却很敬畏年岁，如果说他们看上去比实际的年龄要大，在他们看来完全是一种溢美之词。所以，我的劝说丝毫无法动摇文静的想法。她像往常一样朝我们笑笑，安抚了一下想要小玩意的小猫儿，又重新坐下来开始做她的女红。

文静对于布料有着独到的眼光。因为宫大人就要回来了，宫伯母打算为他做一件新的束腰外套，所以就坚持让文静放下手头的活儿，陪她一起去店里买匹上好的绸子。中国人不仅要求自己做好该做的事情，也希望其他人能做好自己的分内之事。他们对于自己买到手上的东西往往也很挑剔，容忍不了一丝的瑕疵。有一次，在一个小城里有一个印刷工，当他知道我是英国人之后就特别地嘉许，他说：“英国人都是正人君子，20年前我从一家英国公司买了台小印刷机，尽管一直用得非常勤，但到现在还像是新的一样。”是的，一件不起眼的小事，却能够树立起一个国家和民族的声誉。

宫伯母、文静和我一起去了布坊街，从一家店逛到另一家店，仔细翻看店里陈列的货物，最后才会做出到底买什么绸子的决定。和宫伯母一起出来一点都不单调，但这次的逛街之旅还是给我留下了特别深刻的印象。在每一个街角都有兑换货币的摊子。当时，中国的流通货币还很繁杂，铜板相当于我们的便士，一个银元则相当于 10 美分。有时一个银元能换 10 个铜板，有时却能换 12 个，在我们看来，这是金融体系不健全造成的可悲后果。当然，中国人也这么承认。不过，善于持家的中国女人们却会充分利用这样的体系，而且也以此作为生活中的重要趣味。如果你善于砍价，有着机灵的市场头脑，也许一英镑的钱，你就能换来 22 个先令，而略显粗笨的邻居可能只能换来 21 个！实际上，中国的家庭主妇们也搞不清楚兑换的标准，一会儿一个人说能兑出这么多钱，一会儿另一个人又说兑出了那么多钱。

宫伯母在人行道上缓慢地行走，虽然没有停下脚步，但每经过一个货币兑换的摊点时，都会和摊点上的人说上两句话，嘲笑摊主开出的价格简直是无法无天。有一个摊主在和她说话的时候，吸引了很多人，好像半条街的人都围了过来。显然，摊主对能受到这种关注感到很高兴，围观的人们也为机智的对话而欢呼鼓掌。不过，因为我的中文水平还有限，绝大多数的内容都没有听懂，我看到文静甜美的脸上也闪过了一丝笑容。宫伯母一边嘲笑着围过来的众人，一边慢慢地走开了。

我们最终买到的丝绸非常漂亮，料子也很厚。走出店门的时候，宫伯母迎面遇到了两位年轻先生，他们正在为自己的学生买绸缎做长袍。宫伯母停下脚步，用大家都听得到的声音说：“哦，你们也把辫子给剪了啊！”那两个人很窘迫，变得面红耳赤。宫伯母凛然地离开了。

一回到家，我们就看到励诚在山西时的老师来家中拜访了，他希望也能和宫大人见上一面。他给我们描述了辛亥年的革命波及山西的情况。据他所说，有成千上万的士兵在那里抢劫、放火，但值得庆幸的是，他们很少对老百姓下手。我从国外的资料上得知，山西的革命是由一个从南方过去的年轻人发起的。他乘坐火车赶到那里，把自己伪装成了一个钢琴修理师。没人知道为什么他要这样伪装。很快，新来了一个钢琴修理师的消息传到了外国人在那里的聚居地。自从他们把钢琴搬到山西来以后，恐怕已经很久没有调试过了，所以新来的修理师很受欢迎。这个年轻的革命者被叫过去调试钢琴，不过他好像对这一份工作并不上心，只是一味地把工钱抬得很高，真叫他来调音的时候，他就把钢琴里的机件全给掏了出来，然后就说自己要先回去。好多家的遭遇都是这样。随后这个人就消失了，等到他再次出现的时候，身份已经变成革命军的首领！那些让他调试钢琴的苦主，只能自己想办法把钢琴的机件再塞回去了。

励诚的老师虽然不是一个天主教徒，但他还是和上百名中国的天主教徒一起躲在了一处法国天主教大院。

宫家现在的一个老妈子老家就是太原。她是一个笨手笨脚的人，但宫家人不像其他人那样直接喊她“傻子”。花儿提起她就是一副恨铁不成钢的样子。这个老妈子一直挂念留在太原的丈夫，花儿说她这样记着他简直是太愚蠢了。花儿告诉我，当这对夫妻俩住在一起的时候，她丈夫经常打她，那个男人只想把她当老妈子挣到的工钱捞到手里。

“那个人又粗又壮，很粗鲁，”花儿说，“她很害怕他。但我觉得她好像喜欢被她丈夫殴打！”于是，我就向花儿讲起了莫里哀笔下的“女受虐狂”的故事。

当进来给茶壶添热水的时候，这个老妈子从我们的谈话中听到了太原还在持续动乱的消息。显然，她被励诚的老师所带来的消息弄得心神不宁，打算立刻回山西去看她的丈夫。不过，大家都劝她等到春天的时候再回去，到那个时候说不定局势都平息下来了。比起担心丈夫，其实她更担心的还是和她的丈夫一起留在太原的 13 岁的儿子。很多中国的老妈子需要跟着自己的中国或外国主人到处跑，这也意味着将长期地离开家庭。宫家还有一个老妈子，也被自己的丈夫打过，不过她可从不把自己的时间浪费在想丈夫上，巴不得逃离他的魔掌呢。

励诚的老师走了以后，那个老妈子的心绪也渐渐平复了下来。励诚、小六子、花儿和我坐下来开始看书，时不时停下来说上几句话。花儿又开始对中国的婚姻制度进行抨击。我告诉她，即使在外国，也并不是所有的婚姻都是美满幸福的。还是像平时那样，她很尖锐地说：

“也许你们的婚姻并不美满，但即便这样，你们只会责怪自己，因为这毕竟是你们自己所做出的选择，而我们并非如此。”

接下来，我们开始讨论复杂的婚恋问题。中国人并不认为自己的婚姻和外国人的婚姻一样稳固。他们说，嫁给中国男人的外国女人，要比嫁给外国男人的中国女人多得多。因为没有精确的统计，所以我对这样的观点持怀疑的态度。据我所知，山西有一个留洋归来的官员，他的妻子就是一位澳大利亚人。宫家的兄妹对这位官员的事情不过只是道听途说，而我却和那位太太有过许多交往。这对夫妇生了一个儿子，长得非常像父亲。这位澳洲母亲非常喜欢自己的孩子，当我去看她的时候，特地抱给我来看。这是一个长得非常漂亮的男孩，对着我们咯咯地笑。看得出来，这位母亲对这个小男孩投入了全心全意的疼爱。在一边的父亲也感到很高兴。突然，这位母亲发出了让我们吃惊的感叹：

“他长得太像中国人了！”

她的丈夫很受伤地看了她一眼，然后用我认为是颇为严肃的口气说：

“那你指望什么呢？他的父亲就是一个中国人，那他在任何一个方面，也肯定是一个中国人。否则，我可不会要他。”

这是中国男人看待问题的方式。后来，当这位太太来回访我的时候，她告诉我更多的问题。她说，当她的丈夫得到了一个不错的职务后，他家里的很多亲戚就过来要和他们一起住。所以，她很高兴能够来到我们家这样一个独处而不受打扰的家庭中。中国有句谚语就是“皇帝还有草鞋亲”。自从这些亲戚住过来以后，她不得不从家庭收入中支出很大一部分，用于供养至少24个亲戚的生活。这些亲戚在他们家已经住了好几个月，而且看上去还将继续住下去。她的丈夫好像也很喜欢这样的状况。不过这样下去，他们家就存不下足够的钱，而她丈夫对她承诺过的维也纳之旅，恐怕也很难实现了。

我给励诚和花儿讲完后，我说:“在我看来，那些亲戚的做法是错误的，也是有欠考虑的。如果他们确实要住下来的话，也应该贴点钱补贴家用吧。也有其他的‘英国姐妹’住在那样的家庭中……”

这时，励诚和花儿几乎在同时粗暴地打断了我的话。

“我们是不会说出那么丢脸的话的,”他们说，“你是我们的朋友，你的父亲也是我们父亲的朋友。按照中国的传统，是不能那么说的。”

接下来，励诚就给我讲了一个关于中国人友谊的经典故事。有一对朋友，一个人比较富裕，另外一个人就很穷，因为他们之间彼此友爱，所以钱财对他们来说并不是什么大不了的东西，富裕的那个人经常会给贫穷的那个人一些钱，而那个穷朋友也接受了，因为如果换了是他有钱的话，他也会这么对待他的朋友。最后，他们决定住在一起。因为那位穷朋友还要赡养自己的母亲，所以那个富朋友就把穷朋友的母亲也接过来一起住。一段时间后，那位穷朋友过世了，但富朋友还是一如既往地供养朋友的老母亲。不过，那位老母亲却是一个不讨人喜欢的人，脾气并不好，尽管那位富朋友总是把最好的东西送给她，她还是经常口出怨言，挑三拣四。出于对朋友的友爱，富朋友都忍了下来。当这位老母亲过世以后，他就像对待自己的母亲一样安葬了她，并且每年都会向她的牌位磕头。

在讲到“磕头”的时候，励诚停了话头，突然不可抑制地大笑了起来。他很露骨地嘲笑了中国这样的礼节。在那些膝盖坚硬、拒绝磕头的外国人出现前，磕头在中国可是极其神圣的事情。我的那个满族学生，也就是单大人的儿子，也曾经发出过类似的嘲笑。我在他的家中也经历过难忘的一幕。那天，我在书房中带着他家中最年幼的两个男孩学习。这节课本来应该是堂英文课，不过当我发现他们对自己祖国的地理一点都不了解的时候，就指着地图告诉他们中国最大的河流叫什么。这时，一位老人出现在了书房里，每个知道他名字的外国人都非常尊敬他。两个孩子看到他，喊了一声“叔公”就要下跪，老人拦住了他们。他站在两位孩子中间，对打扰我上课表示了歉意。虽然他不懂英语，但当听到我说“长江”和“黄河”时，就径直走了过来。他问那两个孩子，通过外国人了解自己的祖国是不是一件很悲哀的事情。

看到励诚这么嘲笑磕头这件事，我就问他，为什么中国的年轻人都那么蔑视磕头。

“我们一点都不喜欢那样，”他说道，“那会让我们觉得丧失尊严。”他说，不管是自己还是自己的朋友，除非被强迫，否则不会主动磕头。不过在年长的人看来，磕头是表示尊重的一种标志。励诚在特定的时间，必须对着孔子的牌位磕头；新年家人都聚在一起的时候，他还得对着祖先的牌位磕头。显然，这些都是他非常不喜欢的事情。当父母过生日的时候，他也得向他们磕头。如果不是对着自己的父母磕头，他肯定还要更加厌恶这样的行为。

“那他们喜欢你们那么做吗？”我问。

“哦，是的，非常喜欢！”励诚回答。

确实是这样，东方也好，西方也罢，都面临着如何让老一辈和小一辈同时感到高兴的困难。

第 18 章

中国的节日

刚来中国的时候，对于星期天该做什么，我一直很困扰。对欧洲人来说，特别是欧洲的女性来说，没有星期天的日子，也就没有了按周记日的时间标志，这是很难适应的。在中国，没有星期天，就意味着也没有星期一的早晨。没有星期一的早晨，也许会让我们感到轻松，但同时也享受不到拥有星期天的轻松感觉了。简而言之，这里没有我们知道的星期，只有月份。在我们的星期天，中国的商店还和平时一样营业，市场交易还和往常一样进行。英国的家庭里，周末有着许多特定的安排，如果商店还要正常营业，那店员就会抗议，因为到了周末她们需要在家里洗衣服。不过，中国家庭不是这个样子的。

如今，中国人也开始学会用星期来记日了。他们发现这对他们制订日程计划很有帮助。不过，一个中国女人如果想确切地说出是星期几，多半要思索很长的时间。而且，除了基督徒的家庭，中国人还是和没有使用星期记日之前一样安排买菜、学习、洗衣服等诸如此类的事情。一整年中，除了几个节日，中国几乎没有休息的时间。至于工人、学徒、佣人，他们也没有所谓的半天假或者周末，一般都要一两年才能安排休息一段时间。

比起七天一循环，中国人更能接受十天一循环，这和他们货币制度上的十进制很相像。在外国人进入中国前很长的一段时间里，北京以及其他地方的集市，也是每十天举行一次。

中国人称星期天为“礼拜日”。来到宫家后的第一个星期天，我向宫伯母请示能不能允许我出趟门，因为我想去教堂做礼拜。宫伯母不顾梳洗才进行了一半，立刻就赶了过来，表达了对星期天的很大兴趣。她对于我的出行显得非常重视，简直都有点小题大做。她忙着帮我抹平头发，戴好帽子，还让花儿用刷子帮我把大衣刷了刷。总而言之，就是不能让我给家里丢脸。宫伯母如此体贴，我忍不住拥抱了她一下，结果被宫伯母以被弄乱了的理由，又重新帮我理顺头发，掸刷大衣。宫伯母说，如果她自己要出去买东西的话，会花很长的时间在梳妆打扮上，否则就不能出门见人。

没有什么比励诚全家陪我一起去教堂更能让我感到高兴的事情了。不过，如果他们并不愿意这么做的话，我也不愿意用任何方式强迫他们去。除了他们主动问我，我一直都很小心翼翼地不要提到有关基督教的事情。不过，我好像已经多次谈到了“真理之路”。花儿时常会在早上过来和我一起看中文版的《新约》。她对《约翰福音》特别感兴趣，在我读完之后，她一个人还会再读很长的时间。花儿是一个喜欢思考的女孩。有一天早晨，在读完《约翰福音》后，她问我：

“你真的相信像这样能喂饱五千个人吗？”

“你为什么要这么问呢？”我说。

“好吧，”她说：“我并不相信。我们中国也有很多类似于仙女、妖精能够变出很多粮食的故事，但是我从来不相信这些故事。你也不相信这些故事的啊。所以，为什么我要相信这个传说？我不相信是因为我没有亲眼看到过。不过能让所有人一起坐在草地上，确实是一件非常好的事情。”

然后我告诉她，食物能够增殖的奇迹，就是因为它可以从一粒小小的种子成长起来。花儿说她看过种子的成长发育，所以能够相信。

“比如你从未去过英国，”我说道，“难道你还不相信有那样的一个国家存在吗？”

她能够接受这样的逻辑，但又像多马[1]一样坚定地宣称，除非亲眼所见，否则她不会确信真有像英国那样的地方存在！好吧，这个世界上真的存在着不可知论。

1　即耶稣的十二门徒之一。耶稣复活后出现在众人面前，十二门徒之一的托马斯没有亲眼见到，声称除非看到耶稣手上的钉痕，用手探入他的肋旁，否则不信他已复活。

但随着时间的流逝，花儿越来越能够理解《圣经》故事里面的含义，也开始能够看出奇迹的力量。她已经不满足于只在早上读一会儿，看到我闲下来的时候就会要求来读一读《圣经》的其他章节，后来我让她把《圣经》拿走自己看了。

“太好了，”她说：“你看的速度太慢了，简直让人发狂！我非常想知道耶稣后来发生了什么事情。”

当她看到耶稣被钉上十字架的时候，眼中充满了泪水：“杀死那样的一个人真是太邪恶太无耻了。他是个好人，非常好的人。对于那些人邪恶的行为，我找不到任何的理由。比拉多[1]就像很多中国的坏官员一样。但我的父亲就从来不会做那样有失公正的事，也不会那么胆怯。”

她把书合起来，心中充满愤慨和悲伤，以至于我再如何劝说，她也不愿意再看下去了。对于她来说，天使也没有帮她滚下坟墓上的石头[2]。她婚后的几年里，像中国很多妇女会遭受的命运一样，先后失去了两个宝贵的儿子。她结婚以后，我就再也没有见过她，只能

1 处死耶稣的古代罗马的犹太总督。

2 《马太福音》中的典故：安息日将尽，七日的头一日，天快亮的时候，抹大拉的马利亚和那个马利亚，来看坟墓。忽然地大震动。因为有主的使者从天上下来，把石头滚开，坐在上面。他的相貌如同闪电，衣服洁白如雪。看守的人就因他吓得浑身乱战，甚至和死人一样。天使对妇女说：“不要害怕，我知道你们是寻找那钉十字架的耶稣。他不在这里，照他所说的，已经复活了。”

希望她记起埋葬之地的空虚，祈祷让她的悲伤能被希望所祛除。

在宫家的第二个星期天，我很早就让励诚帮我翻译，传口信给宫伯母，说我要去教堂。不过，当我吃早饭的时候，我想到花儿可能也会想和我一起去，就请求励诚去告诉他的母亲，如果能有个人真的愿意和我一起去就再好不过了。但是，我绝没有强求的意思。两分钟以后，宫伯母就亲自过来和我说，花儿非常希望能去。宫伯母说她自己因为嫂嫂的叔叔要过来拜访，所以无法一起去，但很希望花儿能够和我一起去。

于是，我们出发了，和往常一样行进得非常缓慢。我之前竟然没有想到很可能会迟到。确实，当我们到达最近的一个教堂时，已经迟到了。唉，真是太令人失望了。我正是考虑到花儿走路时，她的脚会特别容易累，所以才选择来离家最近的一个教堂。不走运的是，那个教堂下个星期会有一些特别的礼拜活动，因此还没有形成定期开展礼拜的习惯。教堂里，所有的女人们聚在一起举办祷告会，而男人们则集中在另外一个地方。在这里没有看到外国人。这是因为外国牧师认为，现在是时候让这些中国的皈依者抓住机会，承担起职责来了。

可怜的花儿有点失望，她对怎么礼拜完全摸不着头脑。祷告会的带头人们，没有一个是年轻人，都是一些岁数大的老年妇女。她们带着中国女人常见的温驯的表情，在这一公共场合中显得畏畏缩缩。如果把时间拉到今天，中国人当然能够在任何场合占据一席之地，而且能够表现得非常泰然自若。但在那个时候，尤其那些妇女还都是新入教的人，因此表现得还非常紧张。她们唱赞美诗和祈祷的时候，声音压得非常低，我几乎听不见一个字。在回家的路上，我一直向花儿解释，今天的这场礼拜绝对算不上是一场正宗的礼拜。在北京和中国南方的一些城市里，我曾经参加过非常好的礼拜。后来我听说，这个教堂还是能办出和这次不一样的礼拜来的。

再下一个星期天，宫伯母很早就让励诚带口信给我，说她也要一同去教堂，但是我必须在出门前给她一点时间。我计划去宫家附近的另外一个教堂。不过，宫伯母出门前的梳洗打扮再一次花了很长时间，而且是远远超出了我的预计。因此，我们又一次迟到了。更让我失望的是，这次礼拜除了增加了一个女人的感恩祈祷以外，我们好像经历了和上次差不多的事情。我感觉很恼火。

现在，那两座教堂都归属了英国的差会。后来我曾遇到一位英国的传教士，我向他讲述了那两次礼拜的经历，希望能从他那得到一点同情。不过，他却故意戏弄我说，这是因为我不够爱国，没有把她们带到我们英国人的教堂去，所以那样的坏运气是我应得的惩罚。我立刻反驳他从来没有把中国妇女的小步子和梳洗的时间算进去，因为英国教堂离宫家还要更远一点。其实，那一次宫伯母比平常还早起了一个小时。

她在教堂里面待了半个钟头就说要出去走走。随后我们就一起离开教堂。自此以后，宫伯母再也没有提出来要和我一起去教堂。

幸运的是，我发现励诚和几个在英国学校读书的年轻人是朋友，那所学校每个星期天晚上都会用英语做简单的礼拜。因为女士也可以参加，所以励诚、花儿和我也会过去，有时小六子也会跟着一起去。能一块去参加这样的活动，他们觉得很高兴。对于很多中国南方的学生来说，北方的语言听起来就像是外语一样，所以他们经常用英语进行交谈而不是用艰涩的北方方言。对我而言，那就更好了。就是在这个场合里，励诚结交了一个日本朋友，他还借过有关日本艺术的书籍给励诚。本着学习的热情，励诚也向他学过一些日语，不过他们之间还是用英语进行交谈。那位日本朋友有时也会到励诚家中来做客，与励诚在书房一起学习、谈话。家里人提到日本的时候都带着很小心翼翼的态度，但随着中日之间战争的爆发，这种反日情绪已经公开化了。不过，他们还是很喜欢那个日本朋友的，也很欣赏他温和谦逊的态度。

星期天的晚上，我和励诚经常会进行长谈，他会告诉我他家里人对宗教的态度。术士是他们所厌恶的。他第一次从我口中听到“术士”的时候感到很震惊，所幸我只是对他一个人讲了这个词。励诚解释说，在中国，像我这样的一个女人是不能讲出那样的词的。

寺院的内院
和尚们就住在巨大神殿神像的后面。

中国寺院的一角
祭神的时候会表演戏剧，用华美音乐向神献祭。中国绝大多数的寺庙里有这样的戏台。这里的戏台在右边。

“两个中国的女性朋友在交谈的时候，”励诚接着说，“是不能提到术士的，不然就会羞得满脸通红。”

他还告诉我在中国有很多讽刺的文章是关于术士和他们的卑鄙行径的。有些特别迷信的老官员，在生病的时候就去求助于术士。一年里面有很多节日都是依据古老的传说而产生的，不过受过更好教育的人往往不会相信这些传说。例如，当出现月食的时候，中国人就认为天上有只天狗要吞噬月亮，官员们就要去寺庙里面祈福磕头，防止祸事发生。在中国的一些地方，人们还认为山上或河里住着妖怪，当地的官员经常需要去供奉他们。励诚的先祖从来都不会相信这些没有根据的说法，但即使如此，还是会在特定的时间去寺庙和祭坛参加祭祀。他的父亲是一个无神论者，也特别不喜欢那些节日，尽量避免去那些场合。但这是这片大陆的生存规则之一，而且也是“为了黎民苍生”，所以必要的时候，励诚的父亲还是会去参加，因为如果总是避而不去的话，就会遭受到人们的误解。这让我想起了苏格拉底的精神[1]！

励诚激动地说：“我希望那些术士和巫婆都淹死算了。”

“但是励诚，你认为有巫婆存在吗？”我惊讶地问道。

1　据说苏格拉底被判处死刑后，曾经有机会逃脱，但他还是选择留下来赴死。他认为逃亡会进一步破坏雅典法律的权威。作者在这里指代“知其不可而为之”的精神。

“我们也不知道，”他回答道，“但不管怎么说，都会有一些坏女人假装能够和恶魔交谈。”

我记起当我还是个小孩的时候，就曾经听到一个女人连续几个小时都在发出耸人听闻的尖叫，照顾我的老妈子曾告诉我，这个女人是一个巫婆，在她的体内满是恶魔的灵魂，所以她能够口吐白沫。其实，她这么做也是为了钱，这也是一个赚钱的门道。

励诚解释了为什么好官员，特别是像他父亲那样真正为人民着想的官员，会发自肺腑地厌恶那些术士，尤其是道士。这是因为那些人整天只会装神弄鬼，会让百姓误入歧途。

“也有一些事情是我不能做的。”励诚说，“我不能离开太原府的衙门去路上逛逛，这也会给百姓树立一个坏的榜样。那些术士们就树立了坏榜样，那些好官员们厌恶他们就是因为他们会把自己年幼的儿子带上歧途。”

励诚还告诉我他有位叔叔在南方某地做官，他和聚居在山上的一群术士断断续续打了两三年的仗。小镇上的淳朴妇女到术士的庙里拜神后，就再也没有回到家。最后很多妇女失踪了，所以就报了官。后来，励诚的叔叔发现那些妇女都被那些放荡的术士给囚禁起来了。虽然这些术士都假模假样地发誓终身不娶，他们把那些妇女藏在一个很隐秘的地方。励诚的叔叔和他们斡旋了很长时间，最后通过武力镇压的方式，把那些妇女解救回了家。

不过，励诚说，也有一些儒家学者的家庭，如果他们的儿子病得快死了，什么药石办法都没有用，他们也会求助于道士。如果他们的孩子痊愈了，就会发誓让孩子到道观里去修行。唉，爱才是最强大的法则。也有一些官员家族，如果儿子太多了，也会让其中的一个去道观里，他们会觉得："为什么不呢？毕竟，他能被供养起来，生活也会很轻松。"

"但是那样的事情绝不可能发生在我家里，"励诚骄傲地说，"我们家族的人，至少有一百年没有去过寺庙求神拜佛了，也许时间可能会更长，从我们没有记载之前就开始了。家族中的女人们也会嘲笑那样的行为。其实这并不是说道教本身是邪恶的，而是那些愚昧迷信的道士把道教本身给妖魔化了。"

在他们自己的价值体系之下，中国很多受过教育的阶层会发现，尽管任何信仰都有着显而易见的不足，但在真实的生活之中，还是需要信仰的存在的。如果人们能以一种更加宽容的态度去对待基督教徒、佛教徒还有道教徒，那就是皆大欢喜的事情。

励诚给我讲了几个有关新年的礼节。他们会在墙上挂上往上数五代的祖先画像或者是牌位，然后在新年到来后，连续半个月每天对着牌位烧香磕头。磕头是有次序的，首先是父亲，然后是母亲，接着是孩子，需要按长幼顺序依次来磕头。这是一个非常严肃的时刻。我问励诚，他们是不是认为在那一刻祖先的灵魂是在场的，所以能接收到他们的敬意。励诚像往常一样回答道：“可能吧。谁知道呢？我们不知道，是孔子要让我们表现得就像这些列祖列宗都在场一样。”

他们会为祖先们准备祭品。不过，最后还是自己吃了。励诚说：“你知道，我们必须这么做，因为他们吃不了这些东西。”我问励诚，他们祭祖是不是就像我们崇敬上帝一样。“哦，不，”他回答道；“不，不，不！”他后来加了一句，说也许最初的时候，祭祖的仪式可能并不像现在这样粗俗、愚蠢。他告诉我，敬拜祖先的主要目的，就是要让一个人“记住自己的根”，感谢列祖列宗的传承。很多外国人无法理解这种感激的心情。励诚向我作了解释。在男耕女织的时代之前，每个家族的第一个成员肯定是非常贫穷和悲惨的。随着时代与文化的发展，家族才逐步富足了起来。因此，这都得感谢祖祖辈辈的努力拼搏，感谢他们的智慧和毅力，是他们让整个家族从原始时代渺如尘土的命运，实现了今日的成就。宫家的家族已经取得了非常高的地位，作为一个后人确实应该感谢那样的家族传承。

基督教要求每个人都承担起自己的一份责任来，我们外国人因为生活在个人主义的社会里，所以认为那是理所当然的，但是对于将“家和”视为根本的中国人而言，确实还是一个很新鲜的思想。中国基督徒的处境也很困难。虽然他肯定知道，在现实生活中是爱让整个家庭紧紧联系在一起，但看上去他却像是家族传统的背叛者。只有当整个家族不再认为他是一个叛逃者，他才有可能成为家族里最好的传教士。而恰恰因为他们把帮助家族作为本能，也反而使他们很多人在这场与家族的争执中取得了最后的胜利。

励诚说，每次向祖先磕完头之后，他们的父母就站到牌位的两侧，接下来子女们也得向他们磕头。子女之间，年幼的还得向年长的磕头。不过，夫妻之间却从不互相磕头。但是，如果一个妻子的脾气非常暴躁，不服从丈夫的管教，那么丈夫也可以命令妻子向自己磕头，以显示出自己在家族中的权威地位。

“很庆幸，现在人们已经不再像以前那样坚持磕头的习俗了。”励诚说，“比如说，在以前，如果一个当官的第一次到我家里拜访我的父亲，那么职位低的那个人就必须立刻向职位高的人磕头，他磕完头之后，职位高的人又反过来向职位低的人磕头。现在，他们就用例常的握手来打招呼。”

他讲完这些习俗之后，我问他：“那么，励诚，我告诉你，我们对中国官员阶层所不能理解的行为到底是什么。你厌恶磕头，这我能理解。但是我不能理解的是，你还有你的父亲，包括你的那些不迷信的朋友，虽然你们讨厌术士，也不会去庙里求神拜佛，但是你们却任凭那些被迷惑的百姓留在痛苦之中，任凭他们蒙蔽在对妖魔鬼怪的恐惧之中。但事实上，你们都知道那些东西并不存在。我们基督徒不会看着那些可怜人受苦，比如我们的老妈子和小工，他们也一直对真理视若无睹，但我们会竭尽全力去告诉他们，不必害怕那些东西。并不是说，这些东西只有成为官员或者学生才能够理解。如果我们能有孔子的智慧，我们肯定会去教导他们的。”

“你为什么不觉得，这正是我一直在试图做的吗？”励诚叫起来了，“我很多次告诉他们，不要去庙里对着那些画上颜色的木头磕头，结果他们都说我忘了孔子的教导！当我回答说孔子从来没有说过一个字让我们去求神拜佛，他们就说我现在已经是半个外国人了！当我在太原，还没有和一个外国人说过话的时候，他们就那么说了。当我告诉他们，在那些懒散的术士身上浪费钱是非常愚蠢的，也不用害怕他们嘴里那些所谓的咒语，不要在迷信里面堕落，结果呢，他们说他们不会管我，但我也别管他们的闲事！唉，他们生下来就愚蠢，也会一直那么蠢下去。他们从前就害怕妖魔鬼怪，喜欢求神拜佛，将来也会那样下去。每家的老妈子都会在墙上贴上没有用的符纸，以为可以守护自己的家。她们还认为如果门上不贴门神的话，疾病和灾难就会进家门。和他们争辩，就是浪费自己的气力。我告诉父亲，那些人是如何粗鄙地和我说话。我父亲说，他年轻的时候也曾和他们争辩过，他们也同样和他那么说话。”

当励诚夹杂着英语和汉语给我讲这些事情的时候，我时常听到他用英语说“上帝”这个词，于是我就问他是如何知道上帝的，是从中文或英文的书本里，还是从他父亲或者是老师那里？

“哦，不，不是从任何人那里，”励诚说，“我是自己有意识地去了解上帝的。”

就冲励诚急切的神情和真诚的语气，我相信他所说的话。

第 19 章

结拜成姐妹

有一天，我在外出时凑巧碰到了一位朋友。这是一位英国女士，她来中国有二十年了，不过一直是在租界里生活。她对待家里的中国仆人非常公正和慷慨，人们都认为能给她做仆人是幸运。不过，除了她熟悉的中国仆人，她对其他中国人的生活方式则是一无所知。她虽然热情地支持各类慈善机构为中国人做善事，也十分同情整日劳累不堪的中国苦役，但潜意识中，她还是过着一种隔离在中国人之外的生活。

这位女士自己也很清楚，她本人对中国动荡的局势没有什么研究，可以说是一无所知。在她的周围，中国已经变成一片汹涌的海洋，而她就像在这片海洋之中的孤岛上——一个“永远属于英国”的小岛。不过，她很坦率地说，她倒是很乐意能够对此无知无觉。她很好客，过去如此，现在也如此。她和她的丈夫热情款待过很多英国同胞，而且还有心地把家布置成英国家居的模样，给我们这些在中国的游子营造一种家乡的氛围，抚慰飘荡在外的心灵。正因如此，她在中国不仅没有变得像中国人，反而更加像英国人。如果不是还有一些穿长褂、留长辫的仆人在她家里走动，别人几乎就要把这里当成是德文郡的一个牧师的住宅了。

她对我居然不向自己的同胞寻找庇护，反而住到中国人家里的“错误思想”——她就是这么说的，感到非常痛心疾首。当她终于见到了我，便热心地要把我带到她家里住。我告诉她，我在宫家的生活很有意思，也很快乐，等到我离开的时候，我一定会感到恋恋不舍的。

“你知道吗，我把宫大人和他的妻子叫作伯父和伯母，而且这还是他们自己的意思呢。”我说。

她颇为困惑地看着我，说道：“好吧。你哪天一定得过来和我们吃顿晚饭。你有没有足够的，呃，我的意思是，你有适合的食物吃吗？”

“今天午饭吃的鱼汤、红烧鸭子，”我回答说，“还有米饭。晚饭也是差不多的。我在那儿吃得可多了，现在小肚子都长出来了！”

听了我的话，这位好心的女士还是一副忧心忡忡的样子。我想，可能是因为一向很喜欢到她家里的我居然谢绝了她的邀请，也可能是我为中国朋友的辩护超出了她的认知，也可能是我向她表示我在中国人家里能够吃得饱，让她感到了怀疑。于是，她很真诚地邀请我什么时候到她家里参加晚宴。我接受了她的邀请，但还是提醒她我可没有带着晚装到天津来。一直到现在，中国人还觉得外国女人的晚装总是要把身体暴露出来，是很可怕、很下流的服饰。他们认为露出来的胳膊和脖子没什么可看的。因此这次到天津，我只带了一件晚礼服，而且还一直都没敢拿出来。我可不想在敬爱的宫伯母认识到我们外国女人其实也很好之前，让她错以为我们外国女人穿得比较下流。

“非常好，”我的英国朋友说，“我们就定在星期天从教堂礼拜回来的时候吧！”

因此，接下来的星期天晚上，在宫伯母和花儿的注视下，我披着头发就去赴宴了。即使如此，我知道，她们娘俩恨不得用胶刷把我的头发再梳上一遍。晚宴的时候，我一直在仔细考虑，能否在喝完咖啡以后，和大家一起讨论有关陶瓷浴缸的话题。这位女士的屋子里就有一个，可以通过水龙头放出热水来。自从偶然在商店的橱窗里看到陶瓷浴缸以后，花儿就一直很着迷，很希望能够进一步了解这是怎么用的。我估计，晚宴时坐在我边上的那位年轻绅士，一定觉得我实在是有点心不在焉。唉，我本不该这样的。这位年轻的绅士有一个非常有历史渊源的姓氏，他从牛津来到中国，当时在一所教会学校里教书。虽说他的薪水很少，但还是被认为有着远大的前途。不过，在我离开聚会回到家以后，我想这位绅士的耳朵一定要被“烧焦”[1]了。

我回去后，发现宫家人都聚在宫伯母的房间里。宫伯母和嫂嫂正在抽她们那没完没了的烟。宫伯母总是托着烟枪，轻松地吞云吐雾。她喜欢坐着的时候，把一条腿压在身体下，另一条腿悬在空中晃来晃去。包哲洁小姐对此曾有一个形象的描述，说她这样好像是在挂熨裤子。不过这种造型，对于一个近60岁的当家女人来说，确实是一个很泼辣的形象。

宫伯母和花儿都坐在励诚的床上，小六子则靠在她们后背上。她们一见我，立刻给我匀出了一个位子。我就直接坐在了她们中间。嫂嫂，也就是三少奶奶，其实按道理我更应该这么来称呼她，不过我发现这个问题有点太晚了，所以很难改口。此时，她就坐在一张紧靠着我们的椅子里。然后，有趣的事就这么开始了！我要把我在晚宴的所作所为，详详细细地讲给她们听。这倒不是宫伯母不信任我，而是因为我现在就是她们家的一分子。而且，她确确实实也很关心晚上发生了什么。中国妇女半隔离的生活实在是平淡无奇，因此发生了任何事情都会勾起她们的好奇心，可不管这事是发生在街上、厨房里，还是发生在北京的朝廷里。而且，宫伯母还远远没有对天津这样的城市生活感到厌倦呢。

1　当被人在背地里提到的时候，据说这个人的耳朵会发烫。作者在这里是很诙谐地表示在她回到宫家以后，宫伯母要求她详细地讲述晚宴和出席人员的情况（具体可见下文），讲得太多以至于这位绅士的耳朵要烧焦了。

我把参加晚宴的每一位客人的生平，都给她们简要介绍了一遍。当宫伯母听说我的两边各坐了一位男士时，她露出非常惊骇的表情。我只好把那位从牛津来的绅士，从相貌、履历到他是怎么来中国的，甚至于他的道德品质是什么样的，一一道来讲给她们听。当然，我可是用一种高度赞扬的形式呢。毫无疑问，他也配得上我的赞美之辞。其实，这位绅士非常谦虚，要是他听到我的这些话，一定会害羞地脸红。不过，我这么说可是有目的的。宫伯母主观上总觉得我这样一个外国人，和中国人一样淳朴，也一直希望我能够像一个马基雅维利主义者[1]那样足智多谋。好了，现在我倒是要证明给她看看我的诡计多端了。

事情是这样的。我亲爱的朋友，哦，不，应该说是我的弟弟励诚，头脑聪明，思维敏捷，对生活中的真、善、美有着深刻的鉴赏能力。不过一直以来，我一直深感遗憾的是他居然不能接受完整的现代教育。要知道，即便是普通杂役的子弟，也能进入各种教会学校，接受现代的教育。但因为励诚是上层人的孩子，用中国人的话说就是“以带束腰者”[2]——中国人对出身高贵的人的

1 马基雅维利是意大利政治家和历史学家，主张为达到目的可以不择手段。马基雅维利主义也因此成为擅权术、善谋略的代名词。

2 中国古代腰带也有贵贱等级之分。刑昺《论语注疏》：“以带束腰，垂其余以为饰，谓之绅。”所谓“绅”就是指束在衣服外的大带，后世用来指代贵族、官吏等。

一种指称，所以他除了可以偶尔学学英语，还必须接受传统的老式教育。励诚告诉我，他经常恳求他的父亲能够允许他到新式学校去读书，但宫大人一直不同意。这倒不是宫大人不希望他的儿子去学习现代历史和算术这样的学科。不同意的原因，是宫大人听说教会学校里的学生传出不少不合礼仪和有损道德的事情。这些说法，也许只是谣言，但是作为一位无比爱惜儿子良好的道德品行的父亲来说，这些传说却成了心头的大石头。宫伯父在权衡利弊之后认为，尽管他的儿子可能无法接受更为现代的教育是一件很遗憾的事情，但与那些新式教育产生出来的严重问题相比，他宁肯感到遗憾。

所以，我把那位英国绅士好好夸奖了一番，然后我就建议说，可以把我这位新认识的朋友叫到家里来做客，我想以此来证明教会学校的教育并非传说那样会产生那么多的问题。宫伯母瞥了我一眼，已然是看穿了我的“伎俩”。她说：“哦，你是想让励诚到他教书的学堂去念书吧。好吧，等宫大人回来的时候，你就请他来吧。”好吧，这可是计中有计啊，因为宫伯母认为宫大人一定能够和他进行周旋。确实，宫大人是有这个本事。不过，由于这件事情已经算是公开化了，励诚也下了决心，不管怎么样，哪怕是在求知的道路上，身边的同学在道德品行和行为举止上可能有所不足，但只要能让他自己受到最好的现代教育，他也在所不惜。我想，既然这样，宫大人可能也不会阻止了吧。

既然关于励诚上学这件事，我的目的已经部分地达到，所以我就接着开始讲第二件事了。在那位英国女士的家里，我和女主人在陶瓷浴缸的话题上好好谈论了一番。女主人还带着我上楼参观了这套花儿特别喜欢的沐浴用具，给我演示了一番它的用法。最后，她邀请我和花儿一起来她这里吃午餐，正好参观一下。女主人答应，这次只请我们两个人来，而且约的是在她丈夫外出的时间。这是因为，我还不是很确定，宫伯母会不会坚持不能有男宾出现。再说了，这样花儿也不会为餐桌上的礼仪而觉得尴尬。她还不像励诚，接受过这方面的训练，通晓与外国人打交道的规矩。记得宫大人第一次和我们吃饭的时候，当他看到餐巾的边角上绣的字母时感到非常惊奇，我向他解释这是为了方便洗熨后的收纳放置。他开玩笑说，他还以为是防着他偷走餐巾呢！

这位好心的女主人说："你的朋友，是我来中国二十年来，接待的第一个中国人。能有这样的机会，我也很感兴趣。以前是会有一些中国的男人来看我丈夫，但每次都安排男仆去上茶，我可从来没有见过他们呢。"

这样的经历有趣也很有益。最终，我的朋友按照我的要求，安排了一场真正的家庭聚餐。但我却忘记了事先准备一套菜谱给她！对我而言，这顿饭当然是很可口的，但是花儿从来都没有把她的感觉告诉我。这顿饭我们吃了烤羊肉、汤和乳酪布丁。事实上，很不巧，中国的汉人不管是在味觉上，还是在嗅觉上，都很厌恶羊肉。

半个多世纪前，当清廷还不把对外国人的冒犯当回事儿的时候，每当一个欧洲人走近，他们就会用袖子捂住鼻子，然后转过脸去。当被问及他们这么做的原因时，他们回答说外国人的身上有股羊肉的膻味，这是因为外国人吃羊肉，并且还拿羊脂洗脸。相比羊肉，中国人更加讨厌牛奶和乳酪这两种食品！当然，满族人是游牧民族的后裔，不像汉人那样是纯粹的农耕民族，因而他们都是吃羊肉、喝牛奶的。但在一个汉人看来，牛奶是很不洁净的食品。不过，既然我们能够逐渐适应中国人吃鱼翅和燕窝的习惯，那么偶尔一顿烤羊肉和乳酪布丁，花儿也不是不能适应，虽然她吃起来还有一点犹豫。由此我想到第一次参加中国宴席时，我在吞咽食物时所遇到的困难，这让我在心中暗自发笑。

“我亲爱的花儿啊，”我心想，“你也得像在你之前许多人那样，本着睦邻友好的态度，来品鉴这些异国的风味，这才是真正美好的事情啊！”

总是慈心善语的女主人，盛赞花儿淡紫色的丝绸外衣。我觉得这多少补偿了花儿对菜品的不适应。为了这个场合，花儿特意还穿了一件黑色的丝绸裙子。她可是很少穿裙子的，但她知道，在一个外国女人看来，穿裙子显然要比穿裤子更加适合这个场合。不过，尽管这件裙子很好看，但花儿总是有一点扭扭捏捏。要我说，穿衣打扮，还是让自己感觉得体舒适更为重要吧。吃完饭，我们就被带到了楼上的浴室。这可是满足了花儿的期待了，她显得特别高兴。

花儿能和我一起分享一顿外国大餐，我也觉得特别高兴。她告诉我，她希望能够和我结拜成姐妹。在中国，这是一种关于友谊的契约，非常甜蜜而又珍贵。就我而言，我感觉受到了非常大的尊重。骆香华在北京曾和我说："你就是我的亲姐妹，我用吻你来证明这一点。"花儿的情况则更加复杂一点。她已经有了两个结拜姐妹，都是中国女孩，是宫伯母朋友家的女儿。对这种关系，中国话不是说成"亲妹妹"，而是说成"干妹妹"，意思就是说两个朋友虽然不是一个母亲生的，但却依然是姐妹的关系。

有一次，宫伯母整个下午和晚上一直都不在家。当我询问她的下落时，花儿回答说她的母亲去拜访她的干妹妹了。这个干妹妹是一个 40 岁的妇人，家里很有钱，有三个儿子，但都不幸去世了。这对宫伯母的干妹妹来说，是一场巨大的悲痛。文静则有六个干姐妹，都是通过一种特殊的仪式完成结拜的。结拜的时候，文静已经结过婚了，她的丈夫还在北京做官。当时，六个人一起来到文静家里，作为一种仪式，七个姐妹要先唱歌，然后互相磕头。花儿的两个干姐妹是在山西结拜的，现在人还在山西。其实，在结拜之前她们之间也并非亲密无间的朋友，之所以结拜，是因为她们的母亲们和宫伯母非常要好，在她们的安排下，她们就结拜成了姐妹。她们结拜的时候没有唱歌，只是互相之间磕了头。不过每次结拜，她们都互相交换了兰谱。花儿告诉我，在结拜以后，她们之间就确实像真的姐妹一样相处了。如今，她对山西的两个干姐妹的命运十分牵挂。在我看来，小六子对和她定亲的那个男孩，都没有像花儿对干姐妹那样念念不忘呢。

那我们要通过什么特殊的仪式，来使我们的关系正式确定下来呢？一个周日的晚上，我在回宫家的路上想到了一个主意。当时我正戴着一顶黑帽子，上面还插着一朵天鹅绒的花。很快我的帽子就成为了宫家一家议论的焦点。当我买这顶帽子的时候，宫伯母凑巧也在，于是大家都在谈论这顶帽子的价格。中国人喜欢公开谈论一切东西的价格，并且并不觉得有什么不合适的地方，他们很难理解我们在这方面的忌讳。不过，讨价、还价、比价也是生活中很有意思的一方面。大体上，大家都同意这顶帽子很漂亮，但他们觉得还是太大了，以至于需要用帽针别在头上。这样，他们就自然地把帽针引入谈话的话题之中。看他们的眼神就知道，在他们看来，帽针可是一个又丑陋又危险的东西。

就这样，关于我穿着的谜团一个一个地解开了。宫伯母说我必定是喜欢蓝色，因为我总是穿着蓝色的衣服，我承认我确实是这样的。然后，她又开始讨论我的鞋子和长袜。以前在太原的时候，她倒是没怎么注意我的衣着。她拿起袜子说，中国女人穿的袜子和外国男人穿的袜子是一样的，都比较松，容易滑落下去，而英国女人穿的袜子在踝部以上则很紧。接下来，又开始讨论起我的衬裙了。三哥和励诚虽然不知道究竟是因为什么，但还是看出来我有些发窘。因此，他们觉得我该轮到被他们捉弄了，就开始兴高采烈地瞎起哄了。不过，我很快想出了一个办法打他们的岔。我跟宫伯母说，我打算拿出更多的新奇衣服给她看。于是，起哄声就消失了。这可不是一个最简便的办法吗？其实在之前，当宫伯母闲来无事到我房间的时候，我就问过她是不是愿意看看我的衣服。她的回答是她很感兴趣。当然，换作我是她，我也会很感兴趣的。

于是，花儿高高举着摇曳的蜡烛，我一件一件地拿出我的衣服，一件一件地解释它们分别用于什么样的场合。这时，老妈子们推举了一个代表，问能不能也让她们瞧一瞧。啊，我觉得我简直成了一个正在炫耀自己嫁妆的新娘了。老妈子们看到这些衣服的时候，充满了惊奇，忍不住地发出“啊！唷！”的声音来。这场展览结束后，宫伯母对我的毫不介意、不怕麻烦，表示了感谢。我回答说，正如我也对中国内闺的衣服很感兴趣一样，我当然能够理解她们的兴趣，而且对于我能满足她们的好奇心，感觉很是美妙。

最后，我大胆地提议，花儿和我可以通过互换衣服和被褥的方式，发明一种新的结拜姐妹的办法。这样，我们就可以在彼此的位置上，真切地感受到彼此的存在。也就是说，她要变成苏小姐，而我要变成宫小姐。好久之前，我也穿过一次中国女孩的衣服。那是一个又湿又黑的晚上，我来到了一户农舍，但我的行李还落在了后面。没有换洗衣服的我，穿上了这家女孩的衣服，那都是她最好的衣服，一次都没有穿过。但是，这些衣服都是用粗糙的棉花做成的，穿在身上还有点扎人。那时的我，唯一的想法就是能尽早地脱下这些衣服。

花儿看了我有一分钟之久，然后头碰头地答应了我。她也觉得这会是一个很好玩的体验。第二天一早，她在腋下夹着一捆她自己的衣服，来到我的房间。在我的指挥下，我们就开始交换起来了。我发现她衣服的扣子和带子都是在侧边——这在中国是很正常的。另外，花儿根本就没有意识到，要把她的腰身从团团的衣服里解放出来，从而展露出匀称的一面。事实上她的这些衣服，让她的腰身压根就没有用武之地。

出乎我的意料，花儿穿上我的衣服，效果令人失望。我想不通的是，好像没有几个东方女子穿上欧洲的服饰后，能够有不错的视觉效果。中国女人的服饰几乎就是制服，基本上都是一样的剪裁方式，这反而突出了每个人不同的脸庞，隐蔽了身材的问题。外国的服饰则转移了对脸庞的注意，凭借着各种款式的变化，把人们的目光吸引到了身材上。当然，这只是我所做出的一个解释罢了。中国的女人，除了不裹脚的广东妇女和北方的满族妇女，绝大多数都像花儿一样，肩膀是圆溜溜的，头总是微微下垂，以便保持端庄的面貌。花儿的脚虽然已经定型不用再绑着了，但她的步姿绝对称不上我们认为的那种优美。除了走路，花儿也没有其他的运动，自打五六岁开始，她就不再玩跑、跳这样的游戏了，至于体操、跳舞、网球，她更是闻所未闻的。我可以感觉到，穿上我的衣服后，花儿其实和我一样感到非常失望。她还是穿着她那笔挺的淡紫色外衣和百褶裙更加迷人。

接下来，该我穿她的衣服了。一开始需要穿的是兜肚。兜肚有着像钻石一样的形状，看起来和围裙有点相似，穿在身体前面，用细绳绕过前胸后背再扣起来，最后用银链子固定在脖子上。花儿告诉我，她和大多数的中国女人其实更喜欢用一些色彩华丽的细绳把兜肚套在脖子上，因为银链子经常会夹到肉。好吧，我已经感受到了。兜肚是用黑白相间的印花棉布做成的。花儿告诉我，宫伯母的兜肚是日本的棉织法兰绒做的，要更加暖和一点。然后是穿衬裤了。这种裤子会紧紧地包在腿上，也是棉织法兰绒做成的，穿好之后得用带子拴在腰上。接下来穿的是衬衣，又是棉织法兰绒做成的。再接下来，需要穿外面的棉裤了。棉裤里塞满了棉花，非常暖和，但是有点太臃肿了。裤腰拎到了腰那儿，显得鼓鼓囊囊的，需要再用一根带子把它扣紧。这些衣服并没有前后之分，因为前后都极其肥大。在穿好裤子以后，我又套上了花儿漂亮的黑裙子。这些衣服对于我而言，还算合身。虽说花儿在中国女人里也不算矮，但是我还是要比花儿高几英寸的。最后，我在所有衣服的外面，套上了花儿常穿的蓝色大衣，内衬是用狼皮做成的，大衣的衣摆一直垂到了屁股那儿。

下面是怎么戴头饰的问题了。虽然我没有要求花儿戴上我的头饰，但花儿却一再要求我试试戴上她日本式样的头饰。但是，结果又是很令人失望的，我根本就戴不上。当我和家里其他人说到我的失败时，她们都来安慰我，说这不是我的错，因为花儿的头发是全家最长的，发质也是最硬的，我之所以戴不了，是因为花儿不像我们外国女人那样频繁地洗头、梳头。中国的女人，一年之中只在新年的时候洗一次头。频繁地洗头，会溶解头发上本有的油脂。虽然在宫家洗头是一件非常麻烦的事情，我还是坚持经常洗头。中国的年轻女人，也不像我们这样留着又直又长的刘海了。所以后来，花儿也把头发剪短了。这真是叫人吃惊，因为我还时常羡慕她漂亮的头发。我发现花儿的许多头发被人买走了。花儿告诉我，中国的女人在假发上的开支会很多，而且，如果去问一个女人的头发是真的还是假的，在中国是一个很平常的问题，不会引起任何人的不快。

终于，我们打开房门，走向外面的世界。她就是苏小姐，而我就是宫小姐。全家都欢呼着迎接我们，但她们也对花儿的穿着效果感到了失望。虽然我已经尽力帮花儿穿得更整齐一点，但衣服在她身上还是显得松松垮垮，很不合身的样子。不过，我还是提醒大家，这些衣服对花儿来说太肥大了。花儿说，她穿着这些衣服感觉还是挺舒服的。让大家包括她自己都感到吃惊的，是她的腰身看起来也并不细。中国的女人们还以腰细为美呢。正因如此，花儿在帮我扣兜肚的时候，还特意把绳子系得特别紧，以至于我都快受不了了。花儿说她们就是这么穿的，但对于我来说，可是从来都没穿过这么紧的衣服呢。

宫家人信誓旦旦地说，我穿上花儿的衣服看起来非常漂亮。这些确实都是很好看的衣服，与起源于此的现代服饰差别很大。但是，正如花儿指出的那样，之所以看起来好看，是因为裙子遮住了腿，另外还配上了我的外国发型。中国的时髦女学生们现在也都采用了这样一种糅合中西的服饰和装扮，看起来确实很迷人。

花儿敢答应和我交换衣服，是非常有魄力的。也许换作另外两个女孩，也就是文静和小六子，她们压根儿就不会接受。不过，既然步子已经跨出来了，我劝她不如走得更远一些。我问她是否有胆量睡到我的床上，实际上我的意思是我睡到她的床上，她和小六子睡到我的床上，但是我的中文实在太差了，花儿完全理解错了我的意思，她认为是我们仨都睡在一起。因此，她说她非常愿意，但只是不知道当床上有那么多的垫子和毯子时，我们仨怎么才能睡得下。她计划我们共用一套毯子和鸭绒被子，而不是一人卷一床被子。

就这样我们仨睡到了一起。第二天早上，我问她睡得怎么样。她说我的床要比她们的更加暖和且柔软，而且，她没有想到，没有塞棉花的被子居然还能这么暖和，这让她很惊奇。事实上，她甚至觉得这张床有点太暖和了，她还是喜欢她自己的床，虽然有点硬还有点凉，但她觉得还是这样更舒适一点。

就在之前的晚上，我看到一个老妈子在走廊上苦苦哀求花儿不要鲁莽地和我睡在一起，虽然她对花儿的勇气也很佩服。于是，当花儿出现在我眼前的时候，我就以此来嘲弄她，告诉她我听到那个老妈子的警告了，所以也恳请花儿三思而后行。她笑着替那位无知的女人向我道歉。我回答说，她不必为此道歉，因为许多外国女人在和中国女人同睡一张床的时候也会犹豫和害怕。我告诉花儿，她们这样做完全是出于她们的无知，她们总是担心会被抢劫或谋杀，轻一点也可能会被麻醉。这都是因为在我们外国的很多书和电影胶片里，中国人没有好人，都是恶棍。她对外国人也这么无知感到很好笑。

在那天早晨，老妈子们在门外踟蹰不安，对花儿的命运感到很焦虑。她们一定在想，小姐她还活着吗？那个“洋婆子”有没有在晚上变成可怕的狐狸或猴子？当她们看到花儿一切正常的时候，纷纷舒了口气。看着这一幕，我也觉得非常好笑。

“她们的话真是太愚蠢了！”这句话花儿一天说了不止 20 遍，家里的其他人也同样如此，对这些老妈子人前人后地指责了一番。不过，这些老妈子看起来毫不介意这些责怪，还是笑嘻嘻地，摆出一副她们也有义务去赞成这些责难她们的话的样子，似乎一点儿都不觉得被冒犯，反而更加地崇拜自己的男主人和女主人，觉得他们是真正聪明的上等人。其实，老妈子们一天也干不了多少活计，哪怕一个外国主妇都不能指望她们做多少事情。不过，主仆之间仍然有着很友好的氛围，和受过教育的上等人相比，这些人看起来就像是“长大的孩子”，在大大小小每件事情上都依赖于上等人的建议和帮助，大可以大到有关丈夫，小可以小到有关针线。

“我们中国的房子里必须要配上一大堆的老妈子，”有一次，嫂嫂这么和我说道，“因为她们每个人都很笨！”

老妈子们总是对我有一些抵触的情绪，但由于花儿总是极其严厉地对她们的成见进行训斥，这也使得她们开始倾向于认为我可能也是一个正常的人。简而言之，自从那一天起，她们也开始把我看作那个家的一部分了。她们聚在我身边，一边努力抚平我的头发，一边和宫伯母说：

“哪怕她穿上我们的衣服，弄平她的头发，终究还是和我们不一样，是不是啊？”

但是宫伯母却给了我最大的礼遇。有一天下午，她又一次请我穿上她中意的那件蓝色丝绸浴袍，因为她的一个朋友季太太要来拜访。当我出现的时候，她把我介绍给季太太认识，并且问季太太她是否可以带着我一起去回访她。她是这么说我的：

“你不用怕她，真的，她非常好，又客气，就像中国人一样！”

“就像中国人一样”这句话，让我快乐地羞红了脸。

第 20 章

宫大人回家

我到天津三个星期后，宫大人终于要回家了。就在他到家的前一天晚上，励贤过来说，他要和嫂嫂去北京待上一段时间。嫂嫂因为房里烧煤炉，中了轻微的煤气，所以没法一个人去北京。听到这，我想到我睡觉的时候，坚持把窗户开着，这还让宫伯母颇为伤脑筋呢。这时，我故意看了宫伯母一眼，她很不服气地朝我摇了摇头。励贤他们的屋子在北京的西城，那儿有不少中式的大屋子。骆伯母后来的房子也在那一片。励贤说房子太大养起来太费钱了，所以他们打算住到位于北京南城养父的小房子里去。

这样，励贤夫妇的火车就和宫伯父的火车擦肩而过了。这段时间，我们一直在盼望宫伯父能够早点回来，不过他的返程被一再拖延。他在信里说，他还没有想好是彻底地从官场中退下来，还是以病休的名义暂时退下来。我告诉励诚，自从我听说，在大家都传言保定要被暴乱洗劫的时候，宫伯父坚定地留在那里组织守城，我就对他产生了无比的崇拜。励诚从朋友处听到消息，说保定的老百姓对他父亲也是赞不绝口。为此，励诚还专门写信告诉父亲他在保定的官声，但宫伯父却轻描淡写地解释说，自己也不知道为什么。宫伯父的前任现在是山东的巡抚，而山西的老百姓，因为前几年宫伯父在那里给他们留下了严于执法、廉洁奉公的名声，就由士绅和商人组成了一个代表民意的请愿团，请求袁世凯让宫伯父来山西当巡抚。

在宫大人回来的时候，我们每个人都正在忙着各自的事情。文静把房间里的桌子清理出来，手握一把大剪刀，忙着给一个老妈子做衣服。这个老妈子在家中干着最粗笨的活计。她期期艾艾地向这位少夫人询问能否帮自己做一件新外套。我进到文静的房间时，她正在忙着裁剪布料，为了先定型粗略地缝制着。“她自己可做不来，”文静对我说，“虽然我也是自学的，感觉也很简单。但如果我不帮她弄到差不多的话，她肯定会乱缝一通的。她做什么事都很笨呢！”老妈子在一旁赔着笑脸，虽然她笨手笨脚，却有一副好脾气。文静对她说：“好了，傻瓜，按照我裁好的样子把它缝起来，可别再缝错了，一个头发丝的位置也不能改啊！”

励诚往文静的房间瞥了一眼，知道里面的人在做什么事情之后，就发出了一声叫喊：“哦，这倒提醒了我！”我一边问他要干什么，一边跟着他走了过去。我又惊又喜地发现，原来励诚要教他父亲一个穷困的师爷来画画。这位师爷已经51岁了，虽然平时也会画一点画，但是却没有钱请老师。励诚兴高采烈地告诉我，他这位年纪不小的学生，总是在不停地进步。他说：

“我还真是很崇拜他呢！像他那么大的年纪，还能坚持学习，真是太了不起了。我父亲就说他是我们真正的榜样。”

花儿和小六子正好过来找我。她们打算帮我补上一课。一直以来，对中国人家庭里复杂的亲属关系，我都感到很困扰。我搞不清楚父亲的姐妹和母亲的姐妹在称谓上到底有什么不同，伯父的妻子和叔父的妻子在称谓上有什么区别。在英语里可以用“Aunt”一言以蔽之，可中文里没有这样一个万能的词。人们必须区分个子丑寅卯出来。打个比方，弟弟管哥哥的妻子要叫“嫂嫂”，哥哥管弟弟的妻子就要叫“婶子”[1]。正确使用这些称谓，在中国的日常生活交往中是必备的技能，万万不能忽视。不过，当我试着想弄清楚哥哥的妻子和弟弟的妻子之间有什么不同的时候，差一点就要绝望地放弃努力了。

就在一片忙乱之中，房门突然被推开了，宫大人出现在我们的眼前。十分钟之前他就到家了。自然，他先见了宫伯母。大家都发出了高兴的欢叫声，小六子高兴得都跳了起来。虽然没有人像我们英国的习俗那样，走

1 《康熙字典》载“又呼夫之弟妇亦曰婶”。

过去亲吻他的面颊，但喜悦的笑容都洋溢在每一个人的脸上。我们开心地嘘寒问暖，大概有十分钟的样子，宫大人让我们各自去忙手头上的事情，他希望能够歇一歇，同时和宫伯母说一说话。

晚饭时，桌上只坐了宫大人、宫伯母和我三个人。我推辞着说“不敢当”，表示最好还是让我和其他人一起吃晚饭。不过，宫大人说，他想和我聊一聊有关北京的一些情况，比如有人向袁世凯投掷炸弹差点就炸死他，以及有关孙中山先生的一些传闻。家中的姐妹们在一旁候着，一旦她们的父亲有什么需要，就立刻飞奔去忙活。整个下午，她们一直在为宫大人收拾衣物。由于放衣服的箱子就摆在了我的房间，所以她们一直进进出出，把很多衣服拿出来掸灰扫尘。宫伯母和文静在一堆老妈子的簇拥下，手里拿着一大串钥匙忙个不停，宫伯母还一直为打扰到我表示歉意。她们把一个看上去有好几磅重的蓝色棉布包拿出来，取出宫伯父最好的皮草放到太阳底下去晒。后来，又拿出一床新的棉被铺到了宫大人的床上。

吃完晚饭，文静站到她父亲的背后，双臂搂着她父亲的脖子，还用手拔他的胡子。宫大人转过头问我，是不是外国的女儿也会这么捉弄自己的父亲。

“是的，”我回答说：“如果我要去拔我父亲的胡子，他就会装作要打我的样子！”

宫大人笑了起来，说原来天下所有的父女都是一样的。

“也不全是一样的，”宫伯母插了一句：“你看，晚上你女儿唱歌的时候，你就不能弹钢琴伴奏呢，但苏大人就可以哦。”

那还是在太原的时候，一天下午，宫伯母来我家拜访，当她看到钢琴时就请求我们给她弹奏一曲。于是，在我父亲的伴奏下，我唱了一首歌。这种田园牧歌般的生活，给宫伯母留下了极其深刻的印象。后来她时常会充满喜悦地提起这件事。尤其是当她向她的朋友介绍我的时候，就常常会说到这件小事，用意是想说明我们外国人还是很注重家庭感情和生活乐趣的。我记得，当她发现我父亲还能弹奏一些中国有名的歌曲时，特别是《茉莉花》这样的调子时，显得尤为高兴，还站到我身边和我一起唱。她的歌声高亢，还有一些颤音，特别注重中文的咬字。后来，宫伯母还买了一台留声机，在她感觉疲惫的时候，就会用听音乐的方式来调适心情。

晚饭后，宫大人表示，他将穿上他最好的衣服，去对总督大人进行一次必要的拜会。那时总督大人还在天津办公，宫大人必须要去告诉他，自己已经从北京回来了。我恳请第二天早上能够让我一睹他威严的装束，我向他保证第二天我可以起得很早。在中国，官员必须在天还没有亮的时候就去晋见自己的上级。不过，虽然第二天我七点钟就穿戴好了，但还是没有赶上。我冲出房间来到走廊上，只看到正在忙碌的老妈子。她说宫大人已经出门很久了。但很久到底有多久，她就是说不明白。

走街串巷的工匠

他用两个筐子装着自己的工具到处走，遇到有生意的时候就坐在路边修补。

走街串巷的厨师

他带着自己的小“饭店”满街走，这里他带着一口大锅（左），下面堆上柴火，还有一对风箱和一桶水。

据励诚解释，这是老妈子们很“愚蠢”的一个表现。虽然小工和厨师们都开始学会使用银表，但她们从来都没有学会怎么看钟。

在每个月第一天的清晨，当地的官员都要到职位最高的长官家中碰头，彼此交谈，同时享用茶点。宫大人拜访总督之后，并没有直接回家，而是去了自己在天津城里的衙门，那里紧挨着一大片外国租界。宫伯母告诉我，她并不想宫大人去山西，不管是去当什么官。说不定会像袁世凯所经历的那样，也有人向他扔个炸弹，可这次也许就不会再扔偏了。说不定会像前一任山西巡抚经历的那样，遭到别人的刺杀，保不齐这次就会用左轮手枪来射杀。宫伯母问我，宫大人是不是看上去很疲倦。是的，确实很憔悴。对这位老人而言，战事和动乱，显然让他的心灵饱受创伤。

宫大人去衙门的这段时间里，家里发生最大的事情，就是给小猫儿理发了。

虽然小猫儿的头发看上去和平时一样油光滑亮，但今天是初一，这可是一个理发的好日子，同时也是为了让小猫儿的头发达到他们所认为的那种漂亮，所以就要剪掉小猫儿的头发。此外，文静也希望在宫大人从衙门回来后，就能看到理完发的小猫儿。

那是一个非常有趣的过程。文静先喂小猫儿吃了一点奶。下午阳光明媚，房间里面也很暖和，小猫儿很快就睡着了。小猫儿的外婆，也就是宫伯母，就像是一名理发师一样，用热水非常轻柔地给她洗头，然后用剪刀把黑发一点一点剪了下来。突然之间，小猫儿醒了，瞪着她们，皱着眉头，用小孩特有的咕噜声表示不满，不管大家怎么哄都安静不下来，连奶都不愿意吃。嗨，看来给小孩子剪头发，可是一项非常精细而又棘手的工作，没有一双巧手可干不来。

头发剪完以后，当我喊“可爱的小宠物”时，小猫儿顺着就爬到了我的怀里，玩起了我的手表和项链，抓我的头发、耳朵和鼻子，生气勃勃地晃着自己的小脑袋，表示自己玩得很开心。当她的外公从衙门回来的时候，小猫儿很漂亮地向宫大人做了一个屈膝礼，然后笑着跑到母亲身边，把自己的脸埋到了母亲的膝上。宫大人说，当自己还是个小孩的时候，在路上看到自己的外公外婆，可不敢冲着他们跑过去，要么就是静静地站在那儿，直到长辈走过去，要么就是朝着相反的方向走。在一番说教之后，宫大人一把抱起了可爱的小猫儿，轻轻抚弄着她，温柔地看着文静，露出慈祥的神色。

我经常会责怪励诚，因为他对励贤的态度，总是比对家里其他人更好。我说，在一个书香门第的家庭里，不应出现这样的情况。我看到，励诚时常恭维励贤，为他巧妙的应答喝彩，从内心深处崇拜他。当宫大人搂着文静的肩膀，流露出特有的温柔之情时，我看到了类似于励诚对励贤的那种情愫。宫大人对文静格外疼爱，有一部分原因是出于文静对这个家庭的热爱。文静这个人对家务活有着特别高的天分，她总是全心全意地沉浸在家庭生活之中，不祈求别人的保护，反而将自己的全部身心都奉献出来。她对外面的世界和新的思想毫不关心，也从不想要去读报或者看书。在宫大人看来，这就是一种平静的品格。当然，宫大人对她的偏爱，还有一部分原因，那就是文静曾经失去过自己的孩子。

宫大人当然知道这意味着什么。励诚曾经告诉过我，在那个已经结婚的儿子和第一个孙子死后，宫大人陷入了极其痛苦的精神状态，整整折磨了自己有两年的时间，这让全家人都备感焦虑。宫大人常说，那就是天意，在天意面前，任何的抗争都是无用的；未来是人无法把握的，就像孔子说的，“唯天为大，唯尧则之”。倘若文静不是生在这样一个家庭中，在她儿子濒危时，也许她可以到寺庙里为孩子的康复祈求神灵的保佑，但实际上，她除了忍，别无他法。也许是我的幻觉吧，当年轻的一辈在互相打趣嬉闹的时候，这位父亲和这位女儿，从彼此的眼中都看到深埋在心底的同一种伤痛。

励贤也特别能够谅解文静，他也失去过自己的孩子。励诚之所以总是那么崇拜他，也是因为励贤能够用自己的方式，和小猫儿玩耍，逗文静开怀大笑，从而让文静从烦劳的家务中暂时得以休息。他会轻轻地扯着小猫儿的辫子。小孩的辫子大概只有一英寸长，连着扎在头上的红绳，看上去最多有一英寸半，总是笔直地竖在那儿。这次，小猫儿的头发被剃光，只是在头顶上留了一便士硬币大小的头发。剩下的这么点头发，还被扎成了一段小辫子。有意思的是，文静还特地为这根辫子在小猫儿的帽子上留了一个孔。

当我们坐下来吃晚饭时，宫大人开始和我讨论有关“耶教”的话题。他问我为什么没有做餐前的祷告。当时我觉得，如果在宫家做餐前祷告，是一件让我感觉有点羞涩的事情，因为这看上去更像是一种炫耀。不过，宫伯父并不这么认为，他知道餐前祷告是基督教中最重要的事情之一，也是我们的信仰中最基本的部分。于是，我试着在他们面前进行了餐前祷告，感谢上帝的恩赐。随后，宫伯父又问我对“第二个妻子”有什么样的看法。

“我用我父亲的答案来回答吧，”我说道，宫大人一向很尊敬我的父亲，“他认为，一个妻子对他而言已经足够了，有时还觉得多余呢！”

“哦，真的，确实是那样的！”他笑着说，“一个妻子生的孩子，有时也会嫌多呢，嗯，小六子？”

励诚说得很对，他的父亲就是喜欢揶揄，他喜欢不停地告诉自己的女儿，我看上去要比她们强壮得多也高得多。像嫂嫂那样小巧玲珑的人在我身边时，他就会说她个子只到“我的心脏一般高”。

宫大人的公事拜访结束后，文静把他的官袍收到了我的房间里。这时，宫大人正好也走了进来。于是，他向我展示了他的官袍是怎么穿的：皮草是衬在外衣里面，而不是穿在外面；外套是一件深红色的缎子长袍，胸前和肩膀的部位绣上了方形的图纹；作为一品文官，宫大人的衣服上绣的是一只展翅的鹤，正准备从浪涛滚滚的海面上飞向天边的彩虹；宫大人头上戴着用黑貂皮做成的帽子，周围用缎子镶上了边，帽子顶端还有像红宝石一样的石头，或许那就是真的红宝石吧；脖子上挂着一串珠子，珠子顶端还附带着更短一点的珠子。宫大人告诉我，这样的衣服只有达到一定官职的人才有资格穿。我说，只有那些有钱人才能穿得起。宫大人说，是的，现在只有有钱的官员才能够穿得起。二十年前这样的一身衣服要花二百两，对他们而言已经是一笔大数目了，现在要花到八百两，相当于我们英国的两百镑。官员们要是愿意的话，还可以在衣服上加点配饰，当然前提是他能够买得起。一个官员曾告诉宫大人，他花了一万两，也就是两三千镑的钱，给自己帽子上的花翎配了一块玉。那是一块美丽的玉，价格之所以这么昂贵，归因于它不同寻常的深绿色，而且确实尺寸也不小，大概有两英寸那么大。对于宫大人而言，这可都是承担不起的奢侈品！

看到我带来的一些东西，宫大人开始询问它们的用途。他拿起了我的嗅盐瓶打量起来。我让他嗅了一口，显然他并不喜欢那样的味道。他还看了看我的书本。他告诉我，他也曾在外国床上睡过觉，但感觉好像喘不过气。他还拿起了我的帽子左看右看，觉得轻得有点不可思议。我才知道，原来中国的帽子都像宫大人的官帽子那样重。我们讨论了一会儿法国的女帽和美食，对这两样东西，宫大人都颇为青睐，特别是法国的美食给他留下了极好的印象。宫大人曾经因为公务的需要，和法国的神父一起吃过饭，他很陶醉于他们的菜式，并且特别钟情于法国的红酒。他笑着告诉我，有一个官员对同城的一位法国牧师酒窖中珍藏的波多尔葡萄酒赞不绝口。听说之后，宫大人马上也去拜访了这位牧师。果然，这位牧师也拿出了葡萄酒来招待他，喝起来果然像传闻中的那么美味。宫大人幽默地和我说，他还指望主人给他再来一杯呢，不过这位好神父只是向他鞠了一躬，感谢宫大人对葡萄酒的赞美。也就是说，酒就喝到这了！

宫大人在房间里走来走去。当终于坐下的时候，他开始和我谈起他对中国局势的深深担忧，特别是对那些老百姓命运的担忧。“我巡察中看到的那些贫苦百姓的种种惨状，一直萦绕在我的脑海里，”宫大人说，“我在之前好几封信里都说过，在那些革命的士兵靠近他们的时候，很多人仅仅是因为害怕就会选择自杀。街上都是尸体，很多妇女也投了井。在我看来，他们和我自己的孩子没有什么两样啊。”

宫大人告诉我，当他第一次被委派官职的时候，他去向慈禧太后谢恩辞行，慈禧太后这么和他说道：

“对你管辖的老百姓要和善一点，仁慈一点。他们太穷了。他们需要的是一个父母官，而不只是一个断案判案的人。庚子年那会儿，我从北京逃往西安的时候，曾经路过那里。那里的人，是我见到过最穷的了。现在，我把这副担子压到你身上，派你到那里去当官。之所以选你，是因为我相信你不会用任何方式去压榨他们。我敢说，都是因为以前的官太坏了，所以这些老百姓现在才这么可怜。”

这倒是让我对这位太后有点刮目相看了，要比我想象的太后更值得赞许。我问宫大人，晋见太后的时候是不是要跪下来，是不是还不能直视她的脸。

“我当然要跪下来，”宫大人说，“不过我可以，而且也确实看了她的脸。那次是这样的，后来也是这样的。你们外国的书上对朝廷的一些描写，励诚也曾给我翻译过，很多描写是真的，不过也有一些是道听途说来的，所以不太准确。”

这时，花儿进来看我们在干什么。宫大人亲昵地揪住她的耳朵，恶作剧似的拧了拧，然后对我说，段大人的儿子要和花儿定亲呢。宫大人告诉我，就在前几天，段大人在和自己的妻子谈论定亲这件事的时候，正好他们的儿子进来了。小段听到自己的名字，就问他们在说什么。

“我们正在安排你的婚姻大事。”他们回答说。

“哦，请不要那么做！”年轻的男人哀求道，“如果你们帮我定了亲，我就会常常想着我未来的妻子，那样我就不能静下心继续我的学业了。”

不过，他说什么都是没有用的。段大人还是希望自己的儿子能在生活上尽早安定下来。段大人，我在前文提到过，也是一位很文雅、老练的士绅。当年轻的小段，听说自己未来的岳父是一位翰林的时候，就开始认真学习，现在进步也不小。他可不希望自己未来的岳丈会为女婿的粗俗无知而感到羞耻。

宫大人讲完这个小细节，一旁的花儿又窘又笑。宫大人轻轻摸了摸女儿圆溜溜的下巴颏，然后和他来时一样，很随和地走出了房门。

第 21 章

外出的见闻

宫大人回天津以后，午饭一般都在衙门里吃。因此，老三四经常要到那里去给宫大人做饭。宫大人从早到晚几乎都在衙门里处理政务。虽说按照正式的规定，官员需要日日夜夜都待在衙门里，但宫大人每天晚上还是回家来睡觉。

老三四不在家的时候，文静就接管了厨房。能成为一位多才多艺的家庭主妇，文静自己也很自豪。早晨起来，她会帮母亲和妹妹们梳头，梳得又整齐又好看，她们都夸她梳头的功夫是天下第一。然后她就会围上大大的蓝色粗布围裙，在厨房里开始张罗起来。有时，我会恳求她能允许我帮帮手，或者至少也能让我看看中国的烹饪到底是什么样子。和其他许多优秀的厨师一样，文静的一招一式看起来很简单，但做起来可不容易。由于我经常帮倒忙，所以，文静也许更喜欢我待在房间而不是在厨房里围着她转。

中国的厨房是一个很有趣的地方，当然我嘴上这么说，心里可是多少对文静有点儿负罪感的。我们欧洲的厨房总是琳琅满目地摆着各种各样不同用途的锅灶，相比之下，中国厨房的简洁程度令人惊讶。厨房里有一张中国人家里常见的红漆高桌，用来摆放碗碟杯盘。桌上一般还会有一些筷子，用于搅拌各种配菜，当然，少不了还有一个长柄的大铁勺。桌前往往有一条长板凳，这是留给厨师来坐的。厨房里还会有一个砖砌或者泥制的火炉，火炉的中间是一个很大的铁镬，看起来和我们煮衣服的大铜锅很像。煮米饭的时候，厨师会在这个铁镬上盖上一个圆圆的木头盖子。在炉子的一侧有两三个开口，这是烧火的地方，在对应的圆洞上方，可以放上小蒸锅。火烧起来后，烟穿过炉子排放出去。这样设计的好处，是火苗会往后倾，从而达到需要的效果。

厨房里基本上也就这么多东西。除此之外，最多就是还会有一把厚重的劈刀和切菜板。中国人从不在餐桌上使用刀子，他们吃饭的时候只用筷子，偶尔也会用勺子来喝肉汤。厨师会把所有的食物都切成一块一块的细片。这就是为什么筷子更适合中国人而不是很适用于外国人，因为我们外国人吃的肉排和馅饼，用筷子是很难夹起来的。我见过一个中国人，当有人向他介绍我们外国人刀叉的用法时，他只瞄了一眼就立刻缩起了身子。我估计，他在心里肯定这么说：

“吃饭还要刀用叉的，多么野蛮呀！刀这种东西只能放在厨房里吧。在餐桌上就该文雅地吃精心烹调的食物。我们可不想像个屠夫一样拿刀切肉！”

中国人对蔬菜有着特别的喜好。我来宫家的时候正是冬天，市面上的蔬菜非常少。有一天我陪宫伯母到菜市场，发现只有南方的竹笋，卷着白心的山东大白菜。这种大白菜，不管是拌着吃、炖着吃还是腌着吃，都非常美味。除此之外，菜场里就没什么其他的绿色蔬菜了。宫伯母很想为我买一个花椰菜，因为她听说外国人最喜欢吃花椰菜了。为了丰富菜谱，我们还会吃用各种各样的豆子加工制成的豆腐和粉条。毫无疑问，我们的菜谱要比一般人家好得多。我们时常能吃到鱼汤，有时是鱼干，还能吃到鸡肉、猪肉和蛋。主食也不是一直吃大米。有一天，花儿和文静闹了个大笑话，她们在做一道菜的时候，误把糖当作盐放了进去。我没有注意到大家痛苦的表情，什么都不知道的我还一脸满足地吃起来！这可让励诚和小六子乐开了怀。

晚上，当宫大人回到家，就是我们已成惯例的嬉笑打闹的时间，尤其是三哥也在的时候，更是热闹。在宫大人回天津后，三哥和嫂嫂就没有在北京过多地逗留。他们一回到天津火车站，直接就来拜见宫大人了。嫂嫂还是一身很讲究的打扮，看起来很是迷人。她梳了一个又长又大的辫子，戴了一顶紫色绸制的骑师帽。虽然她已经33岁了，但是看起来还是很年轻和俏皮。她身材娉婷，言笑晏晏地走了过来，为家人的团聚感到由衷的高兴。她在北京给小猫儿买了一件漂亮精巧的大衣和一件镶着朱红色绸边的背心，给花儿买了一顶粉红色的骑师帽，这可是最时髦的款式。花儿学我梳了一个日式的发型，带上了这顶骑师帽，惹得大家又是哄堂大笑。这时，宫伯母让励诚给我翻译，说她希望我穿上那件蓝色的丝绸浴袍，让宫伯父看看我穿上带有一点东方风味的衣服是多么漂亮。

嫂嫂邀请我去她家里做客。现在，我在她的嘴里已经是妹妹了。于是，第二天，花儿穿上那件紫色的外衣，陪着我一起出发了。这一次，励诚也不管中国的习俗规矩，一起陪着我们外出。他想在我们到嫂嫂家之前，带我到市里的一个小博物馆参观。这个博物馆花儿去过一次，她对那里的展品有着很大的兴趣，还是很愿意再去一次的。她给我列举了她最感兴趣的展品：非洲的木偶和图腾；所谓的“黑大陆”土著所穿的草衣；还有可以通过透视看到街上行人的照相机暗箱。就是在这座博物馆里，我第一次意识到了中国之于印度的巨大优势，这种优势不仅仅是人种体格上的优势，也是道德、文明和工匠手艺的优势。我们总是习惯于用“中印”并列来指代东方，却没有注意到这两个国家的区别差异。

博物馆里还陈列着缅甸人和日本人的人像，其中有一个呈一副蹲下来的姿势。这时，我想到，当我们看到日本人和缅甸人一次一次地跪下来，把头的前额触到地上时，我们好像并没有怎么震惊过，也许这是因为他们平时就喜欢坐在大地上。但中国人作为一个种族，他们和我们一样，平时都是坐在椅子上，而不是蹲在地上的席子上，所以当我们看到他们磕头的时候，就会觉得非常难过。当励诚在我身边时，我问他中国人是从什么时候开始坐在椅子上的，因为从他的一些古卷轴上看，还画着一些像佛陀一样盘腿而坐的中国人。但励诚回答不出这个问题。

我们走一路谈一路，来到了三哥的住所。励诚听说三哥和楼下的李先生一起去看赛马了，他立刻就跑了出去，他说他有很重要的事情要去做，至于是什么事情，要过一会儿才能告诉我们。嫂嫂把我和花儿带到了她的房间。她告诉我们，她和三哥花了一个早上的时间去买招待我们的东西。她给我们展示了他们所买的东西：一大盒巧克力，从一家法国蛋糕房买来的大蛋糕，还有一些糖果、法国的梅干。除此之外，她还从一家日本商店买了一个玳瑁做的发卡，和一把后背和手柄都漆成银色的梳子。我们都承认，日本人的商品要比我们西方的便宜得多。

嫂嫂告诉我，三哥自从剪掉了辫子，就陷入了买梳子的狂热之中。他们房里有一个漂亮的餐具柜，不过现在的用途已经变成梳妆台了，上面至少摆了五把梳子和各种各样的钟和瓶子。有两个大瓶子是三哥的巴黎朗姆酒，六七个小瓶子是薰衣草和其他味道的香水，还有两瓶是嫂嫂用的固体面霜。从这里可以看到一个更加时髦的中国。

三哥很快就从赛马场回来了。我们开始嘲弄他的梳子，说他爱慕虚荣。他马上开始“反击”，说等花儿和她的未婚夫，也就是有钱的小段完婚以后，他第一件事就是要向小段借个五千两银子去买一大堆的好梳子。他逗弄花儿说，如果不是现在手头紧，怎么可能才有可怜兮兮的五把梳子呢？

这么可笑的荒唐话，谁听了能忍住不笑呢？花儿虽然撅起了嘴，但发出的咯咯笑声还是出卖了她。三哥看到花儿被他逗得没法再摆出一副矜持的样子，露出了心满意足的表情。幸好嫂嫂及时给花儿解了围，她问三哥赛马的结果怎么样。花儿目露温柔地注视着三哥。她曾向我吐露，家里人都很担心三哥的身体。自打他的儿子夭折以后，他就开始不怎么在乎自己的身体了，经常会咳得很厉害。励诚经常会描摹古画，却从不愿意描绘写实的东西，他认为这是对现实的一种冒犯。有一次，我看到励贤站在墙角的阴影下，便鼓动他给哥哥画一个肖像画。最后，励诚所画出的画，根本就看不出原型是谁了。画上是一个精力充沛、脸颊丰满、目光如炬的人，但生活中的三哥却是一个脸色苍白、身体单薄、眼神温和的年轻人。他自己毫不在乎地开玩笑说，他有一张忧郁而又优雅的脸庞。花儿告诉我，虽然他的小儿子夭折了，但他是一个有新思想的人，绝不会像很多男人那样，为了再要一个儿子而纳妾。我们也都看得出来，他非常爱嫂嫂，没有人可以代替嫂嫂在他心目中的位置。

嫂嫂的房间很宽敞，也很舒服。房间的炉子里还残留着一大块木炭，宽阔的窗户正打开通风。房子有着很好的装潢，但据我所知，这里除了床，其他所有的东西都是房东的。说到床，我已经不指望能躺到一张真正的漂亮的中国大床上体验体验了。这都是因为小六子这个胆小鬼。为了让我感受一下中国的床，花儿已经打算再忍受一次在她看来过暖、过软的外国床，以便把她和小六子的床换给我睡一个晚上。可小六子死活不答应，她把到我的床上睡觉视为一件可怕的事情。在这个年龄，孩子总是对世界充满了恐惧。花儿责骂了她，可还是不行。她们的床，睡上她们两个人倒还是够的，但要是我这么大的人再挤上去，恐怕就绝无可能了。后来，好不容易才说通小六子，让她去和宫伯母睡一晚上的时候，结果宫大人又回来了。

嫂嫂也听说了这件事。她说，现在唯一的解决办法，就是我脱掉帽子和鞋子，到她的床上躺上十分钟。花儿和她很好奇我会不会觉得舒服。她们把我带到床边，嫂嫂亲自躺在床上，一手一脚地向我示范怎样把被子卷起来，这让我们笑了好一会儿。床上有一个枕头，和我们又大又软的枕头相比，她们的枕头更像一个又小又硬的靠垫。在枕头上，她们铺上一层干净的白毛巾。床上先铺了一套灯心草编制的席子，然后再在上面铺上白色的被单。床尾放着另外一个枕头和叠好的被子。她们把被子叠得很整齐，就像是船员们叠出来的。整张床都被帘子和顶篷包了起来，就像是一个小房间。朝外一面的帘子被系了起来。帐子里还挂着一个用高粱穗子做的小刷子，用来打扫落到床上的灰尘、颗粒和绒毛。嫂嫂很熟练地把帐子卷了起来，然后开始为我准备床褥。

当她准备停当后，我就正式躺了下来，把头放到了那个又小又硬的枕头上。她们单独留下我，约定十分钟以后再回来。

“好不好？”她们一回来，就开始热情地问我。我言不由衷地恭维了几句，她们很是高兴：

“是啊，很舒服——比我预想的要舒服很多！”

嫂嫂一直在抽香烟，在她身边的桌子上，还有一杆水烟枪。她劝我试试，我告诉她我抽一口就够了，结果她哈哈大笑起来。抽第一口，是没什么感觉的，但是随着烟草熄灭，烟从水里穿过，变得又凉又苦。每吸一口，小烟锅里就得再换一次烟草，再点一次火。手边还要抓着一个小瓶子，里面闷烧着火，捻起纸条可以引出火来点烟。嫂嫂张开嘴，快速地吸一口，同时伴随着微弱的爆裂声，纸捻就点着了明火。这是有技巧的，可是我怎么也做不到，只好一次次地靠“秀秀”来帮我点火。

“秀秀”是一个年轻的女婢，一直站在嫂嫂椅子后面，帮她端茶倒水。她是一个漂亮的 16 岁女孩，而且很巧合，“秀秀”这个名字就是“漂亮”的意思，对于女婢来说这是一个很好的名字。女婢在不同的中国家庭里，她们的待遇是有很大不同的，这犹如奴隶在南美的情况。在有些家庭里，她们的生活难以名状地可怕和凄惨，但是在有些家庭里她们又会得到特别的优待。嫂嫂无疑就是一个仁慈的主人。秀秀没有裹小脚，大脚正是女婢身份的象征。在中国，女婢和尼姑是生活在最底层的两类妇女，因而她们像广东和满族的妇女一样，都没有裹小脚。秀秀是一个很强壮的姑娘，小红脸胖嘟嘟的，皮肤被肥皂洗得很光滑，笑起来特别迷人。她有一头浓密的黑发，扎着油光闪闪的辫子，像她的女主人一样特别讲究干净。

和老妈子们不一样，秀秀完全可以而且也被要求去准备茶和糕点。她对生活里的很多事情都很心满意足。她的工作职责，包括为她的女主人梳头和收拾衣橱。还有一个女婢是负责做粗活的，因为她在扎头发上没有秀秀心灵手巧。当她们更大一点的时候，嫂嫂可能就会给她们一份嫁妆，然后把她们许给男仆。

我们坐下聊了一个多小时。嫂嫂又拿出炒好的盐瓜子来吃。嫂嫂吃瓜子时，只听她的嘴里发出很悦耳的一声，瓜子仁就从壳里出来了。不过，我就办不到。嫂嫂吃完瓜子，留下了一大堆空壳。她笑着说一个日本朋友想把“瓜子”这个词由汉语翻译成英语，于是便文绉绉地叫它是“瓜的儿子”（the little son of the melon）。

三哥回来后，给我们讲了一个很怪异又很悲伤的故

复仇者神像
寺庙里众多恶神塑像之一，对它们的恐惧在很大程度上促成了中国百姓的信仰。

事。他告诉我，他所敬仰的一位吴将军[1]在1911年12月被自己手下的士兵谋杀了。他说，他的父亲同样非常钦佩这位将军。这位将军在出事的时候，正准备前往山西署理巡抚，死的时候只有32岁。吴将军被杀的那一天，他的两匹马还在几百里外的天津，不知为何，一直在马厩里呜咽哭泣！而他和李先生去赛马场的马车就是被这些马拉着的，这些马是吴将军的朋友借给李先生的，这个朋友说他永远都不会卖掉这么忠心耿耿的马，尽管确实有人已经开出了天价。

吴将军两袖清风，死后家中一贫如洗。吴将军的遗孀，也就是吴太太，在丈夫死后终日以泪洗面。吴将军的这位朋友就把她接到自己家中，予以悉心的照料。但她还是终日悲恸。为了给她换个环境调整情绪，这位朋友便打算送她去上海调养。当船行驶到黄浦江入口的吴淞时，这个女人从船上纵身一跃，结束了自己的生命。

"吴将军的朋友极其悲恸，这就像他自己的姊妹去世一样。"三哥说。

在三哥讲完这个故事之前几分钟，声称要去办一件大事的励诚到了。他所说的大事，原来是打算把那个叫

---

1 作者所说的吴将军，应是吴禄贞。山西宣布独立后，清廷派北洋第六镇统制吴禄贞署理山西巡抚，调第六镇的一部分军队由石家庄进攻娘子关。吴禄贞在滦州闻命，匆匆赶至石家庄，阻止部下进攻娘子关，自己单骑进入娘子关和山西都督阎锡山会晤。11月7日在正太车站，被其部下马步周等刺杀。谢福芸所说12月，实乃有误。

人捉摸不定的段少爷给揪过来，不过他的计划还是失败了。我觉得很失望，但花儿却显得很高兴。她看出她的两个兄弟又要一起捉弄她，便拉着我告辞回家了。我们和平时一样，说说笑笑地向家走去。不过，这次到嫂嫂家的拜访，确实让人很愉快。

在我们离开之前，邮寄员给励诚送来一封来自山西老书商的信。书商在信中描述了山西的革命形势，并且告诉励诚他手头有一些书打算出售。这个书商，显然很以自己与文学的联系而自豪。也许是为了表达对翰林后人的敬意，他特意用一种叫作“赋”的文体，或者至少说是尝试用这种文体来写信。“赋”是中国文学中最优美也是最艰涩的一种文体。书商的信，激发了励诚还没有消止的快乐情绪。

这位挑剔的年轻人说：“他太自不量力了，本来根本没有必要用赋来写信，而且——哦，这么多可怕的错误！太可笑了！”

对于这种文体，我比那个书商还要无知，因而发表不了任何看法。但是花儿和励诚一样高兴。当他的弟弟正盯着商店的橱窗乐不可支的时候，她有点离题地问我，我觉不觉得励诚很聪明。我真心地告诉她，励诚确实聪明绝顶。短短几周，他从我这里学到的英语已经出类拔萃了，而且据我所知，他的汉语知识还远远在他的英语之上。那时，他坚持每天用英语写出很有思想的长文给我看。我唯一对他有所保留的是，虽然他已经在练习带有自己风格的手写体，但他在写这些文章的时候，还是很刻意地模仿我的笔迹，以至于我差点以为这些文章就是我本人写出来的。当我告诉花儿这些文章确实是励诚写的时候，花儿充满了作为姐姐的自豪感，抓住我的胳膊眉开眼笑。

在终于克制住由书商的信引发的大笑后，励诚对我说，我得读一点中国的小说了，比如一部非常著名的叫《红楼梦》的小说。他告诉我这本书非常精彩，让他很是爱不释手。当他读的时候，都不愿意放下书去吃饭和睡觉。我告诉他，我父亲也和我说过这本书，但我担心这本小说可能对我来说太难了一点。

就在这时，我发现在路边的摊子上陈列着琳琅满目的商品。一个乐呵呵的老头蹲在地上，吸着一杆烟枪，面前的地上随意放着好些五颜六色的书。

“让我来买一本，”我说，然后拣起一本，“这本印的字又大又简单，明显是给孩子看的。”励诚翻了翻这本书松脆的纸页，突然慌慌张张地扔给已经站起身来的老头。

“不，真的，你不能看这种书，”他说，“这些书用你们的话来说，就是‘哦，太粗俗了！’你在街角买这种小册子是不太合适的。”

“那你的那些血腥残忍的画册呢？”我叫着。那次励诚给我看了一系列关于令人震惊的叛乱事件的画册，反映的应该是辛亥革命时发生的事情。那一次我真被吓到了。这是在日本印制的，而且是彩色的。其中一张画的是南京，在这个城市的前门，写实地画着一层一层的尸体。嗜血的胜利者令人恐怖地露齿大笑，对残杀感到很满足，背景里整个城市都在燃烧。

生活中的励诚连一只苍蝇都不敢杀死。我在北京看到的那些暴徒，曾让我恐惧不已，如果让他看到了，我想他也一样会心惊胆战。当他看到这个画册的时候，他敏感的天性都被刺伤了，脸变得滚烫通红。但我没有想到，他竟然坐下来，仔细端详起这些写实描绘大屠杀的画片。

“你怎么会买这种画？为什么不立刻烧了它？”我问。

“我在街上的一个摊子上买的，”他回答说，“而且我打算把它从抽屉里拿出来，每天都看上一遍，因为我非常痛恨战争和屠杀。我不知道我能不能忍受杀戮。现在也许能了。世上有这么多的苦难，有一天我可能不得不去忍受。也许，如果我能长时间盯住这些恐怖的图画看，也许会适应这种血腥的思想，尽管我现在还是非常厌恶。”

我完全不知道该如何去回答，他悲伤的语调唤起了我的同情心。难道我们想不让自己觉得害怕，只有让自己变得麻木这种方法吗？现在，励诚不同意我在街上的小摊子买书，我就自然地问起励诚，他有没有把那些恐怖的画册给他父亲看过。

“是的，我给他看过了，”他回答说，“你知道他说什么吗？他说如果我们从日本人那里只能学到对屠杀的热爱，那我们最好就不要向他们学习。但是他知道并非如此，因而他说我更应该向我那些年轻的日本朋友学习优雅的礼仪，而不是制作这些画。毫无疑问，这些都是他们比较低级的同胞做出来的。”

这个精彩的回答让我很受震动。

“好吧，”见他不让我买书，我说：“如果我不能在街头巷尾买小册子，那么你为什么能？”

这个中国男孩，摆出一副年长的男人对女人说话的口气，这完全和他的年龄不相符。他说：“男人可以做女人不能做的事！”

我们说着话，就到了家，一到家就收到了一封段少爷写给励诚的信。在信中，这位年轻的未婚夫为下午没有见到励诚感到遗憾，并表达了希望能够很快见面的愿望。这可是一个绝佳的戏弄花儿的机会。就这样，整个晚上励诚都没有让花儿觉得好过。不过，我可是被他那么多无伤大雅的恶作剧和妙语逗得笑了很久，而且还不断地“教唆”他。最后，励诚把那封信给我看。

“字写得不怎么好，是吧？”他问。

“也许是因为他太激动了，手都颤抖，所以才写得不好啊。”我也开始逗弄着这个快乐的男孩。

“反正不会是因为他的笔不好。因为他很有钱，只要他想，哪怕一天换一支新笔都可以。”励诚接着说。

花儿一会做做女红，一会笑一笑，并且嘴里非常频繁地说着:“笨蛋!”文静则在一旁的桌子边上给丈夫写信。

“不知道她在信里怎么称呼自己呢。”励诚说。

“一个妻子都是这样称呼自己的,‘你的知心人’。”花儿随口说。这个词在我看来,是一个特别美好的词。

“哦——”励诚淘气地尖笑着,“那你是怎么知道一个妻子在丈夫面前应该怎么自称的啊?”

花儿努力解释说这是因为文静曾把写给丈夫的信给她看过。但是这是没有用的,她已经把枪放到了敌人手里,而这个敌人可一点都不会怜悯她!

第 22 章

中国的官员

从嫂嫂家回来后，我有一两天没有见到宫大人，他一直在忙衙门里的公务。后来的一天晚上，他回家吃完晚饭后进房间找宫伯母。当时，我正和宫伯母坐在一起聊天。宫伯母非常喜爱水仙花，她在房间里摆了三大盆。她赏花往往一坐就是一个小时，完全沉浸在花香之中。

宫大人对中国的现状感到非常忧虑，但这究竟是谁造成的，他还是想不明白。在这一点上，他和我产生了分歧。他说，他是清朝皇帝任命的官员，所以就是大清的臣民，对清廷当以身报国。袁世凯这个人，虽说不管从哪个方面看，都不能说他是辛亥年革命的发动者，但是作为清朝的大臣，在辛亥年那场革命的过程中，包括后来逼迫清朝皇帝退位的过程中，他一直都采取了默许的态度。宫大人认为这是对清廷的不忠，也是对忠诚的背叛。现在袁世凯想任命他为山西巡抚，这当然是一种荣誉，但他作为一名大清的官员，能够在这个人的统治下为官吗?

“但我不认为您是一名大清的官员,”我争辩道:“您是一名中国的官员,你的首要任务是对您的国家负责,而不是对一个皇朝负责。”

“但如果不是大清,我就不会成为一个官员,”他坚持自己的道理,“那才是根。”

“但很明显,中国的老百姓已经不想再受一个皇帝的统治了。”我说:“我不敢妄议对和错,但不管从什么方面说起,我觉得这个国家还是很需要一个有智慧、讲德行的人来主持公道。”

“我宁肯当一个最底层的平头老百姓啊!”宫大人叹了口气说道:“即使是在好的年岁里,当官都是一件令人忧心的差事,更何况如今暴乱不断的世道呢?我一直都在想,现在已经不是过去那种和平的岁月了,对国家最有用处的官员应该是将弁武夫。假如我是一个将领,哪怕我单枪匹马也会和那些匪徒作战到底。至少要比在现在的形势下,树立一个文官的威信要容易得多啊。”

保定的很多老百姓对宫大人爱戴有加。我问他是不是在当地做了什么特别的事情,所以赢得了如此好的声誉。宫大人说,他也没有料到,也不曾刻意为之,只是在他听说有一股叛军意图攻占保定的时候,拒绝给自己安排护卫的部队,只留下四个岁数大的人跑跑腿。

他说:“当时对我来说,最好的计划就是想方设法把所有的人都送到城外。我的想法就是大开城门,然后我去劝降这些叛军。如果他们不接受，我就和他们决一死战。但我希望给他们一种错觉，看到我敢于摆出这样的阵势，从而误以为我们已经做好了战略上突围的充分准备。总兵大人本来打算在城里留下一个营的部队，但我想到，我们手上总共只有两个营的部队。所以我就和总兵说，我就用城里现成的人，比如我的那几个跑腿儿的，出来虚张一下声势就可以。就这样部署停当后，不久我就听到距离保定不远处有枪声响起。很快，总兵大人派人报告，说我们的计策成功了，叛军被我们出其不意的一招吓唬住，已经撤退回去了。这可真是谢天谢地啊！”

“怪不得那些老百姓如此崇拜您啊，”我说，“但这至少也让我明白了，为什么您对是否效忠于袁世凯感到犹豫不决了。”

宫大人笑着说，“你说话的口气可真像你的父亲啊。”每当我发表评论时，宫大人总是这么评价我。“对我任山西巡抚，你觉得你父亲会是什么态度呢？”

“我非常肯定他会让您接受这个职务。他一定会说，请看在中国的份上。”

“那你母亲呢？”他继续问道。

我迟疑了。这并非因为我不能确定我母亲的态度，而是突然想到宫伯母是坚决反对宫大人再去山西的，她担心他会在那里的暴乱中死于非命。

“啊！”宫大人大声说道，“你看，你母亲也会为我担忧，女人就是不像男人那么勇敢。”

虽然我心里其实有很多想法，但还是为自己最终什么都没有说出来感到欣慰。我曾给宫大人讲过关于我认识的一位女医生的故事。两个月前，她和一位传教士刚结完婚，年轻的新郎就接到了一项任务，被问及是否愿意参加一支远征队。这支远征队需要跋涉千里，深入动乱地区的腹地，去拯救一些被围攻的传教士。他回答说，要是自己的新娘同意他就愿意参加。这位新娘非但没有阻止她的丈夫，反而还像一个无畏的骑士一样，要求陪着丈夫一起参加这次远征。英国大臣立刻发来电报，以她没有通行证为由，并附上最严厉的言辞阻止了她。

我转头问宫大人：“要是政府军和叛军对峙起来，你会怎么做？”

“我决心要以我的叔祖为榜样。他曾经在安徽当过巡抚，”宫大人说，“他也曾经遇到过暴徒叛乱的事情。当时，他穿上自己的官服，命令瑟瑟发抖的轿夫用轿子把他抬到发生动乱的地方。然后他从轿子里走出来，独自一个人和叛乱的暴徒对话。这些暴徒平日里都因为他的公正廉明而崇敬他，所以当看到他一个人走过来的时候都震惊了，不敢再继续烧杀抢掠。他和这些暴徒说话的时候，就像是一位严厉的父亲和自己的子女说话。那些人听了他的话之后，都感到万分羞愧，纷纷放下武器回家去了。在保定时，我其实除此之外，也没有什么其他的办法，唯一的希望就是尽我最大的努力去说服那些叛军，挽救整个城镇。这是我们中国人平叛的一种方法，有源远流长的先例。而且事实上，这么做也常常能够取得奇效。”

“万一失败了，您怎么办呢？”我问道，“在您叔祖的年代里，那些人手上可没有来复枪啊。”

宫大人耸耸肩，说：

“即便失败了，城里也只会有我这样一个老头子。我倒是很庆幸，家里人都待在了天津，远离了祸乱。”

“真希望你们国家里的所有官员，都能像您和您叔祖父那样有勇有谋。特别是你们的精神，实在是了不起！”我惊呼。

听我那么说，宫大人转过他那张睿智而又和善的脸，对我说：“不敢当。”现在想来，他脸上应该闪过一丝惊异甚至是好笑的神情。我转身看一直在听我们说话的励诚，他的脸上也有着大大的笑容。

“哦，我的小姐妹，”他笑道，“你知不知道你刚才和我父亲说了什么？你告诉他，说他的‘酒壶’实在是了不起！”

当大家确定我并没有感觉到自尊心受到损害后，包括宫大人在内的所有人都开怀大笑。原来刚才我在说“精神”这个词的时候，多发了一个本不该存在的“h”的音节，以致“精神”听起来像是“酒壶”这个词了。

“非常不错哦，励诚，”我假装板起脸，“你居然敢在我很严肃的时候嘲笑我，那我也要告诉大家你最近犯的一个错误。”

“哦，不，不要那样！”励诚恐慌地恳求我。后来想想，又说，“好吧，好吧，那确实也非常有趣，也许能让我们笑上好一阵子。”

我告诉宫大人，我让励诚根据我告诉他的一个故事，用英文写一篇文章。他曾经给我讲过一个有关中国人之间友谊的古典故事，作为交换，我也给他讲了大卫和约单拿之间的友情故事[1]。当我讲到约单拿把自己的盔甲（armour）借给大卫去和歌利亚搏斗的时候，励诚并没有像平常那样若有所悟地看着我。后来，等到我看到他的文章中有这么一句话的时候，我忍不住大笑了起来：

“大卫非常感谢乔纳森把自己的奶妈（amah）借给他，但是他更希望自己一个人上战场。”

哈哈，看来大卫必定发现带着奶妈上战场，会是一个沉重的累赘呢。

宫伯父笑了起来，随后就向我询问了这个故事的出处，接下来开始和我聊一些涉及信仰的问题。就在不久前，泰坦尼克号游轮沉入了海中。中国上千家的报纸都报道了这个消息。因为路透社在东方的报道，所以在中国常常也能掌握很多时事的一手资料。泰坦尼克号给中国人留下了极其深刻的印象，不仅仅是因为这艘巨轮的沉没，也更因为由此展现出来的信仰在危难关头的重要

1 参见《撒母耳记》上 18-20。

作用。在泰坦尼克号沉没的时候，船上的人们有秩序地在船头集合，在沉没的过程中，一直在吟唱赞美诗《更近我主》。海水可以夺走人们的呼吸，但是夺不走他们永生的灵魂。宫伯父后来时常提到泰坦尼克号上的人们在那个特殊夜晚的表现。每次提到，他还是会惊呼，“了不起！了不起！”

有天下午，宫伯母在电影中看到有关外国葬礼的场景。宫大人问我，为什么我们西方人要在亡人的灵柩上放上花。我告诉他，这就是我们的信仰，代表我们对灵魂永生的希望。同时，这也是一种清白人生的象征。宫大人对我说，很多佛教典籍也讲到了来世的生活，他很喜欢看这些典籍。

“那里也许什么也没有，”宫大人叹了口气，“不过那里没有伤害，因为佛都是好的，那些佛教典籍讲的都是仁爱善行之事，这让我感觉很舒心。”

家里的其他人也加入我们的谈话之中。励贤把他父亲拉到一边，告诉他有关吴将军哭泣的马的故事。这激发了宫大人很大的兴趣。宫大人似乎处在了一个相当健谈的亢奋状态。当他发现我对吴将军的死很懵懂时，特意穿过整个房间来到我面前讲给我听。宫大人是一个非常善于讲故事的人。他搬来一把椅子和我坐在一起“促膝长谈”，这让我感觉到很荣幸。宫大人也承认吴将军是一个能力超凡的人，但当我发现他对于吴将军的死和励贤、励诚持着不同的态度，我感到很有趣也很吃惊。

中国两位著名的演员
两个都是男性，其中一个打扮得花枝招展，扮演女性的角色；长袍上有着精致的刺绣，帽子上用羽毛装饰的人，表演的是一位有名的人物。

北京城里打扮正规的喇嘛
庙里面住了很多和尚，每天早上都有几百个和尚集中起来做早课；在特定的仪式中，一个人敲钟，还有的人就转动香炉，住持肩膀上披着刺绣精美的袈裟。有些和尚会违背誓言，过着不检点的生活，遭到中上阶层的轻视。

励贤说吴将军是一个中立派，既不偏袒革命，也不偏袒满人，但他被杀了，是非常令人惋惜的事情。励贤说，杀他的命令是从北京发出去的，这叫人感到非常痛恨。

宫大人则言之凿凿地说，一直以来，每个人都清楚，吴将军是不可信任的，他随时都有可能叛变。事实上，在吴将军被杀之前，宫大人也曾在天津待过一两个月。比起保定来，天津城更需要他来协助总督维持秩序。就在那时，吴将军被派往山西。得知消息的总督大人就和宫大人商量，立刻改变他们的防卫计划，要求宫大人即刻赶回距离山西不远的保定。一旦吴将军试图谋反的时候，宫大人能够立刻盯住他的动向。于是，宫大人就带着两个营的部队——就是我们之前提到过的那两个营，一起回到了保定。

吴将军在进军山西途中，路过了保定，向宫大人做了礼节性的拜会。宫大人久仰吴将军的大名，同时也很想近距离地看一看，吴将军到底是一个什么样的人，外界关于他的种种传闻，到底有几分真，又有几分假。因此，当藩台[1]大人设宴邀请全城的官员为吴将军接风洗尘的时候，宫大人也欣然参加并且在宴席上就与吴将军坐在一起。席间，宫大人给吴将军讲了一些有意思的小典故，并恭贺他这么年轻就能位居要职，还和他喝了几杯

1　清朝布政使司的布政使，一般称“藩台”，又称“方伯”。清代的布政使品级与巡抚同，是从二品官，掌一省之行政和财赋之出纳。其基本权职大致相当于今天一个省分管财政的副省长。

酒。宫大人还特意拿出自己父亲的照片给吴将军看，因为“白胡子也是一种祝福”。

在保定休整一两天后，吴将军率领他的军队继续向山西进军，占据了一处铁路枢纽。当时，反政府军处于有利的地势，他们占据高原，以群山为壁垒，守住了铁路进入省内的隘口。吴将军的主要任务就是要打通这条通道，让反政府军舍弃关口溃逃。吴将军曾和宫大人说，他厌恶中国兄弟之间的自相残杀。果然，他并没有率军占领山口赶走反政府军，而是秘密传递信件给他们，与他们握手言和，私下结成了联盟。

宫大人给吴将军发去电报，预祝他能在战斗中旗开得胜。结果，他很快就收到了吴将军回复的电报。在电报中，吴大人感谢了宫大人的祝福，告诉他山西的敌军已经偃旗息鼓，不战而降。北京方面也收到了差不多内容的电报。宫伯父认为这份电报很古怪。同在前线的其他将领，没有任何人报告战事已经被和平解决的信息。宫大人从中嗅到了一丝谋反的气息。于是，他立刻带上电报，叫了轿子去见藩台大人。藩台大人也认为这看起来非常蹊跷。如果吴将军带着他的军队，再加上敌军的支援，一起杀回保定府，那他们该如何是好？可想而知，吴将军会将整个保定城陷入水深火热的境地。不过，正当宫大人和藩台大人积极商讨对策的时候，传来消息说吴将军被刺杀了。

“是的，”我打断宫大人的话，说道：“刺杀的命令是从北京发出来的。”

“绝对不是！”宫大人断然说道，“这是他自己的部下干的。他麾下有些人支持他，赞成与敌军结盟。不过，还有一些人是袁世凯的旧部。你知道的，袁世凯一向要求自己的军队绝对忠诚于自己。因此，当那些袁世凯的旧部听说吴将军要和敌人结盟以后，就在自己那一伙人里叫嚷：‘啊呀！啊呀！我们的袁大帅被出卖了！’”那些人聚了起来，要求吴将军做出解释。当时传言很多，他们听说吴将军至少签订了三份协议：第一份是和山西的反政府军，第二份是和驻扎在陕西的反政府军，第三份是他们三方面的军队将联合在北京围剿袁世凯。宫大人说无法确定是不是真有这么三份协议，但袁世凯的那些旧部相信确有其事，于是就把吴将军作为叛徒刺杀了。

这是一个很长的故事，我没完全听懂。励诚看我不断露出迷惑的神情，就间或地用英文给我翻译。他知道我从宫大人这里听到了关于吴将军之死的不同观点，但我也清楚他更相信励贤所持的观点。不过，他从小到大所受的教育，让他不会和自己的父亲争辩任何问题。他只是偶而地摇摇头，最后也只是说，这件事有各种各样的说法，他们都不知道相信哪一个好了。

时至今日，吴将军的故事和他所谓的背叛，已经几乎不为人所知了。哪怕就是袁世凯这样的人物，在政治风云多次变幻以后，也早已在人们的记忆中淡去了。但是，唉，对中华民国建立以来这短短的一段时间中，类似于吴将军这样的人物、这样的故事，还在持续不断地重演。在听完吴将军的故事后，我和宫大人有过一场争论。我说，虽然清朝已经亡了，但是中国的老百姓仍然需要，并且也永远需要好的官员来为他们做主。宫大人笑了笑，然后对我说，既然他给我讲了一个他认为是不好的官员的下场，那么，他也应该再给我讲一个好官员的下场。他说，那位官员就像泰坦尼克号沉没前的乐队一样，以一种从容的态度面对死亡。看来，宫大人对在最后关头吟唱神圣的赞美诗这一举动，有着很高的评价。其实，在中国，音乐几乎总是和轻快、欢乐的情绪相伴相生，很少会与神圣和死亡关联。

他说的这个故事，是关于端方的。端方是一个满人，但也是宫大人的一位好朋友。在1898年由年轻的皇帝所推行的变法中，由于满人权贵保守、固执的行径，让这次改革的成效毁于一旦。正是在这些满人权贵的纵容之下，义和团在1900年越闹越凶，以至于闯下了巨祸；也正是由于这些人的蒙蔽，蛊惑了慈禧皇太后的心智，放逐了宫大人的父亲。但是据宫伯父说，端方则是满人中的一个异类，他更像是一个汉人。他所有的朋友都是汉人，以至于那些满人权贵在朝堂上常常会讥讽他骨子里是一个可耻的“汉人”。端方是一个很有智慧的人，从来都不相信义和团那一套招摇撞骗的把戏，指出这些人不可能刀枪不入，一旦把这些人置于洋人的枪声刀影之下，一定是遍地伏尸的下场。

我告诉宫大人，我们外国人永远也不会忘记了端方和他的恩情。在义和团闹得最凶的时候，端方是陕西巡抚。他冒死违抗慈禧太后要求屠戮外国人的诏令，自作主张地颁布法令，要求所有老百姓谨守条约，不得作乱，警告说若有人敢屠杀外国传教士和汉人基督徒，他将予以重典伺候。他循循善诱地告诉老百姓，虽然一开始，义和团只是对教堂进行烧杀抢掠，但不会就此罢手，下一步一定还会洗劫无辜百姓的财产。这样的事情，确实在当时的中国各地不断发生。所以，我可以很确定地说，端方是一个很勇敢的人，他明明知道那些为数不多敢于抗命的人都陆续被处决了，但仍然敢于这样做，这是非常难得的。与他不同的是时任山东巡抚的袁世凯，他也只是在自己权力的范围内，对外国人和中国基督教徒予以了保护。

“是的，”宫伯父说，“但是端方后来的所作所为，才更加勇敢啊！辛亥年，他奉命前往四川进剿革命党。四川是辛亥年那场革命的始源地。当时，四川的铁路沿线，乃至整个省份都处于一片混乱之中。形势之复杂，危机之严峻，端方是有着清醒认识的，但他还是义不容辞地去了。他从北京带去了军饷，到了四川以后，就把全部的军饷交给了自己的部下向士兵发放。他虽然不在乎钱财，却没有意识到自己的部下都是一些无耻之徒，他们克扣了大部分的军饷，士兵们拿到手的只是很少的一部分。很快，一些士兵发现没有拿到足够的军饷，就愤而当了逃兵；但有一部分暴躁的士兵直接找到端方索要军饷。端方说自己手上并没有任何钱财，这其实是事实。但那些士兵早已恼羞成怒，把刀架到端方的脖子上问他到底是要钱还是要命。端方说，这种情况下，恐怕只能把自己的脑袋给他们了。哗变的他们迟疑了一下，最后杀死了端方。临刑前的端方，就像泰坦尼克号上的那些乐队一样，唱起了歌，表现出了极大的无畏，告诉那些乌合之众自己并不惧怕死亡。我不知道这样的结局到底是不是真实的，但无论如何，端方确实是一个勇敢的人。”

“他还是一位忠诚的好官。”我颇为动容。

“那么你能相信，在如今民国的统治之下，我们还能再出现这么值得信赖的人吗？”宫大人说，“现在，中国有很多人都说，忠诚早已经是过去的事情了。”

“有些英国人有时也会说类似的蠢话。”我回答说，“但这就好比，您肯定发自肺腑地相信，您的儿子励诚一定会像您的祖先一样忠诚。我们也不会认为，励诚将是中国最后一个忠诚的人吧。对那些消极的议论，我想可以用我们英国著名的哈罗公学的一首校歌来回答：

但你知道，
我认为这都是错觉，
这都是错觉。
英雄总是前仆后继，

绝不会消亡。

“好，好！”宫大人拍案叫绝。我没有想到，他又补充了这样一句话，“我告诉你，对中国来说，最好的事情，就是把所有的士兵都变成基督徒，那样我们会少去很多的麻烦。他们就会真正服从官员的命令，停止烧杀和掠夺的行为！”

“也许吧，”我轻轻地说，“其实，如果有些官员能向那些模范官员学习就好了；但我担心，唉，并不是说所有的官员都能像端方，以及我所尊敬的宫伯父那样为官做人的。”

“不敢当，不敢当。”我的赞誉让宫大人连连打躬作揖，笑着走开了。

第 23 章

机智的大人

宫大人在他的朋友中一向以机智而闻名。励诚最高兴的事情，就是听宫大人给我们讲故事。励诚很清楚在外国人面前，什么是当讲的，什么是不当讲的。因此，当宫大人的幽默有些犯忌讳的时候，他也会面露苦恼的神情，不过这还是很罕见的。宫大人的故事，绝大部分都是很迷人的。

这里就有一个宫大人讲述的故事，讽刺了中国的一些宗教信徒。宫伯父本人，即便不能说是一个十足的佛教徒，但至少也对佛教有着特别的兴趣。他收藏了很多佛教书籍，喜欢沉浸于其中。他讲的这个故事就是关于一个佛教徒的。故事让我联想到了拉封丹的寓言《从时髦社交界隐退的老鼠》。根据记载，拉封丹虽然一直在嘲弄修士，但最终他还是成为了一名天主教徒。

宫伯父会很优雅地挥动他的手掌，故意拖长语气词，把头特意歪向一边，利用一切动作来加强故事的效果。

“从前有一个当官的，”他说，“随着年龄增长，开始逐渐受到佛教思想的影响。最后他决定隐居，完全抛弃这如梦幻泡影的俗世欢乐，静思求悟，皈依佛陀。他和妻子、家人告别后，来到大山里的一座山洞里住下来。

“有一天他的一个朋友，也是官场上的一个兄弟，刚好经过这座山下的城市，看到路边有个小贩在卖螃蟹。‘啊！’他自言自语道：‘我的朋友过去多喜欢吃螃蟹啊！现在他隐居在山上，过着贫穷、艰苦的生活，得不到我们的关心。我得买一点螃蟹，以此好好款待他，这样他就会高兴地看到，他没有被我忘记。’因此他买下螃蟹，然后派一个苦力去山上送螃蟹。”

宫伯父模仿苦力扛着扁担，一头挑着螃蟹，另一头扣上石头来保持扁担的平衡，行色匆匆地在崎岖的山路上爬行的样子。

“这个大善人收到这份礼物很高兴，感激地托付苦力，一定要代他向老友说声谢谢。苦力离开以后，他突然想到，他不能杀螃蟹，因为佛教徒不准杀生。”

宫伯父挠着脑袋，皱起眉毛，扮出那个隐士在沉思的样子。

“‘不，我当然不能杀生，因为我相信六道轮回。这些螃蟹，说不定就是我的历代宗亲、六亲眷属灵魂的转世。哦，我该怎么办？如果它们是蛇，我会把它们放到山上，可是它们是螃蟹，在山上会饿死，根本就不能在山上生活。它们看起来多好呀！好大的个儿！我的朋友怎么没想到，我现在不能再吃这些了。我也已经吃了这么多年素！唉，如果就这样把螃蟹放在山上，那我也是罪孽深重呢。放在山上它们肯定会死的，我还不得承担它们死的责任吗！’

“为此，他沉思了好一会儿，然后走进山洞，取出他煮米饭的大锅，架起来，在下面堆上柴火。当火熊熊燃起，开水咕噜咕噜烧开以后，他从山洞里拿出了一把长筷子，把两根筷子并排放在锅沿上，又在另一侧放了另外两根，然后在这四根筷子之上再纵排摆上两根筷子。然后他从篮子里拣出一只螃蟹，‘现在，’他对它说，‘我不想吃你。谁都不会诱使我做出这种事情。但是呢，你得自己从这些筷子上爬过去。’

“他把螃蟹放到他搭在锅上的筷子小轨道，‘上去走吧！’他说。自然，螃蟹根本没有能力爬过这个疯狂的梯子。就这样，他还一直用另一根筷子从后面戳着螃蟹，逼着它往前爬。终于，螃蟹爬到了筷子上面，可它本能地想离开这个危险的地方，可这个大善人还在后面戳着它。螃蟹只好横着往前爬、往前爬。但没有用。噗通！它摔到了滚烫的开水里！

“‘啊呀！啊呀！’这个好人大喊着，装出不胜悲恸的样子，‘你知道我不想杀你的啊，但是你看，这是你自己掉下去的，你被煮熟了，全是你自己的错！’”

听到这里，大家都哄堂大笑。但是这个故事最好玩的部分才刚刚开始。

“于是，这个人用这种方法，”宫大人说，“成功让螃蟹一只一只都掉进了开水里，直到剩下了最后一只。这是一只大个头的，篮子里的螃蟹就数它最好最大了。这只大螃蟹，不知怎么回事，摇摇摆摆地横着爬着，慢慢地，慢慢地，它居然爬过了这个摇摇欲坠的筷子桥，安全地到了锅的另一边。这支螃蟹居然用这种方式爬了过去！这个大善人又惊又气。他摸着白胡子，瞪着这只螃蟹。突然，他的眼睛一亮，想出了一个好主意。

“‘这次不算不算！’他说，‘你必须得再走一次！’他又把那只螃蟹拎到了筷子上。这只螃蟹不可能再爬过去了。”

这个螃蟹的故事让我哈哈大笑。宫伯父说，他要再讲一个关于螃蟹的故事，他相信这个故事的寓意，肯定能够打动我。

“从前，”他说，“有一只老螃蟹，顽固又保守。它反对一切新鲜流行的观点，成天张牙舞爪守着老规矩。他曾经说，如果有什么东西对它父亲是足够好的，那么对它也是足够好的。

“按照规矩，这只螃蟹每年春天要到海里，等到秋天的时候再回到它的小岛上来。它从小到大，每年都是如此，而且每年走的路线都一模一样，绝不会发生一丁点的偏差。有一年，发生了一件让它气愤的事情。有人在它的路线上竖起了发电报用的电线杆。螃蟹发现电线杆以后，内心充满了愤怒：‘他们这些人，难道以为这些傻乎乎的电线杆，就能逼着我改变我习惯的路线？’这只爱发牢骚的老螃蟹咆哮起来，‘没门！这条路我走了多少年了，我的列祖列宗也走了多少年了！难道到我这，就要屈服这些现代的恶魔发明出来的东西？除非我死了！’

“于是这只愤怒的螃蟹爬啊，爬啊，爬啊，终于爬到了电线杆的顶子上，它坐了一会儿，喘了口气，然后又慢慢地爬下去，来到电线杆的另一侧。当它再次出发的时候，深深地为自己的坚持与执着而感动。但是，哎呀，当它爬了一会儿，又看到了一根可恶的电线杆，很精确地立在它的路线上。这一次，它又爬上去，再爬下来。”这时，宫伯父给我们打着手势，表现那只可怜的畜生疲态尽显的样子，“结果，走啊走，又有一根电线杆在他面前，它又爬了过去，表现得又顽强又轻蔑，就这样，在和一根接着一根的电线杆反复周旋以后，这只螃蟹终于到达了目的地。

“螃蟹到了以后，春天已经快要结束了，它变得又瘦又弱，而且一整个夏天它都闷闷不乐，因为它一直在盘算着痛苦的返程之旅。秋天到的时候，它虽很不情愿，但还是毅然决然地上路了。可是，当它遇到第一根电线杆的时候，它开始犹豫了，‘要不要放弃？要不要换一条新的路线？’它坐下来想了好一会儿。‘不！’它最后下决心，‘绝不！我绝不接受任何新的东西，什么恶魔都不

能改变我和我的生活方式！’

“因此，它开始向电线杆的顶上爬去，爬呀累啊，累呀爬啊，这比以前要慢多了。终于，螃蟹爬到了电线杆的顶上。就在顶上，它死在了那儿，成为了象征愚蠢和顽固的纪念碑！”

宫伯父笑盈盈地看着我。

“你可敬的祖国，”他说，“毫无疑问，是没有这种螃蟹的。我们可怜的国家，到处都是这种螃蟹。”

“恐怕在我的祖国，也有一些不开化的螃蟹，”我回答说，“特别是在乡村。”

“哦？”宫大人说，“那么，在你们大英帝国，乡下人也和我们国家的农村老百姓一样愚昧吗？”

于是，他又开始讲有关乡下人如何愚昧的故事。“有两个人，”他说，“一次拿着一根很长的竹竿去城里卖。他们是竖着拿的，因此，当他们走到城门口的时候，因为竿子太高，他们发现进不了城。‘这好办，’他们说，‘我们横着拿就行了。’结果，这一次城门又显得太窄了，他们还是进不去。这两个人，一会横着拿，一会竖着拿，试了一遍又一遍，可都是不行。最后，他们疲惫不堪，便决定放弃，回家算了。这时候有一个人刚好路过，就对他们说：‘笨蛋！锯成一半不就行了！’那两个人恍然大悟，连忙向这个路人表示千恩万谢。然后，就把这个漂亮的长竹竿一锯两半儿，但这根长竹竿的主要价值已经毁了。这两个笨蛋，没有认识到他们其实提着竹竿就可以穿过城门了。他们趾高气扬地拿着锯成两半儿的竹竿进城了，高兴地和他们的新朋友攀谈起来。原来，这个路人姓张。他们非常钦佩张生的智慧，对自己的愚蠢感到很惭愧，其中一个姓王的说，他愿意把女儿许配给张生的儿子，如果张生能答应这桩婚事，他将感到万分荣幸。

"'行啊，'张生答应了，'这桩婚事很配啊，我儿六岁，你的闺女五岁！'

"于是就这样定下来了。王生回家就把这件事告诉妻子。结果他的妻子却十分生气，捡起一根棍子打他，并且对他破口大骂。

"'你这个笨蛋！'她哭喊着，'这根本就不行啊！你说他儿子六岁，好啊，可是四年后，他就十岁了，再过个十年、二十年，那时候他可就比我们这个可怜的五岁女儿大得多了！'

"夫妻俩争吵不休，引来了一个邻居朱生来调解。他们俩把事情经过给朱生讲了一遍。朱生听完觉得很糊涂。不过最后，他灵机一动，说：'你们都错了！这是一桩极好的婚事，明年你家女儿六岁了啊，而你们说那个男孩也是六岁，这样他们就一样大了啊！'"

故事的结尾部分，宫伯父向我重复了好几遍。因为我也像那个着急上火的母亲一样，只顾着计算六岁的男孩，再过四年以后是十岁，而没有认识到这个加法的计算是多么荒谬。宫伯父意味深长地看了我一眼，令我欣慰的是，他并没有把我看作一个愚笨的人。毫无疑问，他像体谅我的国籍一样，体谅着我的性别。

他告诉我，每次在官员的聚餐宴席上，他的嘴巴几乎都停不下来，朋友们都不断地要求他讲故事。我相信肯定是这样的。朋友们还会要求他模仿在朝廷里看到的人。他给我模拟了一位非常有名气的总督，每次走路的时候都不是安安静静的，而是嘴里絮絮叨叨个不停。他还模仿一个广东人和别人说话的样子，很多中国人听到广东话往往觉得不知所云。他还模仿福建巡抚的样子，这位巡抚只知道一句闽南话“我很饿”的意思，而他又不得不去学闽南话，因为他认识的福建人绝大多数都这么说话。“听起来福建人说话好像都在大声叫喊一样，”他补充说，“他们叫得那么厉害，是因为他们不知道怎么文雅地讲话。”他在房间里大步走来走去，穿着难看的棉衣，尽管他很瘦，还是用双手推着前面的人，一遍又一遍大声讲着闽南话里的“我很饿”。宫伯父说：“生活在这样一个省份，是多么无趣！”

不过，宫伯父承认，官员们最喜欢听的故事还是关于那些“妻管严”的丈夫的故事。我的性别实际上就是很多好故事的主题。和世界上其他地方一样，中国的女人其实也在管理着中国的家庭，不过这都是隐藏着表象之后的。当然，中国的妇女里也有着很多喋喋不休的泼妇，从这些故事里可以看出。

“从前，”宫伯父说，“有一个地方上的推事[1]，手下有一个师爷。一天早上，这个师爷到衙门的时候狼狈不堪，他的脸肿了，衣服也很凌乱。推事严肃地问他：‘你怎么了？怎么成了这副鬼样子！’这个师爷结结巴巴地说：‘你是指我脸上的伤口！我，呃，我在钉藤条的时候架子倒了，结果擦伤了我。’推事和他的幕僚们哈哈大笑，因为每个人都知道这个师爷的老婆脾气很坏，显然他脸上的伤口肯定就是这个女人弄出来的。”

“‘别以为我们蠢到会相信这个鬼话，’推事回答说，‘我们都知道这是因为你的老婆，她又打你了！如果我老婆敢对我做这种事，我就马上让她看看到底谁是当家的。你得像我一样，好好管教管教你老婆！’

“当他讲完以后，他突然看到这个师爷张大嘴巴，目瞪口呆地看着推事的后方。推事回过头，发现自己的老婆就站在后面。她凑巧刚好到公堂来了。现在，每个人都知道推事刚才那席话也只是虚张声势罢了，他其实像师爷一样怕老婆。这个女人逼上前来，吓得推事哇哇大叫。

“‘混账东西！你敢这样在背后讲你儿子的妈？我马上让你看看我想怎么说！’

“她拿起推事桌前的官杖就在他头上挥舞着，推事慌忙转向他的幕僚和那个师爷，推着让他们走开，让他和

1 清朝官职，类似于今天的法官。

他的太太单独留在这儿。‘啊，’他说，‘我也怕我的藤条架子会擦伤我！’”

“我不认为所有这种类型的故事，都是这么讲我们女人的。”我努力憋住笑，尴尬地评论道。

“哦，但我还知道一个更好的故事呢。”宫伯父接着说道。

“从前有一帮中国绅士，住在一座相当大的城市里，他们都有个持家的妻子。每次外出回来，他们都要把自己在外面做了什么事，原原本本地向他们的妻子汇报，而他们的妻子每次都要碎碎叨叨地说上一大堆话。他们没有什么秘密，什么事都不能做主。最后，他们都厌倦了这种生活，于是便成立了一个小团体，每隔十天就到一座庙里聚餐、聊天、讲故事，以便偶尔能够摆脱他们招人厌的妻子。当然，他们的妻子对此一无所知，因为要是知道了，他们肯定也就实施不了这个天真的计划了。

“他们每隔十天就聚一次，就这样过了好几个月。与此同时，他们的妻子开始注意到丈夫们经常定期地失踪。一开始她们还不以为意，但后来她们发现这些男人变得越来越游手好闲，于是，她们找到了一个仆人进行逼问。这个仆人被主母驯得服服帖帖，立刻把这些事倒了个干净。当下一次丈夫们离开家后，这些妻子们聚到一起，哭着喊着就出发了。此时，丈夫们正在庙里神像后面的房间里舒服地吃饭。突然，他们听到门前有女人的喧闹声，大家都听出了自己妻子的声音。他们立刻扔下筷子，紧张地搓着双手，恳请和尚把他们藏起来。和尚让他们躲到自己的房间里——按照规矩，僧人的房间是不准女人靠近的。大家一窝蜂涌了过去，只有一个人没有动。他牢牢地坐在碗前，双手紧紧攥着筷子。

“‘你不和我们一起走吗？’其他人喊他。

“‘当然不！’这个奇人回答说，‘我会被一群女人吓到？不，绝对不会。’

“‘但你妻子也在啊，’一个逃跑者说，‘她是我妹妹，我当然听得出来她的声音。’

“‘我不在乎，’这个‘伟人’回答说，‘我就在这儿了。’——然后他又开始吃起来。

“‘你绝对是世上最勇敢的男人！’大家缓过神，纷纷这么说道。虽然这帮人对他的胆量羡慕不已，但是还是躲了起来。

“他们在房子里躲了半个钟头，听着外面传来的喧哗声，浑身颤抖，很担心会被很不光彩地拖出去。过了一会儿，喧闹声渐渐消散了，寺庙里的古园又安静了下来。他们蹑手蹑脚，小心翼翼地走出房间，发现自己都已经安全了。他们第一个想法，就是去恭贺那个大无畏的英雄，他居然敢直面那些愤怒的女人们。他们回到吃饭的房间，看到大英雄正背对着他们，还像刚才他们逃走时那样，端坐在桌前。

“‘真汉子！’他们喊着：‘你是我见过最冷静的男人了。我们得对你千恩万谢了！’

“那个人一句话也不说，也不做手势，甚至头也不回。大家又开始喧闹起来，可是他还是不理不睬。然后，大家靠近他，一个人伸出手，拍了拍他的后脑勺，这时候，大家发现——”

宫伯父故意停顿了一下，“发现什么？”我喊道。

“发现他死了。”

“死了！”我惊讶地叫起来，“怎么会这样？”

“他被吓死了！”宫伯父回答说。我呢，则是一脸的茫然。

第 24 章

与伯母交谈

在关于二房，也就是中国男人纳妾的问题上，花儿和我在很多方面都达成了一致的意见。不过从宫伯母的言辞来判断，她和我们的观点是不同的。有一次，我和花儿在比较中外家庭生活的不同时，我对花儿说：

“哦，花儿！我觉得并非中国所有的家庭，都能和你家一样幸福的。你以前告诉过我，北京有一位老爷娶了六房姨太太。辛亥年的革命爆发后，六个姨太太要去不同的地方避难，听说最后她们差点打了起来。你肯定不愿意生活在那样的家庭里吧。”

“我宁愿死，也不愿过那样的日子。”花儿回答说。

有一天，在我们散步回家的路上，突然听到有人喊我们的名字，回头一看，原来是一位姓赵的太太。她坚持要用自己的马车送我们回家。为了让我们能坐进马车，她让车上的一位太太下了马车，另外拦一辆黄包车回去了。她带着我们一起回宫家，说顺便去看望宫伯母。赵太太对我非常和蔼可亲，我也很感激她这样的礼遇，我想，宫伯母在她的朋友中提到我这位外国客人时，不知道说了多少好话呢。花儿把嘴凑在我耳边，悄悄告诉我，赵太太丈夫的妹妹，对励诚而言倒是一个合适的对象，因此，我对赵太太的兴趣更加浓厚了。中国的女人见到陌生人，往往并不会觉得害怕，而是充满了热情。一路上，赵太太一直握着我的手不放。我们一起到家的时候，宫伯母又惊又喜，小六子也立马一溜烟地跑去给客人准备茶水了！

赵太太向宫伯母详细描述了我们是怎么在路上偶遇，以及是怎么回到家的。这时我才知道，那位给我们让位置的太太，是赵太太哥哥的二房夫人。我感到有点不安，又有点失望。于是，宫伯母开始讲有关二房的事情。

宫伯母告诉我，她认为外国的太太们在这个问题上有点过于苛刻。在她看来，这个问题就如同是不是同意妇女抽烟一样，没有必要过于吹毛求疵。中国人对于二房的看法是完全不一样的。在北京城里，只有那些非常时髦的，或者是疑心特别重的，还有断袖之好的人，才想着要完全把二房的这种现象从社会上根除出去。我告诉宫伯母，我们之前办的学校也面临不少这样的问题。很多人将自己的二房送到我们学校来接受外国的新式教育，却毫不关心自己的正室和女儿的教育问题。我告诉她，我的学校有个从上海来的小姑娘，大家叫她“梅布尔”。受很多仁慈的外国夫人的拜托，我开始教她启蒙英语。她告诉我们，她住在叔叔家里，感到很不开心。家里人总是因为她信了基督教而不停地与她争吵，她哭着说，家里其他人对她都很不友好，因为这些人很嫉妒叔叔对她的疼爱。我教她学英语学了好一段时间。现在我还清楚记得，当她知道奥尔科特女士在《小妇人》里描写的女英雄都是大手大脚的时候，就非常排斥读这本书！后来，那些好心的外国夫人发现梅布尔原来是一个骗子，她们非常失望地写信告诉我，再也不会给她当保人了。她的家长并不是她的叔叔，她也不是什么人的侄女，而是一个二房姨太太，并且还利用自己的得宠地位，残酷地压制正房太太。从她以往的经历，她们也弄清楚她并不是一个基督徒，只不过在上海的一家外国寄宿学校里面待过几个月而已。她的母亲意识到那几个月“洋墨水”能够给自己带来经济上的收益，就将梅布尔嫁了出去，通过媒人从那位所谓的“叔叔”手里得了很大一笔钱。当然，这位女孩也并没有拒绝这得来全不费工夫的奢侈生活。

当我到了天津，收到那些外国太太充满悲伤的信以后才知道她的真实情况。这让我感到左右为难。她也只是一个 17 岁的小孩子。她爱慕虚荣，在学习上也没有太强的上进心。但我能感觉到，她从内心也知道自己的行为是错的，否则她也不会编造有关叔叔的谎言。她为人很热情，每次见到我总是给我最温暖的欢迎，也经常会给我送来一些小礼物，比如墨水瓶、绘有鲜花的画卷、蛋糕等，我也会回赠一些礼物给她。

“我不认为，她去当二房是做错了什么事情，”宫伯母坚持己见，“毫无疑问，在那样的生活之中，她不可能有一个好的出身。我不清楚你为什么会觉得难以理解。慈禧太后说到底也是个二房啊，可你们外国太太还不是一样去见她吗？”

“那是为了表示对你们国家的尊重，慈禧太后是这个国家的元首。”我回答道，“而且对我们而言，也很难分辨出谁是二房谁是正房啊。”

“什么！”宫伯母显然对我们这种程度的无知感到很震惊：“难道那个梅布尔没有辫子和刘海吗？”

“有啊，”我回答说：“就像我们可爱的小六子一样。”

“你的意思是说你不能分辨出谁是二房，而谁是未出嫁的姑娘吗？”她惊呼道：“为什么？每个人一眼就能看出来！你看看花儿的前额。”

我顺着宫伯母指的方向看去，花儿用短短的头发盖住了前额。

“如果前面没有刘海，都被剃光了，那就是说明这是一个已婚的妇人。在婚前留刘海，是为了让她看上去更漂亮一点。”

我告诉她说，我还以为这样是为了让她们看上去更朴素一点呢。宫伯母大笑了起来。

“一个结了婚的女人，”她下了结论：“都会画眉毛。”

“梅布尔也那样做了。”我说。

“那当然，不过二房的眉毛画得比正房要浓得多。”她解释说。

就在这时，嫂嫂过来看我们。为了追赶时髦，她换了发型，扎起了辫子，眉毛也画得很浓。宫伯母露出了些许无奈的笑容。

“好吧，”她说，“你听二房和正房讲话，就能分辨出她们不同的地位。”

我最终还是放弃学会分辨二者之间有什么不同的努力。这就好比要我们外国人区分出中国方言的细小差别，或者要中国人听懂英语俚语一样，实在是一件很困难的事情。

宫伯母特别喜欢在婚姻问题上逗弄我，就如同励诚喜欢作弄花儿一样。她喜欢一次又一次地拿这个问题逗我开心。有一天正吃着午饭，她看我在使用筷子，就说起当初我刚学用筷子时的笨拙。谈笑之间，她看似很随意地问我一句喜不喜欢中国人。我掉进了她的陷阱，回答说当然了，我很喜欢，喜欢到无法用言语来表达。

“既然你的父母还没有给你定亲，你为何不在中国人当中选一个好的对象来结婚呢？”她立刻问。

起初，我就像中国乃至全世界各个国家的女孩所做的那样，装作不理解她的意思。我一直在用这样的方法来摆脱类似的逗弄，也已经很擅长如何将结婚的话题转移到其他话题上去。但那一天，宫伯母却一直不为所动，坚持谈着这个话题。我说，我从来都不相信那些跨国的婚姻。但宫伯母一直抓着我不放，一遍又一遍地想说服我，而且显得一次还比一次真诚。虽然宫伯母并不是有心的，但是这还是让我感到很厌烦。最后，文静帮我解了围，她说我当然不会和中国人结婚，因为我根本就无法容忍家里有个二房。历来保守的文静还说，她觉得外国人在这个问题上的坚持是完全正确的，纳妾是非常糟糕的一件事情。

“一点儿也不，”宫伯母回答说：“二房在家里也是非常有用的。她们可以同时服侍男主人和女主人。当女主人想从一直照顾家庭的重任中脱身出来休息一会儿的时候，就可以把这些事情暂时托付给二房，这也是对正房的一种补偿。这样，不也等于正房得到了一个帮手了吗？”

唉，这也许是因为，宫伯母从来没有真正经受过这样的婚姻，所以对由此而来的困扰也没有亲身的体会。我想到了骆伯父家的二房。骆伯母直到很晚才生了一个儿子，在此之前，骆大人因为一直没有儿子而感到很失望，再加上他并不像宫大人那样坚决地反对一夫多妻，所以就纳了一个妾。在骆家的时候，我也常常能见到这位二房夫人。她是一个消瘦、纤弱而又面色苍白的女人，任凭如何浓妆淡抹，都遮不住她那不健康的愁容。她也是骆伯母口中唯一一个她很看不起的人。她的到来，也没有给骆家生下一儿半女，姣好的容貌也过早地凋谢了。在我的印象中，她好像一直在受着病痛的折磨。她在骆家，处于对任何人都没有价值的地位。这么看上去，骆大人也只是因为当时没有儿子，出于传宗接代的责任，所以才把她娶回家的。这个女人没有骆伯母的那种精力和品格。就算骆大人本人也非常清楚，这个女人对于他，只不过相当于一块上好的珍珠或者琥珀，这就是她的全部价值了。现在骆伯父已经过世了，他的儿子还必须供她吃穿，她成为骆家屋檐下多出来的一张嘴。在中国人的眼中，这样的人完完全全就是一个失败者。唉，可怜的人！

如果宫伯母家里也有一位二房太太，我想只要她不像“梅布尔”那样想着要把正房取而代之的话，宫伯母肯定会很和善地对待她的。宫伯母有着一颗慷慨仁慈的心。当她心情很好的时候就会出去买东西，给家里每个人带一份让他们惊喜的小礼物。一天她给她的侄子买了一把梳子。当时，她的侄子也在天津，并且也把辫子给剪了。他曾经抱怨说，外国的梳子价格太贵了。所以宫伯母就说，他肯定希望能有一把洋梳子来梳理新式的头发。那把梳子花了宫伯母一个银元。也是从那时起我明白了，在中国，如果你不表现出一副对买来东西价格的关心，就会显得非常无礼，甚至会被人认为是冷漠。

每次外出买东西回家之后，宫伯母都会抱怨脚疼，有时还需要早早地躺到床上，把裹脚布解开，以便让抽筋的双脚能够放松放松。有一次，花儿告诉我，她母亲之所以常会感到脚疼，原因是太胖了！花儿这么说的时候，宫伯母就在我们身边，不过在中国，这样的言论并不算是一种冒犯。可我并不认为脚疼是肥胖造成的，被绑成那样畸形的脚，换了谁不会感到疼痛呢？像宫伯母和文静那样的中国妇女，她们更喜欢盘腿坐在床上，而不是双脚着地端坐在椅子上。这是因为，裹过的小脚血液流通不够顺畅，要是腿一直垂着的话，对她们来说简直就像是一场酷刑。让裹脚的女人长时间坐在椅子上是一件非常残忍的事情。

同样，我也发现，中国的女人也不是那种“没有神经”的人。家中的所有女人，不管是地位高的还是地位低的，只要突然听到声响，比如老三四不小心把罐子或者是刀掉到了地上，都会被吓得立刻跳起来。有时我甚至担心，与她们轻柔的脚步相比，我的皮鞋跟在木地板上发出的声响会影响到她们的神经。有一天，我推开窗户，看到河里小船上渔夫正在训练鸬鹚捕鱼。出神的我，心里想着，河里的冰化了，春天来了。突然，一阵大风吹到开着的窗户上，玻璃一下子就被震碎了。这让我很伤心。不过更让我自责的，是宫伯母被玻璃破碎的声音吓了一大跳，发出了歇斯底里的尖叫声，好像玻璃的声音把她的牙齿都震碎了一样。我只是暂住在宫家，居然还不小心打碎了玻璃，所以我请求让我出钱换块玻璃，可宫伯母坚决不同意。最后，我只能请求她原谅我让她感觉这么难过，并且向她保证，以后开窗户只开一点点，这让她心里舒服了不少。

满族格格

戴着旗头，是用黑色缎子包着剑形的木头，上面装饰着人造花和真的珍珠、红宝石。身上的裙子是用质地很厚的花色缎子制成的。

乡村学者和他的孙子

他们后面是从文学经典里面引用的格言，要求人们“尊老爱幼”。

宫伯母在天津城里有很多亲戚朋友，她也常常去拜访他们，但却认为她的女儿们除了那些“血亲”，并不需要过多地与其他亲戚来往。当发现宫伯母一个患了肺病的亲妹妹偶尔来拜访后，文静和小六子就打算去看望她。这可是一件大事。我陪她们走了一段路。这一小段路也让文静感到很疲惫。她慢下脚步和我并排走在一起，很担心我会不会着凉，特别是我“只穿了一件毛衣，也没有穿棉衣”，为了不让她过于担心，我就返回家中去陪宫伯母说话了。宫伯母和往常一样，坐在窗前抽着烟，对她看到的人和事发表评论，一直到励诚在太原时的老师前来拜访，她才起身出去告诉他励诚不在家。

有一天，当花儿和我一起读《约翰福音》的时候，花儿突然站起来走出去。从外面传来说话的声音，我听出有一个没有听过的声音，知道家中来了访客。后来才知道这是宫伯母一个表妹家中的老妈子。她被主人派来向宫伯母请安，并且带来了一些薄礼。女孩们就像自己每个人都得到了礼物一样兴奋。她们之所以感到兴奋，是因为她们到了天津，把家安在这里，只有间或有人来看望宫伯母的时候，才能重温那种乡邻之情。宫伯母拉着那个老妈子的手和她谈笑风生，领着她在屋子里转来转去，方便她回去向主人报告。这位老妈子所受到的款待非常隆重，可能是作为一个女佣从来没有见过的。老妈子非常敬重这位“太夫人”，走的时候很郑重地行了屈膝礼。

我在北京的一位满族学生单先生给我连写了好几封信，请求我去看看他未来的岳母，也是前清的一位格格。这位格格看上去不只是到天津来避难的样子，更像是要把自己埋葬在迷宫般的小屋子里。当年这套屋子的建造者看来是费尽了心思，从狭窄的街道边硬是挤出一块盖房子的地方来。我们根本不知道该从哪儿进去，花了不少时间才找到了屋子的后门。这可是我们唯一能找到的一条通道，而且还穿过了另外一家人家的后院。那位格格以前和慈禧太后有着非常亲密的关系。她对辛亥年的革命也有着很强硬的态度。她说，要是当年那位说一不二的老太后现在还活着，一定知道如何去处置这些叛逆，老太后一定会这么说，砍下几颗脑袋，不再绥靖下去，就一定可以把任何所谓的革命画上句号！

格格被上天赐予了五个女儿和两个儿子。我所认识的满人家庭，总是女儿比儿子多，不知这是偶然还是必然。格格的两位女儿已经成婚，剩下的三个和她一起逃到了天津。她的儿子和丈夫仍然留在北京。不过，她住在这么隐蔽的地方，不知道是过于担忧女儿的人身安全，还是担心自己之前地位太高，以及她一贯对革命的仇恨立场会引来革命者的仇杀，或是因为她本来警惕性就特别高。其实，我认为她的藏身之处已经考虑得非常周到了，一般人也很难找到她。她未来的女婿和亲家知道后，就生怕她住的条件太差了。

年轻的单先生不停地恳求我去看望这位格格，我其实还是感到有些为难的。不错，我和这位格格曾在北京见过一次，她也拉着我的手说了个把小时有关女孩子的教育问题，但其间她根本就不想听我有什么看法。而且，我的汉语还没有达到能单独去拜访她的水平，在北京的那次也是在朋友的陪伴下才去的。同时，我也很担心会在礼数上冒犯了她。考虑再三，我把单先生的信拿给宫伯母看，我告诉她，我不敢造次麻烦她，也很担心她并不想去见一个满人，所以恳请她，能不能让花儿陪我去拜访那位格格。不过，宫伯母却告诉我，让花儿陪着我去其实是不合礼数的，汉人的姑娘不能随便结识家族以外的人。不过，出于宫伯母善良的天性和对我的疼爱，特别是得知那位格格的丈夫和宫大人在朝廷上也打过交道，对她的印象并不坏以后，她决定亲自出马陪我走一趟。

宫伯母和格格见面后，差不多有一个小时的时间互相寒暄熟悉，要我说这可真是我生命中最快活的一个小时了。唯一的遗憾，是我不能全部听懂她们之间的谈话，因为励诚也不方便跟着我一起来帮我翻译。在我们正式登门之前，我就先写信问候格格在经过这一阵动荡之后身体的状况，并且定下了确切的拜访时间。格格“恩准”了一个小时的面谈时间。当我们那天早上九点准时到达的时候，发现格格居然外出了。她委托了自己的三女儿来接待我们，说自己很快就会回来。她的三女儿是一个体态丰盈的 20 岁少女，一头黑发，在一身简朴的蓝色棉长袍和一袭长裤的衬托下，显得特别的清新和整洁。她和我们愉快地交谈起来。过了一会儿，我们听到有马车回来的声音，很快格格就走进了屋。

这时，一场有关互相谦让的唇枪舌剑就拉开了序幕。这不仅让我这个看客觉得很有意思，两个表演者本身也感到十分愉悦。宫伯母和那位格格都曾在旧学堂里受过有关礼仪的教育，知道各种规则，谁也不会出错。格格对我的来访其实兴致不高，她更感到高兴的，是在这样的年岁里，居然还能有像宫家这样的人家来上门拜访。这条理由足以让她情绪高昂，于是很快就赶回来，并且表现出一副非常和蔼可亲的样子。

她和宫伯母一见面，就飞快地走向了对方。宫伯母向她行了满人的礼，头几乎都低到地上去了。同时，格格也用汉人的礼仪向宫伯母表示了欢迎。后来，两个人又分别用自己民族的礼仪打了招呼。宫伯母说，她应该很早之前就来拜访格格的。格格则说，自己犯了一个重大的错误，就是以前没有见过宫太太。她又说她自己可不是什么长辈，宫太太如果愿意的话可以叫她姐姐。但宫伯母一直推辞说格格是她的长辈，而自己只是一个晚辈。事实上，两个人当中，宫伯母要稍微年轻一点。不过，尊卑关系并不是由年纪决定的。

这些虽然显得繁文缛节，但千万不要认为这是用很严肃、很沉闷的方式进行的。两位夫人兴致高昂地谈笑着。当走进屋坐下来的时候，宫伯母走向了最小的那个位子，格格连忙把她拽了起来，非要让她坐到最大的位子上去。两个人都一边推让，一边还彼此谈笑风生。啊，这可真是棋逢敌手啊！其间，那位女儿还进来添了茶水。最初的寒暄终于结束后，我默默站在一边，充满敬意地看着那位格格。只见她又把自己的椅子移到了宫伯母身边，两个人耳语了很长时间，结果我一个字都没有听到！我从宫伯母欢快的惊呼声中猜想到，那个格格肯定给宫伯母分享了什么好消息。那个格格话说完的时候，总会再加上一个“嗯”字，有着很大的回音。这种说话方式只能从格格们嘴中听到，因为汉人妇女好像都有点血气不足一样，说出来的句子很容易断开。

她们促膝交谈了很长的时间，而我只能默默在一边看着两位夫人脸上兴奋的神情。最后，格格转过脸来，对我说了这次见面以来的第一句话。宫伯母的脸上洋溢着感同身受的笑容，对她说：

“我来告诉我们的英国小妹妹，让她也来分享您的喜悦，我保证她不会告诉您的女儿的。”

宫伯母用很低的声音，语速很快地告诉我，她们为什么看上去那么高兴。就在这天早上，格格一起床就去为那位接待我们的女儿安排了一桩亲事！但是我必须小心，不能说漏嘴，因为那位年轻的小姐还不知道母亲给自己定了亲。给自己的五个女儿各安排一桩合适的亲事，可不是一件容易的事情。两个年纪大一点的女儿很早就定亲了，两个年幼的虽然年纪还不大，也在不久前有了婚约。只有中间的这个女儿还没有订婚。她的母亲说，三女儿是一个好姑娘，她给安排的这桩亲事也非常称心合意。男方大概 25 岁，曾经定过一次亲，不过未婚妻死了。因为之前他与未婚妻从来没有见过，所以她的死也没有让他产生特别伤痛的感觉。不过，他为了表示对女方家人的尊重，迟迟没有重新订婚。总的来说，这反而让人产生了很不错的感觉，而且他还有一个不错的家庭。确实，整件事都非常值得庆祝。同为人母，宫伯母和格格一样感到由衷的高兴。

这时候，格格的三女儿走了进来，热情地招待我们喝茶，请求我们不要客气。显然，她对母亲的计划还一无所知。看上去，这位年轻的女孩也很通情达理，举手投足充满着爱意。我想，既然这件大喜的事情迟早都会在她身上发生，那么现在什么都不知道，也不失为一种惊喜吧！所以，当两位老夫人聊天的时候，我就和她聊起了北京。当我对墙上挂着的几幅画表示很欣赏的时候，格格转过头来对我和她的女儿说，她对励诚的画也很感兴趣。宫伯母坚持说那根本不值一提。格格有些艺术家的天分，最后她送给我一盒信笺做礼物，都是又白又轻像餐巾纸一样的信笺。格格还在上面画上了非常可爱的图案：有非常诱人的萝卜和梨子，还有招人喜爱的梅花和菊花。这些图案都用红线勾勒出了轮廓，布满了整张信纸和信封。不过写信的人不用特别去注意这些图案，只要在红线划出的框子里面写字就可以了。如果能收到这样的一封信，看上去肯定非常特别。

“我以前是一张一张地给我的朋友们画，”格格解释说，“他们看上去都非常喜欢我画的图案，经常要我为他们画。为了自己方便，我就让一家印刷社把我画的图案直接印上去了。”

当自己女儿在场的时候，格格又变成了一位很客气的夫人，用非常殷勤的态度，邀请宫伯母到桌前去喝茶、吃点心。宫伯母又一次挑了最小的位子，她也又一次将宫伯母拉了起来。格格坚持说自己是宫伯母的姐姐。

“我可不敢当！”宫伯母说道，“您就是我的长辈。”

“如果那样的话，您就是我的祖辈了！”格格回答道。结果，两个人都因为这么夸张的说法笑出了眼泪。

这样过了一个多小时。格格一会儿把椅子移到宫伯母身边，继续谈论未来这门亲事的细节，一会儿又往我和女儿所在的地方瞟上一眼，如果发现我们在注意她，就会立刻变得非常客套。往往这时，我和她的女儿也会停下我们的谈话，看着她们，我们相视而笑。不过，两位年长的太太沉浸在自己的谈话之中，根本没有注意到我们的笑声已经汇入她们的笑声中去了。

我回到家后，立刻就给年轻的单先生写了回信。我觉得，他和他的父亲根本无需为格格和她的女儿们担忧了。

第 25 章

离别的时刻

时间过得真快。对我而言，似乎就在看看书，做做女红，就在聊天和欢声笑语之中，时间不知不觉就飞走了。这段时间，励诚一点一点地临摹出了四幅古画。其中两幅是水墨的，两幅是设色的。画中的远景，都是高山峻岭和悬崖峭壁，湍流横穿其间，近景则是缭绕在竹林里和松间的雾霭，在山石间有一座凉亭，而画中的人总是坐在远方，遥视风景而若有所思。我看着这些画由下笔到染色，逐步成型，也越来越喜欢这些画。不过，励诚还抱怨我没有怎么鼓励他，因为我总是唠唠叨叨要求他像临摹古画一样去临摹自然。

“大自然的多变风情是我们描摹不完的。”我说。

“但是天津没有什么漂亮的地方值得画啊，”他可怜兮兮地反驳说，“每样东西都很脏，灰蒙蒙的。如果是老家的山河大川，我会试着去画的。”

有一次我给他拿来一盆水仙，过了一会儿，他就临摹出一幅真实漂亮的水仙画。除了他给三哥画的肖像，这是他第一次尝试去画自然中的事物。我鼓励他去巴黎留学，看看那里的艺术学校是如何画画儿的，但他可能已经有了更好的选择。

“我非常想成为一个画家，”他说，“因为在中国我们可以同时是一个画家和诗人，就像我们可以同时是一个官员和学者一样。不过，现在我的父亲可能要告老还乡了，我不仅得要养活自己，也要供养家庭了。”

“特别是你一两年之后就要结婚了。”我逗弄他说。

“不要提这件事，”他脸红了，“我不同意早婚。这样会给家里带来很重的负担，那我父亲就没有多少钱了。这是我反对早婚的唯一原因。我从心底里赞成你们外国人说的，早婚在很多方面会带来坏处。因而，我也一直恳求父母不要早早为我订婚。”

我没有再继续逗弄他，不过还是冲着站在他背后的花儿挤眉弄眼。我们确实已经在讨论励诚订婚的可能性了。前些时候，唐小姐的嫂子来看望宫伯母。开始我还没有意识到这个人的到来有什么特别的意义。励诚回家以后，整个人惴惴不安，显出很不寻常的神情，不过却又假装若无其事地和我说，有个人正在和宫伯母说话，问我觉得这个人怎么样。我立刻来到宫伯母的房间，然后很自然地，我被介绍和她认识，这样我就可以向励诚报告这个人怎么样了。我带着真心的快乐，告诉他我发现这是一个很有魅力的女子。

“非常遗憾，来的不是唐小姐，但从她的嫂嫂就可以看出这桩婚事的可能性啦。”我说。

“哦，哦，你这么说，是故意让我害羞！你在逗我！”他嚷嚷着，“你明明知道中国的习俗是不会随随便便谈婚论嫁的！”

不过最后，他还是告诉我这位女士来拜访的原因。她来是为了请求宫大人调查一个可怜人的案子。这个人穷困潦倒，连打点狱卒的钱都没有。他被关到牢里已经有两年了，但是到现在还没有审判——这是因为中国和日本一样，没有人身保护权的法令。

“她说他的肉都烂掉了，”励诚接着说，“这不是很惨吗？可怜人！无论如何，她愿意帮这个人，真是善良的举动。”

“让我们期望唐小姐能和她一样有一个好心肠，”我说，“而且，我也希望她能和她嫂嫂一样漂亮，这样她就太讨人喜欢啦。”

“唐小姐长得更漂亮呢，我见过。”花儿笑嘻嘻地看着弟弟。不过，花儿在谈论弟弟与唐小姐结合可能性的时候，还是有一点投鼠忌器的感觉。

果然，姐姐的小心翼翼却一丁点儿都没能阻止励诚随后对她的逗弄。几分钟以后，他神神秘秘地向我示意，那时花儿正全然不知地背对着我们，完全不知道她的后背上被别上了一张小纸条——上面写着“段少奶奶”，也就是“年轻的段夫人”的意思，这是花儿结婚以后的称呼！

在这里，没有一天是无聊的。有一次，家里收到了一封长长的电报，是宫大人的朋友从北京的大理寺发来的——中国的大理寺是全国各地审判庭的最高总部。当时，宫大人还没有从衙门回家。宫大人不在家的时候，励诚有权打开这样的信件。

“哦！”他说，“也许这是父亲的调令，或者是关于官场变动的消息。”

可这封信完全是用数字密码写成的，对中国人来说，这还是新玩意儿。励诚和花儿用了一个小时在那里潜心研究，不过很扫兴的是，他们虽然成功破译了这封信，却发现信里根本就没有什么重要的内容。宫大人回来听说了以后，也是哭笑不得。他再一次动用了他精彩的口才：“我担心，这个新民国大量好的意图，会因为这些密码变得一文不值啊！不过我朋友的用意还是好的。”

“他用密码发电报，好歹省钱了。”花儿倒是很现实。

有一天我母亲写信来说，朱迩典公使已经允许她和包哲洁小姐回到皇城居住了。宫大人听说后则摇摇头，他认为不久恐怕还有动乱。果然，不久之后我母亲又写来一封信，说她们又在晚上十点半被召回了公使馆。这一次朱迩典公使明确告诉她们，这可是他最后一次批准她们回去了，以后再也不要请求他的批准了，因为他是绝对不可能再允许她们离开公使馆回家了。为此，他专门在公使馆里辟了好几个房间给我们长住。

接到这个消息，我觉得我再也没有理由在宫家继续逗留了，虽说在他们家生活的这段时间让我感到非常快乐。我为这段时间对我的款待和收留，向宫伯母表示了真心实意的感谢，然后告诉她我现在得回到我母亲身边去了，北京还有我要尽的责任与义务。她坚持要我再多住些日子，我当然愿意，一想到要离别，我就感到非常难过。他们全家都来了，一个接着一个地和我说话，诉说对我的离开，他们是多么伤感。

“我想你会觉得无聊的，”他们很直率地说，“因为北京那里没有我们！”

“你现在正儿八经地成为一个中国人了，”文静说，“不仅仅只是一个生活在中国的外国人。”

“如果你能梳和我们一样的头发，穿一样的衣服，没人会看出你和我们有什么不一样，因为你的头发和我们一样都是黑色的！”老妈子们说。

最后一个星期，我们忙着彼此交换留念的礼物。宫伯母最早向我赠送了礼物。她去商店买回来一个金制护身符给我，上面刻着汉字“福”。

“这是一块正宗的中国金子，”她说。中国的金子几乎都是纯的，带有一点红色[1]，软软的，也容易变形。不过，中国女人非常看不上我们外国人掺了合金的硬黄金

1　千足金可能会黄中带红，或因为在含硫的环境里放置，表面会产生红色斑点。

制品，与中国的金子比起来，掺了合金的硬黄金制品确实有点相形见绌。花儿则送了一个银锁给我，上面刻着“五福”和“五德”[1]。文静送了一把梳子和一盒外国饼干给我。童心未泯的小六子送了一个大大的巴黎粉红色胸针给我，上面还镶嵌着钻石。礼尚往来，我送了香水、手套和手帕给她们，还送了一些红色的带子给小猫儿。之所以送红色的带子，是因为我担心别的颜色没有红色喜庆，像白色在中国就是最不幸的颜色。我叮嘱励诚要代表我向宫伯母表示我最深的敬意。

我留在宫家的最后一个晚上，宫伯父和励诚恰好被那位德国医生请去吃饭了。这位医生听说宫伯父到天津后，就发了请柬到府上，问宫家的老爷和少爷能不能来看他一次。宫伯母告诉我，她也打算顺便去拜访这位医生。在她眼底长出了一个囊肿，她担心中国的医生不能给她治好。虽然中国人对中医的信心有了很大的动摇，但他们也没有对西医产生足够的信任。宫伯母说，虽然她觉得自己还比较能够接受新事物，但还是觉得，如果专程去找一个外国医生看病，有点太夸张了。

“当他看到你的时候，他有可能会顺便帮忙看一下，”她说，“然后告诉你该怎么办。”

我很高兴德国医生能出现在这里。最后，他不仅邀

1　五福指“长寿”“富贵”“康宁”“好德”“善终”；五德当是指“宽”“恭”“惠”“仁”“敬”。

请了宫大人父子，还请了一位逗留在他家中的中国士绅。这人也是宫大人的朋友，地位很高，过去是一个总督，在辛亥年的革命爆发后辞去了官位。因为要等着去赴宴，宫大人难得有一段悠闲的时间。他和励诚来到我的房间与我聊天，从四点半一直聊到了七点半。宫大人讲了很多趣闻，还故意计算要花多少钱才能把他和全家送到英格兰，并且待上个一年。趁着这个机会，他送了一尊古老的青铜佛像给我，佛陀坐在一个莲花座上，头上戴着一顶冠，大约有三英寸高，这是他在北京买的。现在这尊佛像是我最珍贵的宝贝。不过，比这更珍贵的还属励诚送给我的礼物，这可是融汇了劳动与智慧的结晶呢。

那天下午，他把精心卷好的礼物拿到了我的房间。原来，这是四幅和我在他书房的墙上看过的一模一样的画！我感到无与伦比的高兴和感动，因为我知道励诚是怎么一点一滴地临摹了这四幅画。作为回赠，我送了一张略显粗糙的英国彩画给他，但这也是我在当时的天津能买到的最好的画了。不过，最值得回忆的，可能还是我们随后关于天主教徒艺术品位的争论。当时，他的父亲就在旁边听着，交替地对我们的说法点头赞同。最后，励诚告诉我，他将会写一篇文章寄往北京给我来修正，文章的题目就是《论艺术在青年教育中的价值》。

作为回应，他给我也出了一个题目：如何理解儒家所说的“诚之者，人之道也”[1]。后来，他写了一篇极好的文章寄给我。唉，可是我的中文知识太浅薄了，我压根儿就没有写出我的文章来。

第二天，也是我走前的最后一天。在宫大人去衙门之前，我和他简单说了几句。我问他晚饭吃得如何。他告诉我，吃饭的房间暖气简直热得不堪忍受，那位前任总督说他在医生家里只穿了夏衣。他说晚宴的食物尚可，但只有德国的清酒，而不是他最喜欢的波尔多红酒。但最让他抱怨不休的，是德国医生不愿意一口喝下三杯酒。当年宫大人在太原时，可是亲眼看到他这样喝过的。简单来说，这顿饭让宫大人吃得有点索然无味。这让我想起，上次在北京宫大人突然来访，当时我们正在吃午饭，于是他也不拘礼节地和我们一起吃起来。我们给他吃我们最喜欢的菜肴——甜土豆。等我们反应过来的时候已经太晚了。在中国，甜土豆可能是最廉价的一道粗菜了。这就好比我们要给他吃洋葱拌牛肚一样！听了我们的话，他笑了。

“我没有告诉过你吗？”他说，“我喜欢吃甜土豆。有人说甜土豆是卖苦力吃的东西？我可不介意。我们现在这里的总督也好这一口儿呢。他常常派他的幕僚到衙门外的小摊上去买大个黄心的土豆呢，这让他的幕僚很是痛苦啊。”

1　语出《孟子·离娄上》。

他接着又笑了起来。

我从励诚那儿得知，他们那天晚上赴宴，专门租了辆马车，在付了两块银元的车费后，还给了马车夫40个铜板的“买酒钱”。当时，我正在想要给宫家的仆人们什么来当小费，正发愁没人帮我参谋参谋。我还记得宫伯母当年第一次和我们吃饭。吃晚饭以后，她突然拿出5块大银元，往桌子上“呯”的一摆，“赏小的们去吧！”“小的们”推出一个男仆作为代表，假装半推半就后就高高兴兴地收了下来。那么，我该怎么做？

最后我来到老妈子们的房间里，掏出了五块钱钞票和一块钱的零钱让她们平分。因为我没有零钱，算了一下大概一个人可以拿到两块钱。这些质朴的女人完全不知所措，尽管她们知道钞票代表钱，可是却不知道它的真正价值。她们把钞票拿给文静，文静就把钱拿给了宫伯母。这时，我才知道所有客人赏仆人的钱，必须要经过女主人的手，或者至少是在她的眼皮底下。宫伯母说她会来替我平分给她们的。“如果她想自己留下，仆人们也不会抱怨一个字。”励诚笑着解释给我听，“不过，她当然不会这么做。但是每个人只会分到我母亲觉得恰当的一份。不管她怎么分，仆人都不准来质疑她的决定。”

这让我感觉很尴尬。最后，宫伯母把那些钱兑成一堆叮当作响的硬币，放在桌子上。她把所有仆人一起叫来，然后把钱分成她觉得公平的几份。接下来，我不得不在全家人面前，一份一份地分给每一个仆人。我想到宫伯母那次在餐桌上的赏赐，就打算再给厨子和苦力们一张五块钱的钞票让他们平分。但是宫伯母不允许，她说之前给的六块钱足够多了，而且也必须让所有的仆人来平分。

在此期间，励诚和我聊起了绘画和诗歌，想知道为什么我们要把这两样单独分开。他说在中国的画上，总是会在空白的地方，写上一点诗的。

“这就像花和花的香味一样的关系。”他看到我被老妈子们分了心，便说：“不要介意这些笨女人，让她们从我妈那儿拿钱然后出去。钱的价值能和艺术的价值相比吗？而且，今天以后我们就再也没有机会这么谈了，因为你要走了。”可是，我看到这些女人更想从我手中拿钱，所以我就努力效仿宫伯母威严的样子，把钱分给了她们。

和这些“笨女人”说再见，让我觉得也很伤感。她们都是一些性格很好的人。当然，宫家人的说法是对的，她们确实很愚昧，但是却能够很好地忍受别人对她们的作弄。文静会对她们说一些英文单词，然后看着她们困惑的表情吃吃笑起来；花儿和小六子会在她们不知道的情形下，把鞋子、围裙和画画扣在或贴在她们后背上，然后当她们看到老妈子带着这些东西走来走去时就哈哈大笑。一个老妈子穿了太厚的衣服，当她知道她后背有东西的时候，手都弯不到后面去够那些东西。宫伯母有时会故意询问她们的“Hus-se-bun[1]”，这时她们会不解地看着她，然后笑起来。她们知道她们必须得闹点笑话，“出洋相”让她们觉得更受重视。那个被安排照顾我的老妈子，帮我整理了几个星期的床褥，后来，要不是我制止她，她还会费力气地把床弄得乱七八糟。不过，一般外国人雇的老妈子要更加能干，她们大多能有一手漂亮的针线活，也很善于带孩子。我在说再见的时候，宫家的这些老妈子只顾着摸我的手和头发，却丝毫没有注意到，我正在和她们告别。

说再见让我很痛苦。励诚说，生活在一个中国家庭，说不出谁才是自己最喜欢的人。我最喜欢谁呢？是威严而又慷慨的宫伯母？是顾家而且温柔的文静？是内心细致头脑清醒的花儿？是有着欢快大脚和快乐表情的小六子？还是总是瞪着乌黑眼珠冲我笑，嘴里呢喃着唯一学会的一个英语单词“Auntie”的小猫儿？这确实很难说。

励诚陪着我去车站，就如同他在那儿接我来一样。我顺从宫伯母的意思，又多住了一个星期，这让我们离别的忧伤略微缓解了一些。

当火车即将开动的时候，我说道：“再见了，我的弟弟！”

“再见，我的姐姐！”励诚回答我。

这时，我们都突然笑了出来，脸上的伤感一扫而光。

1 也就是 Husband，丈夫，这里是模仿宫太太蹩脚的英语。

我们曾多少次在嘴上互相开着玩笑，多少次大家哈哈大笑，把眼泪悄悄藏在心里。这时候，我们也不忘开起玩笑。这个玩笑的出处是这样的：

有一个英国人不懂汉语，他来中国观光。天津一个教会很友好地接待了他，而且应他的要求，教了一些汉语的日常会话给他。当他离开天津的时候，他想如果能用汉语和他的朋友们说“再见”，那将是一件非常好的事。因此，当火车开动的时候，他把头探出窗外高喊起来。啊，他居然搞混了他学到的汉语，误以为他常说的“开水”是“再见”的意思。他居然就那么大喊：“开水！开水！”这让站台上送别他的朋友们一脸诧异。

“再见，姐姐！”励诚伤心地说。当火车加速的时候，我们突然振奋起来，像事先约好的一样，同时也是像傻瓜一样喊着：“开水！开水！”

对家人来说，告别的时候，开一个玩笑是非常适宜的，而且，我不就是宫家的一员吗？

我再次看到励诚，是几个星期以后的事了。他和他的父亲为了公事来北京。我注意到我们的男仆对励诚的敬意。我在市场上买了一幅没有什么特别价值的卷轴画，不过这幅画的内容，让我觉得很心动。画上有一个圆圈，圆圈里画了一个女神，骑着凤凰，正在为另外一位骑着神龙的神仙吹笛子。骑着龙的神仙面色安详地听着，手里也拿着一只笛子。在圆圈下面是一大片红色的空白。“这里是留着题诗的，”男仆对我说，“你得请一个有名的人来为你题一首诗在上面。为什么不请宫少爷呢？让一个以智慧见称的名门望族里的一个以智慧见称的少爷来题诗，会让这幅没什么价值的画立刻增值百倍。”我笑着邀请励诚，塞给他一支毛笔，催促他给我题上诗，完成这幅诗画作品。

他坐下来，思索片刻，然后给我讲了一件刚发生在他身上的奇事。他和他的年轻朋友们去北京附近的西山游玩，中午在一座庙里吃饭。抬头一看，在庙里的白墙上，意外地认出了一些笔迹。他发现了他祖父在这里题的诗。他的祖父，也就是老宫大人，以一名翰林的身份，赞颂了栽在附近一棵高雅的银杏树。这个意外的发现让他印象十分深刻。他从兴高采烈的住持那里要来了一支毛笔，在他祖父的诗下留下了几行字，现在他就把这几行字写在我的卷轴上。大意是这样的：

我父亲的父亲啊，您题诗于此。
种种风光，尽收于其中；
美景年年有，诗乐长存存。
您儿子的儿子啊，继承先业；
但是诗神已经离去了！哦，到哪里去了？
我能否像这次遇到您的诗一样，
作为意料之外的惊喜，
再次与诗的魂魄相遇呢？

第 26 章

祖先和家神

一到北京，我就想去拜访骆伯母。我的母亲多次写信告诉我，尽管世道艰难，但是骆家期盼已久的孙子已经平安诞生了。骆伯母的一个侄女，邀请我和其他的亲眷去观看他出世以来的第一次洗澡，这是将他介绍给众人的一个仪式。他的“乳名”是乐明；当他进入学堂以后，就会起一个文学气息更浓厚的学名；当他结婚的时候，还会有另外一个名字。

所有的亲戚都在场，就我所看到的而言，很多人打扮得很亮丽。他们都穿着漂亮的衣服，头发又黑又亮，梳成满族特有的发式，尽管只有两三个人戴着旗头，但每人头上都戴着人造花、珍珠等装饰品。他们笔挺的长袍一直覆盖到了脚踝，质地很厚的缎子微微闪着亮光，颜色纯净明亮，有紫色、绿色、琥珀色，足以吸引人的眼球。在他们的领子、袖口和衣服开襟的地方，都有着手艺高超的刺绣。在这吉祥的日子里，每个人脸上都洋溢着喜悦的笑容。但香梅却不行，她因为头疼必须躺在床上休息。骆家倒没有一个人打扮得很光鲜，只是穿着整洁的黑色绸缎。主人和客人在穿着打扮上攀比是非常恶劣的品味。

这样的仪式比起真正的洗澡来要更为仓促，因为这只是做给外人看的，毫无疑问的是，私底下孩子肯定还要再洗一下的。而且在这么寒冷的天气里，在小屋子里拥挤的看客的注视下，不可能像平时那样洗澡。年轻的母亲依然脸色苍白，虚弱地躺在炕上。当一切仪式都结束了以后，她又可以和自己的孩子一起躺下来，这让她明显松了一口气。负责照顾她和孩子的奶妈，对这个小孩显得格外自豪。他是一个大个头的婴儿，很健壮，当时看上去比他的母亲要健康得多。澡盆是平常使用的红色木桶，直径大概有一码。在洗澡的时候，亲朋好友都往里面扔礼物——银元，橙子，能够给小孩子带来好运的红蛋等。非常有趣的是，在北非的柏柏尔人也有类似的习俗，不过他们的澡盆是陶土做的，用完以后还会砸碎。我瞥到那个奶妈不断索要礼物作为自己的补贴，这稍稍减轻了我没有带礼物来的负罪感。当我看到年轻母亲苍白的面色，觉得请那个奶妈根本就不值当，因为——唉，她完全没有接受过训练，也没有一点科学的育儿知识。

洗完澡以后，母亲半倚半靠在床上，把小孩抱在膝头，在他伸手可及的范围内放了钢笔、剑、钱币和其他许多东西。婴儿的注意力很快就被这些东西吸引过去了，然后尽力用自己的小手抓住它们。最后，他花了好一会儿时间，终于抓住了一支钢笔。对此，大家都感到很高兴，这预示着以后他会非常聪明，长大会成为一名学者。如果他抓到的是一把剑，那就预示他以后会是一个战士；如果是钱币的话，则预示他以后会很富裕。不过对中国人而言，聪慧比金钱重要多了，母亲对自己孩子的最大愿望就是他能够热爱学习。

当然，这一切都不是非常严肃认真的，不过是一个游戏，但是每个人都会从中得到快乐。当中国人看到一个英国少女在肩膀上撒上盐，嘴里用欢快的语气喊着——“补锅匠，裁衣匠，士兵，海员”的时候，肯定也会感到无法理解，外人看似毫无意义的小仪式，其实往往有着很重要的意义。

骆伯母对于我在宫家的经历特别感兴趣，对我如何到的宫家，以及在那儿学到了什么都充满了好奇，但她还是很小心地避免问有关宫家的隐私问题。我告诉她，没有在那里过新年，看看那里的民俗，是我觉得非常遗憾的一件事情。这时，骆伯母就自告奋勇，愿意帮我解释有关家神的疑问。

“我们的家神和他们的差不多，”她说，“但是宫家人在全国到处走，在彻底定居下来之前，他们都不可以像其他人那样做祭祀活动。我非常乐意让你看看汉人的祭祀方式和我们的祭祀方式有什么不同。”因此，我们就约定第二天早晨再见面。

第二天，当我到达骆家的时候，骆太太告诉我，他们家里的祠堂位于她自己院子旁的另外一个院子里，那里还住着自己的妯娌。她已经派了一个老妈子去通知说我们就要过去。尽管我已经出入骆家很多次了，但直到这个时候，才知道骆家还有其他的院子。骆大人是骆家的长子，他还有一个弟弟已经过世了，弟弟的孀妇、两房小妾，还有所有的孩子都在骆大人的保护之下，住在骆府的附属建筑里面。那位孀妇回话说，自己还没有完全梳妆好，但马上就会过来。骆伯母解释说，她就是小孩第一次洗澡那天穿绿色绸缎的那个人。

“我们无法给你看全部的祖先牌位，”骆伯母说，“因为很大部分都在我们北方的祖屋里。但是我们可以看看一些直系亲属的牌位。”

由像骆伯母的妯娌这样不熟识的人来介绍祠堂，我感觉有点不自在，也担心她让我看那么神圣的地方会感到不高兴。

“为什么？”骆伯母问。她对我觉得这样会打扰那个神圣的地方，感到有点不合时宜的想法很是惊奇。

“还有，”香华说，“这也是我们的祖先啊。”

骆伯父曾经告诉我，他们家一贯严格遵循儒家的思想，因此我一直都希望能够看看骆家祖先的牌位。当我看到骆伯母的妯娌的时候，我按照满人的习俗向她行了一个屈膝礼。大家为我这样一个外国人所行的满族礼仪，以及一个外国人居然对于放满牌位的房间感兴趣而大笑了起来。

“她能从那些东西上找到什么有趣的东西吗?”那位妯娌问。

院子东边和北边的中间的屋子,过去是那位妯娌的会客室和起居室,现在用来供奉祖先的牌位。当我们进入祠堂后,一同来的女人们都无意识地压低了声音。这个家族的创始人是一位高官,所以他的牌位放在中间,也是最大的一个,雕刻精细,框架整齐,上面按照惯例用镀金的汉字刻着祖先的名字,上面的字就像所有的中国文字一样,都是竖着写的,牌位大概有三英尺高,八英寸宽。

中间大牌位的两旁,是两个主要继承人的牌位,后面都依照这样的顺序依次排放。每个男性祖先的名字下面都刻着他故去妻子的名字。每个牌位前面都会有一张红桌子,每天早上都会供奉新鲜的茶水,一杯是给男性祖先,一杯是给他的妻子。在桌前的地上,放着用来磕头的大圆垫子。

所有的这些祖先都曾经担任过官员,每个牌位都像是用红色木板做成的大道,上面镀金的汉字就像是路标。骆伯母的父亲是一个小官,他曾经是盐道的一个专员,当初盐也是受政府管制的。相比于总督或巡抚,这是相对低级的官职。

祠堂里供奉的所有祖先,除了两个以外,都结过三次婚，所以在他们的牌位面前会有四杯茶，一杯是给他的，另外的都是给他妻子们的。骆伯母说，可能是一位妻子死了以后，再娶了另外一个；但也有可能那些祖先只是遵循有钱官员的常例，纳了二房。骆伯母知道外国人不喜欢一夫多妻制，也不希望我会因此而轻视她的祖先。不过，由此可以看出，在中国，不管是活着还是死去了，二房在家族中都有着合理合法的地位。

牌位前面的桌子上，除了供奉着茶水以外，还有满是香灰的香炉，有的还是古老的青铜质地，每天早上都需要上香。地位非常重要的祖先牌位前，还会摆上两个做工精致的烛台，上面插着刻着龙的红色蜡烛。当到了祖先的诞辰或祭日的时候，他们会用相对便宜的普通蜡烛取代那些做工精细的蜡烛，真正点燃起来。每逢诞辰或祭日的时候，还会给祖先们供奉上肉馅饺子。

在一些特殊的场合，比如新年的头半个月，或者家中新添男丁的时候，都会隆重地向祖先磕头。对于那些受过教育的人家来说，向祖先磕头不仅仅是表示感激和尊重，也是向祖先们传递信息，表示家中已经后继有人，祖先理应来分享这样的喜悦之情。当孩子出生那天，孩子的父亲要向父系的祖先磕头；孩子出生一个月以后，就是要给小孩洗第一次澡的那天，坐满月子的母亲也要向祖先磕头。

骆家的祖先牌位前，还有一些非常古老的船形的锡制茶盏，很明显都是传家宝。

“我们能拥有这些真是非常幸运，”骆伯母说，“现在的人，能有一个廉价的普通碟子就非常满意了。”

房子里看上去到处都是灰蒙蒙的。骆伯母和她的妯娌说，她应该好好打扫这个地方。后者也坦率地承认，自己也认为应该常常清理。香华告诉我，骆伯母是所有“内人”中的头领，考虑问题非常周到。那位妯娌在家中也确实应该尽到应尽的责任。明显的灰尘让我们知道，人们只是偶尔到祠堂里面来，比起祠堂来，那些寺庙更能给他们一些精神安慰。但是祖先的牌位供奉在这里，代表着故去的人从未真正离开过，他们的灵魂还在某时某地存在着。在小康之家，可以是老妈子或是一个重要的女儿每天早晚来供奉敬香；在贫苦人家，每天结束辛苦的劳作，归来吃完晚饭之后，人们都要双手举香，向上苍拜三拜，然后将香插在门楣上。

祖宗祠堂南边的一个房间里，也有着不少灰尘。

“弟妹！”细心的骆伯母说，“你必须常常让老妈子来打扫打扫。”骆伯母的话中，已经带有了很严厉的指责意味。

这间房要比祖宗祠堂使用得更加频繁。在正堂中间有一个玻璃盒子，里面是关公像，这也是这间房里供奉的最重要的一位。对于所有的中国人而言，关羽是他们称为“三国”的历史时期最著名的一员大将，生活在公元3世纪。就像小说所展示的那样，当时的中国在经历了很长的分裂时期后，又一次被重新统一起来。关羽最

卖篮子的人

左边的篮子是用上好的柳条紧紧地编起来的，能够贮水。

锡店

里面有用来插蜡烛的烛台、碗、盆，还有祭祀用的器皿。

后变成了天上的一个神仙——武圣。全中国都供奉关公，他在军事上的地位就像孔子在文学上的地位一样。每个城市都有关帝庙。据说，义和团闹事的时候，慈禧太后出逃。后来，当她结束逃难重新回銮的时候，在北京前门的关帝庙，一下子从椅子上跌了下来。慈禧太后认为，这是武圣对她之前下令屠戮外国人的惩罚，便令人摆上祭品向武圣请罪。

和关公一起供奉在玻璃盒子里的还有娘娘。左边还供着财神，右边还供着家神。财神和家神都是画在纸上的，形式更加喜人，占的地方也小多了。

“我们祖屋里的财神和家神，都是用陶土制成的。”骆伯母说。

每位神仙前面都供着香茶和熏香，一般情况下，老妈子每天早晚都要双手持香叩拜三次，这可比祭拜祖先时的叩拜次数要多，当然这体现了神仙们不一样的地位。五月十三是关公打败敌人的纪念日，六月二十是他的诞辰，那几天人们还要专门磕头和敬香，桌上也会供奉特别的食物。由于关公太过神圣，所以他的名字只可以写下来，而不能说出来。

骆伯母的妯娌用很是惊诧的语气说：“关公是和财神不一样的神。”

“那谁是娘娘呢？”我问道，“是王母娘娘吗？我的老师曾经告诉我她住在西天的瑶池里？”“娘娘”的意思就是“王母”。

那位妯娌也不知道娘娘到底是谁，只能尴尬地笑笑，掩饰由于自己的无知而带来的羞愧。香华代替她回答了一声“是的”，不过看上去也像是猜的。

“我觉得那就是王母娘娘，”骆伯母嘟囔道，“但是我也不确定。她只是‘娘娘’。”

只有当我从外国人的角度，打破砂锅问到底的时候，他们似乎才开始认真研究那些神仙到底是谁。在此之前，他们都是理所当然地保持了一种半懂不懂的状态。财神前面除了茶水，还供奉了三杯烈酒。

“我猜，那是为了让他高兴起来。”骆伯母笑着说。

桌子上有一个木鱼，槌子也是木头做的。当给我讲解这些仪式的时候，骆伯母表现得非常虔诚。她跪在陈旧的垫子上，香梅敲一下木鱼，她就磕一次头；香梅再敲一下，她就再磕一次。这样重复三次。除了在一些很特殊的场合需要磕九次头以外，一般磕头都是磕三次。当磕到第三次的时候，人们就认为神灵已经从巨大的深暗之中过来显灵了。不过奇怪的是，这里只有一个木鱼、一个垫子，我无法判定哪个神仙会回应这敲击的声音。

在院子的另一边，也是一个灰蒙蒙的小房间，里面一半的空间堆着破损的家具。不过，墙上还挂着一幅长卷，上面是生活在公元1300年的一位医生的画像。她们说，这幅画虽然年代并不久远，但却很有功效。画上的医生发现了很多珍贵的药草，留下了两本著作，一本是写给男性的，一本则是写给女性的。如果家中有人生病，就需要在这个画像前举办特别的祈祷仪式，寻求这位医生的庇佑。当木鱼敲响的时候，他就会被唤醒，接受人们磕下的三个响头。

“我们假装你病了，需要他的建议。”香梅对我说。于是，神圣的仪式又启动了。香梅跪下来祈祷我早日康复，香华则在一边时不时地敲一下木鱼。香梅手里拿来一个竹桶，里面都是木制的长片子。她一直摇动竹筒，直到里面的一个木签掉了出来。香华立刻捡了起来，查看木条上面的数字，然后在那位医生所编写的一本书里找到对应数字下面的内容。当香华查看了之后，他们就非常高兴地说，我不需要担心，一切都很好。

香华把书上对应的条目念了出来，我们大家都喧闹了起来。看上去似乎非常地可信，那本中世纪的书给我开出的药方，就是让我每天多喝几杯冷开水！这也是我们外国人让中国人感到很吃惊的一个习惯。中国人只习惯喝茶。一个非常疲倦的苦力，偶尔也会在溪水边停住脚步，喝溪水来解渴，但我们外国人知道水里面还有泥土，蚊子也会在其中排卵繁殖，肯定不会建议人们直接去喝溪水。老医生因为他的聪颖而受到人们的尊重。我觉得，不管是在欧洲还是在中国，中世纪留下的处方并不都是有害的。

“毫无疑问，你多喝白开水就对了，”骆伯母很骄傲地说，“我就说他是一个智慧过人的医生嘛！”

虽然在整个仪式进行的过程中，她们一直都在大声说笑着，但是从内心深处而言，她们也是非常严肃认真的。当为我求得了良方之后，香梅又开始为香华求签。香华是一个长相甜美、脾性文静的女孩，但身体一直都不是很强健。香梅根据木签上的数字查询条目的时候，情况比我要恼人得多。在医生的画像前有个木头箱子，箱子的前面是用玻璃封着的，里面供着一尊白色的观音菩萨。

“这也是神像。”骆伯母有些轻蔑地说，“除了那些愚笨又迷信、见什么拜什么的老妈子，没人来供奉。这是我小叔子的一个官员朋友送的礼物，他从来都不敬神，但完全无视这些神像也不好。这很难受到尊重！”

哦，如果观音菩萨真的存在，即便其力量没有强大到能够改变人们的命运，但那些受过教育的阶层，一般还是会保守地做出安全的选择，照样尊重这些不能说话的神灵的。

医生的画像，每天早晚都安排供奉茶水和敬香。因此，他反而看上去比家里的祖先更受到重视。祖先的牌位只要每天早上去敬茶敬香就可以了。在新年到来的时候，神像、医生的画像还有祖先牌位前都会摆上相同的肉类祭品，但是观音菩萨和一些佛像却只能在老妈子和太太们自己的房间里面供奉。观音菩萨是佛教里面的重要人物，供奉的时候不能使用肉类，而是要用蔬菜、点心和水果来替代。和宫家的情况一样，骆家的女人们也很轻视那些不分青红皂白什么都供奉的老妈子和苦力。

当我们和那位妯娌告别，重新回到骆伯母住所的时候，发现她在会客厅里也供奉着佛像，前面还点着香。“不是我们在那里点香的，”香华对我说道，其他人也赞成地点头，“是那些愚蠢的老妈子。我们都是坚信儒家思想的，不是佛家思想。那些老妈子非常无知，看到有一个神像前面没有点香就会感到不高兴，也会感到害怕。她们不仅每天要祭拜祖先和佛像，她们的屋子里面还有小的观音菩萨像，每天早上哪怕不敬香，也要磕三个头。对她们而言，每年四月初八的佛诞日可是比哪一天都要重要呢。”

“还有，”香梅接着说，“那个负责照看嫂子和刚出生的小侄子的老奶妈，也就是那个胖胖的女人，整一个月里，身上都带着画有负责生养的神仙图像。小孩子第一次洗完澡后的第三天，她把那张纸贴在会客厅里，在前面点上熏香，磕了三个响头，起来把它烧了，把这个作为感谢它保佑男丁顺利诞生的方式呢。”

在中国人的头脑中，天生有一根关于算好经济账的弦。当香梅和香华这么说的时候，我们可以感受到，她们之所以能够容忍老妈子在家里供奉那些佛像，也是因为有可能从中获得好处，哪怕就算什么也得不到，至少也不会损失什么。骆伯母谈到祖屋里面的祖先牌位和神像的时候，就神色泰然地证明了这点。她们相信，只要家中的一些人对佛像表示应有的敬意，家中的其他人就会受到庇佑。同样，到了清明节，因为骆家的坟墓在城外很远的地方，骆伯母告诉我们，在局势动乱的时候，他们也不亲自去扫墓，而是找其他人代他们去扫墓和烧纸钱，那些人倒也很乐意去帮忙。

在骆家遭受洗劫的时候，有一尊精美的寿星像幸免于难。这尊像在很久之前就在骆家了。每逢有人过生日，或是过新年的时候，就会被拿出来放在醒目的位置。不过，这不是用于祭祀的，只是代表了人们希望长寿的美好愿望。

“我们从来不把和尚叫到家里来，”骆伯母说，“因为那都是没用的坏家伙。去年，我们的一个朋友家中办丧事。第一天喊了和尚过来，第二天喊了道士，第三天喊了尼姑，就这样轮流了四十天，直到故去的那个人被下葬为止。”

“那你们在悲痛中做什么呢？”我问道。

“就是忍耐。”骆伯母说，“我们有一些朋友喜欢‘祭天’，如果他们在天庭里当大官，可能上天会听他们几句，但实际上能有什么用呢？天灾人祸其实都是天定的，谁能改变天数呢？”

最后，在姑娘们书房的一个架子上，我们发现了一尊供奉着的孔夫子像。“这是最伟大的先知和圣人。”香华告诉我。每天她们的老师来了之后，在她们开始学习之前和一天的功课做完之后，都要合掌向孔夫子的牌位鞠躬。文人学者们每年的八月二十七都要到孔庙去庆贺孔子的诞辰，所有官员们也会在每年春、秋固定的日子在孔庙里集会。在骆家，香华和她的姐姐们一起准备祭奠孔子的仪式，她们需要磕九个头，但是不用像孔庙那样，用全牛全猪做祭品。

最后，在我们说话的时候，骆大人也走进了房间。在太原，我曾亲眼在孔庙一睹纪念孔子诞辰的表演。乐队演奏着很多从远古时期流传下来的非凡旋律。来自一些初等小学堂的男孩们正在表演体操。我好奇地问骆大人，这代表着什么意思。骆大人解释说，因为体育运动被引进了学校，所以祭孔也融合了现代的一些特色。尽管中国古老的经典教育不得不进行变革，但人们依然非常敬重孔子，将他视为文化的奠基人，继续给予他所能给予的礼赞。我告诉骆大人，宫大人现在非常喜欢阅读佛教典籍。听到我的话，骆大人苍白的脸上露出了笑容。

“自从我的身体每况愈下，我也开始读一些佛教的书。”骆大人说，“经历了生活中的跌宕起伏，我确实需要抛弃一些无谓的追求，在佛教教义中寻求一份宁静，在悲伤袭来时保持住一份泰然自若。”

第 27 章

婚姻的本质

从天津回来不久，我的生活就有了很大的改变。与中国的朋友相比，对我而言，辛亥年的革命和 2 月 29 日发生的骚乱，其实反倒让我的生活更加快乐了。虽说当时我也非常气恼，不得不忍耐很多事情，觉得这革命不仅让我失去了壁炉和房子，还让我对在中国的生活失去了信心。一段时间之后，我只得告诉包哲洁小姐，将从继续开办学校这个计划里抽身退出，把精力投入到协助那位为我们慷慨提供庇护的绅士，也就是朱迩典公使的工作上。好在包哲洁小姐让我不要觉得不安，因为我的退出并没有拖她的后腿，另外一名剑桥格顿学院的校友将会接替我参与进来。这让我心中的愧疚感大大减轻了。最后，她把新学校搬到了远离政治是非的西城。新学校的设施与配置，要比我们在椅子胡同时的校舍更加现代。包哲洁和她的新搭档认为学校如果能隶属在圣公会之下，各方面的运行会更加有效。最后圣公会接纳了她们，但并不承担学校的财务、维修和管理的费用。这些必须由这两位剑桥来的女士自行承担。总的来说，这不是件容易事。

回英国之前，我和北京的朋友们一一惜别。离别总是伤感的，把我的学生移交出去，也绝不是一件叫人高兴的任务。在我回北京后，单少爷还希望我能接收他父亲一位朋友的两个儿子来上学。其实，之前我经常告诉他，我们更愿意招收的是女孩。这两个男孩姓刘，和许多中国人一起住在公使馆旁一处拥挤的公寓里。他们家逃出来的时候，带上了一切可以携带的东西。他们住的小院子里，到处都是猪皮箱子，还有用蓝色棉衣罩着的各种各样奇形怪状的包裹，横七竖八地扔在院子里。我给这两个孩子上课的地方，就设在一个小走廊上。小走廊通往的房间，是从毗邻一家银行生生挤出来的。刘先生的一个远亲就在银行里当买办。有一天早上，我走进房间，发现里面多了张床，有人就睡在上面。

"哦，男孩子们，"我低声说，"我们去走廊的话，得绕过去了。"

"好的，"他们说，"但是请先看一下！这是我们新的姨娘！"小一点的男孩高兴地蹦来蹦去。

"什么意思？"我惊讶地问。

"两天前，爸爸把她带回家，当第二个老婆。"大一点的男孩天真地解释说，"爸爸说，他认为如果用英语来称呼她的话，就是 Aunt！她 19 岁了。"

她是二房太太！我首先想到的是男孩们的母亲。她是一个素来庄重、沉默寡言的太太，大概40岁。我希望在这件事上，她能像宫伯母所说的那样保持足够的冷静。

骆伯母的财物和房契，我们都已经还给了她。我们很高兴地看到，现在外国银行也开始面向中国人办理家庭储蓄业务了。让我们很庆幸的是之前针对满人的敌意也消退了，我们的满人朋友们不用再担心烧杀抢掠的风险了。最后，骆伯母在家里正式地宴请我们，做的都是我们过去曾经称赞过的菜肴。在中国，你不能轻易地赞扬某样东西，因为中国人实在是太好客了。在太原，我第一次拜访宫太太的时候，我对端上来的茶称赞了几句。宫太太告诉我，这是一种很有名气的茉莉花茶，专门从北京买过来的。结果，当我回北京的时候，宫伯母就派一个仆人特意送来一盒茉莉花茶。我就这么说过宫伯母，哪怕你对她说你喜欢“月亮”，她也一定会想方设法买过来给你一个惊喜。

骆伯母的个性也是如此。在这次午宴上，她给我们也带来了礼物，而且不容我们推辞。也许是因为我母亲曾夸过香华头饰上的一块翡翠玉，骆太太送给她一个足金的戒指，金子的纯度非常高，戴到手指上的时候都可以变形。戒指上嵌着一片稀有的翡翠，翡翠上刻着汉字“福”。

“老姐姐，”她真诚地说，“我们永远忘不了你。”

她送给我一件满人的外套，上面嵌着做工非常精细的刺绣。这也是因为，她听我提起过一件类似的衣服。

这件刺绣，原来钉缀在他儿子结婚的礼服上，后来又镶在了他的官服上。刺绣的背景是蓝黑色的厚绸缎，上面绣着一条金龙，正在游向波浪滔天的斑斓大海。衣服的其他部分就代表着大海。我请她把这个留给她的儿子或者孙子，因为让我拿走一个男人结婚时用的饰物，实在是于心不忍。但她的儿子走上前恳求我留下，他说如果我能收下，他会感到万分高兴。

“这对我们来说已经没有什么用了，”他苦涩地说，“因为再也没有朝廷了。我听说外国女士喜欢穿我们满族男人的外衣。这对我们来说是很奇怪的事情，但是我还是希望如果可以的话，你能穿上它。它是和那些花瓶、卷轴一起塞在箱子里的。要不是当时苏伯母勇敢地训斥那些士兵，我们家肯定会被抄个底翻天，这个刺绣肯定也就被抢走了。”

“我们现在不是在一个民国吗？我们的旗子，也不再是有龙的彩旗了。”骆伯母说，“我们必须冷静地接受这一点，满人现在和中国的其他人是一样的了。我们的民族有一个古老的传说，从前有一只神鸟，从它的尾巴上掉下一根羽毛。正是这根羽毛，为我们叶赫那拉氏带来了幸运和力量。唉，我想现在这只神鸟，一定是飞回西天了！我们满族人，是永远不会再获得以前的权利了。”

最终，我们顺了他们的心意，接受了这些漂亮的礼物。香华则把宴会推向了高潮。

“真的，我们怎么能忘记你们呢？”她说，“我的苏伯母，你有没有用那支可怕的洋枪打那些要害我们的人啊？英国女人可真是勇敢啊！”

她压根儿不知道，这支枪曾经让她的苏伯母颤抖得多么厉害呢。

午宴结束后，骆伯母一直把我们送到门外。我们流着眼泪，互相吻颊，依依惜别。我们穿过朱红色的大门，动乱时被捣毁的大门已经重建起来。黄包车拉起我们开始跑的时候，我们回过头，看到骆伯母被她的女儿们簇拥着，忧愁地看着我们，一直在挥着她的手。唉，这是我们的最后一面。大概五年以后，骆伯母就去世了。那时，骆大人也去世有两三年了。在骆伯母去世后的一两年，我再次见到了香华。她告诉我：“他（骆大人）不能没有她（骆太太）。”中国的爱情故事，往往是在我们的爱情故事结束的地方，也就是结婚后才开始的。那个没有任何价值的二房太太还活着，也许这是因为天堂里没有婚姻，更不需要多余的妻子了。

和宫家的告别更加伤感。我在中国最后的一个星期，就是在天津度过的。事实上，我也是从宫家启程返回英国的。我母亲从北京出发，在天津捎上了我。这一次告别，不仅励诚来送我，宫大人和花儿也到车站来送我，他们也想看看我的母亲。当我回到英国，很快就收到了励诚写来的第一封信。这封信带着励诚特有的那种快乐而又揶揄的风格。我读信的时候有一种感觉，我就坐在他的书房里，看到花儿正晃着双脚，摇着他的身体，嘴里喊着“笨蛋！”。那时候，励诚在信中的英语显得非常古怪，不像现在那么流畅，但却要生动得多。

我亲爱的姐姐：

对你和苏伯母的来信，我简直望眼欲穿啊。

现在中国的局势非常混乱。我们哪怕在吃饭的时候，都活得提心吊胆。你和我们在一起时的种种欢乐，已经烟消云散了，现在想来恍如隔世。怪不得我们中国有句话：“天下无不散的宴席，世间无不别的朋友。”

不过，有件好玩的事情要告诉你。你走的那天，在你们的火车开走后，我们在走回家的路上发生了一件特别、特别有趣的事。我们在街上偶遇了段大人，也就是小段的父亲呐。你都不知道花儿羞成了什么样子！！！她别过脸，不敢看她未来的公公。我和父亲都觉得真是好笑啊。第二天，段大人来看我的父亲，可怜的花儿连房门都不敢迈出一步，我们问她为什么不出来，她还什么吞吞吐吐不解释呢。我们可是好好逗了她一番！

我永远都是你的弟弟。

（这是我们中国人写信的方式。

我可以这么写吗？请来信告诉我。）

宫励诚

之后不久，励诚又来了一封信，说他已经在天津的英国学校里读书了。不久之后，他又写信来说花儿已经举办了婚礼。下面就是他所描述的婚礼。

婚礼是一点钟开始的。很多客人前来恭贺，大概有五十位女士和六十位先生。下午两点，段少爷乘花轿来接花儿上门，花儿就在两个女傧相的搀扶下走下楼。她穿了一件红色的刺绣长衣，裙子上系着很多叮当作响的铃儿。她头上戴满了珍珠和宝石，她的脸被一件轻盈的红纱遮了起来，红纱一直盖到她膝盖的位置。她见到段少爷的时候还遮着红纱。然后，他们俩就站在客厅里，客人们都围了上来。很多人都想和她说话，祝她幸福，但她几乎说不出话来。她太害羞了。然后，她就开始要被带回家了。她走进另一顶花轿，这顶花轿被很多客人带来的鲜花装饰起来，非常漂亮。我和三哥作为“送亲”跟着她一起去，确实，我们是她最亲的亲人了。到了以后，花儿向她的公公婆婆和家里的其他亲戚鞠躬，然后跟着段少爷到洞房里去。很多人跟着她一起涌进去。她喝了半杯酒，剩下的半杯酒由段少爷喝掉，我们把这个叫作“交杯酒”。在这之后，我就和三哥回家了。三天以后，花儿按照规矩回门，我们在一起特别高兴。六天后，我们两家的亲戚在一个大堂里见了面。

花儿自己的描述则有点不同。在她的信里，她这么说：

离开父母和兄弟姐妹的时候，我的心几乎都要碎了。但很幸运，我的婆婆很喜欢我，而且段家人对我都很好，我还可以经常回家看看，他们也可以常来看我，因为段家就在我父亲家附近。

这封短信让我感到十分宽慰。几个月后，花儿写信来说励诚和那位漂亮的唐小姐结了婚。唐小姐比励诚大了两三岁的样子。按照中国人的观念，这刚好是一门完美的婚姻，因为妻子岁数大，对待丈夫就会更像母亲一点。他们说如果女方大一点，她可以给年轻的丈夫提出种种建议，而丈夫也会更乐于接受。花儿这么写道：

励诚结婚以后非常幸福，他们夫妻俩非常相爱。

励诚自己这么写道：

对我的婚姻，我感到非常幸运和快乐，尽管我还是坚持认为结婚有点早。这是我父母的意思，你知道，我是不会也不愿违背他们的意愿的。花儿嫁了出去，文静也去唐山了，姐夫在那里谋了一个差事。因此，我母亲觉得很有必要让我赶快结婚。我的妻子可以成为她的帮手，也可以陪着她。这样的话，能够让失去姐姐的她，心里觉得好受一点。我们在附近的饭店办了酒宴，结婚的仪式非常盛大，大约有两百号客人。但我觉得很遗憾，里面没有你。现在熙熙攘攘的事情已经过去了，忙完婚事以后我觉得相当疲惫。我在学校里请了两天假，这也是没有办法的事情，尽管缺课就意味着要应付大量补课了。

后来八年间，我一直没有再见到我的这些中国朋友，只是靠着通信保持联系。很快，我就忘记了如何用中文来回信。花儿要照顾她的孩子，也逐渐忘记了英语，但我们还常常通过励诚来联系。励诚渐渐写出了一手漂亮的英文。在每一封长信结尾的地方，他会写上非常规范的落款。他写信告诉我他家中的各种消息和他在学业上的进展——他从班级第十三名跃到了第三名，然后又升到了第一名，最后在全校都是第一名。他告诉我他生了两个儿子，后来又得了一个女儿，接着是第三个儿子。

在信中，他也会表达对中国混乱时局的哀叹，期望有一天能报效国家。他还会评论和询问欧洲大战的情况，以及英国的劳工问题和爱尔兰问题。当他从学校毕业的时候，他在信中显得意志消沉。尽管他有着非常出色的学业成绩，但还是和其他许多志向远大的中国年轻人一样，不得不一个月一个月地，不，是一年一年地等待着，等待生活给予他实现理想的机会。他最大的理想就是能够像他父亲一样为国效力，但是在新的民国里，他高贵的出身不仅帮不了他，反而给他造成了拖累。新的统治者像隋唐以前的中国一样，用人唯亲，拉帮结派，总是把家中的亲戚委任到官府之中。

后来几年，励诚教过书，做过翻译，当过记者，最后他写信告诉我，他终于实现了自己的夙愿，成功在政府里谋得了一个职位。他的顶头上司精力充沛，带着他们努力工作。励诚非常喜欢这样的生活。结果，我刚写了封信祝贺他，就收到了新的一封信，信中励诚告诉我，他们的上司不知为什么失了宠，被开除了公职，他所有的幕僚都被清退了。可怜的年轻人再一次回到天津，变得郁郁寡欢。经历了这一次官场的沉浮，他被贴上了错误党派的标签。这意味着从今而后，他为国效力的机会，要比以前更加渺茫了。

没有想到的是，冥冥之中的命运，再一次让我前往中国。不过，这一次陪在我身边的，已经不是我的母亲，而是我的丈夫了。我们到达天津还不到一个小时，励诚就赶来看我们了。他说他之所以没有来车站接我们，是因为他刚获得了一个工作，而且是他期望的那种长期工作。

“我在一家英国公司获得了一个职位，”他说，“当有空缺的时候，一个亲戚保荐了我。正如我们中国谚语说的那样，‘东方不亮西方亮’，虽然粗浅但是确实如此。虽说，我担心凭我现在的薪水是不可能有那样的一天，但我还是梦想，等到我有钱的那一天，我再进入政坛。那时，没有人可以怀疑或指摘我受贿，因为我自己有足够的钱。”

“你说的完全正确，”我说，“这才是民国里最好的出路。现在，快告诉我你是怎样说服你父亲同意你到外国学校读书的。”

他羞怯地笑了起来。“我一开始没有告诉他，”他回答说，“因此他实际上也不可能阻止我。开始的时候，他觉得每天早晨我都显得很古怪，他叫我去什么地方，我都会推辞掉。一个月以后，他开始怀疑我，于是就直接问我。我坦白了真相，他发现这对我也没什么坏处，而且我又很开心，便允许我继续去读书了。”

“不是只有你一个人这么做的，”我对他说，“我在大战里见到很多中国劳工，他们许多人都承认，因为担心父母反对他们来欧洲，他们都是在出海以后才写信通知家人的。”

那时，我们需要立刻到北京去，所以来不及去励诚家里拜访；而且我觉得，我们还有机会回天津作短期的逗留。在北京，我们见到了骆家人。对于骆伯母的去世，我感到非常伤心。骆家人一直穿着粗布棉衣而非丝绸一类的衣服，外面罩着的只是羊皮而非狼皮或狐狸皮，女人们戴着的是银耳坠而非金坠子，这都是在表示对骆大人和骆伯母的悼念。他们告诉我，骆大人的葬礼是北京城近些年来最风光的葬礼，有40到60个人前来扶柩，悼念的人排起了长队。他的遗体被安置在一个厚棺材里，暂放在城外的一座庙中，等到他死后两三年再择日下葬。

除了香华，家中所有的女孩都嫁人了。香华已经成为他弟弟的一块心病。这个往日最文静的女孩，却很固执地拒绝结婚。现在她将近30岁了，嫁人已经太迟了。

“我的父母，”她告诉我，“有一次已经把我许配给了一个年轻人。他是一个总督的儿子。但当时父亲生病了，我苦苦央求把我的婚事延迟。结果，那位年轻人立刻就娶了我的一个朋友。而且，唉，她过得非常不好！几乎刚结完婚，他就带了两个情妇到家里来。她就要在这样的家庭里生活。我要是过上这种生活，我宁肯死掉。”

她哀怨地看着我，白皙的脸庞涨得发红。我几乎能感到她的心在剧烈地颤抖。“我弟弟背地里一直在想办法，要把我嫁出去。好在我岁数比他大。要是他比我大，我就得服从他。但是我比他大，我们的规矩保护着我，他不能强迫我出嫁。过年的时候，他得向我磕头，而不是我向他磕头，我非常喜欢这个规矩！哦，我只想去英国或者美国留学。”

我问过她的弟妹，是否有这样的可能，可以安排她出国留学。虽然香华和弟妹彼此非常关爱，但这个家庭氛围却没有那么风平浪静。

“怎么可能？”她回答说，“香华不像你们英国女孩，她自己没有钱。父亲把钱都给我们了。她分到了食物、衣服、房子，可就是没有钱。”

此时，香华为自己找到了一份颇为称心的工作。她把头发弄成一种漂亮的新发型，不再扎起来，而是梳得整整齐齐，她穿上了一件干净的外套和百褶裙，每天到一家儒家学堂里给穷苦的女孩义务教英语。她带我去过一次，那些学生非常敬爱她。这就是彻头彻尾的新中国了！但我认为她的弟弟，也就是我所收藏着的结婚礼服的主人，在暌违多年后，对我早已没有了往日的热情。他指责是外国人造成了他姐姐的奇思怪想，旧时女子对当今的各种新玩意，根本就是闻所未闻呢。

我们回到天津，发现宫大人正从事着和香华差不多的事业。当教会学校彰显出成效之后，近年中国的上层人士也开始兴办类似的机构。还有谁能比前清的翰林宫大人更适合出任各式各样教育委员会的领导人呢？不过，虽说宫大人是人们所说的那种“稻草盖珍珠——内中有宝”的人，但即便如此，他也得学着去辨认苦力的儿子们写出的“鬼画符”一般的字。不过最近，他已经很少亲自去教书了，各种委员会筹集了很多资金，可以雇用那些贫困的旧式“先生”来教书。

宫大人完全从官场中退了出来，每天花大量的精力，管理运行着各式各样的男校和女校。当然，这也是义务的。他最大的希望，就是中国古老的学问不会随着时代变迁而一起消亡。我把我丈夫介绍给他。宫大人告诉我们，他必须要在这个时代证明自己的存在。他还会花很多时间用来读史和诵经。他把我们带到了他的书房，那里整齐地排列着各种中国典籍。桌上依然摆着黄铜墨盒，瓶子里插着一朵花，方椅之上依然没有垫子，一切还像以前一样充满了魅力。唯一不同的，是书架上的佛经比从前更多了。佛像前还摆上了香炉，里面正点着一些檀香。

“我喜欢佛陀，”他告诉我，“在这样一个寡恩少义的世界里，他是那么慈悲。”

我最渴望见到的人，其实是励诚的妻子。当宫伯母热情地欢迎我们时，她就站在宫伯母的背后。宫伯母把家中的各种变化告诉我。令我顿感伤怀的，是我没有见到花儿，因为她和她的丈夫回老家了。她前两个孩子都夭折了，唉！但她现在有一个小儿子，看起来很是结实。文静则可喜地拥有了更多的孩子，接连生了一个小女孩和一个小男孩。小猫儿被她的妈妈照顾得很好，现在已经长成大姑娘了，在唐山的一家学校里学习英语，她也不再裹小脚了。宫伯母告诉我，小猫儿和文静小时候一样，喜欢做女红，能忙一整天都不歇息一分钟。宫伯父很喜欢到唐山去，因为小猫儿经常在他身边撒娇。虽然小猫儿喜欢做事，可身体一直都不是很壮实。三哥在山东得到一个治安法官的差事，只是地方在一个偏僻的乡村里，她和嫂嫂根本不适应那里的生活。他已经放弃了生儿子的期望，决定把励诚的小儿子过继过来。这个小儿子才六个月大，我和宫伯母说话的时候，正蜷缩在他妈妈怀里。

“什么？”我叫起来，对这种把孩子分开的想法感到很吃惊。

“哦，哦，”励诚笑起来，“小姐姐觉得我们的意思是把小孩送给三哥一起过。不，不，其实，三哥收养他，我们也很高兴的，这意味三哥将会承担他的教育费。到16岁左右，他才会去给三哥当儿子，真正和他一起生活呢。”

小六子实现了自己的誓言，变成了一个真正优秀的女人。“你后来听说过，我们是如何‘弄丢’她的吗？”他指着小六子说，“小六子，你那张订婚的小照片呢？”他用他那一贯揶揄的腔调问小六子。小六子噘起嘴巴，晃着头，然后跑过去推着励诚。小六子没有绑脚，因此对励诚来说，她可比花儿难对付多了。

“那个年轻的未婚夫活着从四川回来了？”我问。

“是啊，他明年就要娶小六子了。”励诚回答说。

“如果你再逗弄我，我也会逗弄你！”小六子活泼地回答说，“姐姐，你得看看励诚和我嫂子！他们可相亲相爱了。励诚每天一回来，就找嫂子说话，总是交头接耳的——嘘，嘘，嘘——大家都还以为他们分开多少天似的。他总是借口说是要教她画画，但是他们天天围在一起说话，我就想不通有什么好说的！”

为了躲开小六子的“矛头”，励诚的妻子打断了小六子，然后拿出一些好看的画给我看，这是她在励诚的监督下刚刚完成的。我注意到，当她经过宫伯母的时候，总是会心地向她年轻的丈夫一笑，这让我觉得非常开心。很显然，唐小姐满足了大家的期望，宫伯母也非常幸运地找到了合心的儿媳妇。

“孩子们和我一样，喜欢画画，”励诚说，“尽管还小，还是喜欢。当我作画的时候，他们就高兴地围在边上，聚精会神地看，连奶妈叫他们都没有听到。他们特别吵闹，顽皮，没有规矩，不过还不笨！两个大的已经认识好些字了。”

事实上，不管我什么时候看到这些孩子，他们都表现得非常得体。

啊，一天就要结束了，我们不得不再一次与宫家道别。对于长期奔波在外的人而言，生活就是一个接着一个告别。对那些留在家中思念游子的人，其实同样如此。离开的我们投出了最后一瞥，看到他们聚在一起，站在门口向我们挥别。我回头又看了一眼，励诚正和他的妻子说话。他的妻子站在他的身边，因为她身材不高，因此在深情仰视着励诚。我想起小六子对他们家庭生活的描述，觉得非常宽慰。尽管励诚对自己在外国公司找到一份工作感到很是骄傲，但我知道，作为一个古老家族的子孙，在一家外国公司里开始雇员的生活是多么不易。但我想，凭他的聪明才智，以及对东西方文化的深刻理解与热爱，这些困难一定会被克服，何况，在他身边，还有一位聪明漂亮的妻子呢。

我想起励诚曾经给我讲述的一个观点，当时让我感到了震惊。他觉得，中国人在整个生活中努力表现出来的一些东西，有时恰恰歪曲了生活的内在本质。

“我们中国人有一种说法，”他说，“一个成功的男人的背后，总有一个伟大的女人。”

我高兴地离开了。我想我可以放心地说，命运给了励诚这样一个妻子，那么，他必定会有一个幸福和灿烂的未来。而且，终有一天，他能够实现心中的理想，跟随这三百年来他的列祖列宗前仆后继的脚步，为这个国家报效出他的力量。

后记

我想，到此就停笔吧。天意如此——这是励诚后来在信中和我所说的话。也许有人会觉得，这不是一个合适的结尾，因为有人无法阻止伤感的眼泪流下。

宫大人光明磊落、乐观豁达的精气神，终于被他所挚爱的国家不断遭受的苦与难消磨殆尽了。他终于离开了这样一个乱世，留下了高贵的品格。关于宫大人去世的情形，励诚在信中这么写道：

我亲爱的英国姐姐：

一个无比沉痛的消息。我挚爱的父亲，在病重三个月后，已经撒手人寰了。晴天霹雳啊，我可怜的母亲和姐妹都泪洒不止。丧亲之痛让我们心如刀割。一想到我们慈祥、善良的父亲，我们止不住我们的眼泪。他说过，他希望有一天，能过上完美清净的生活。现在，他终于到了那个庄严、清净、美妙的世界了。

我可敬的父亲，在他临终的时刻，几乎是用他最后一口气和我说，“我对你、对家里都放心了。你已经长大成人，一直以来都是我的骄傲。记住，要做一个诚实、正直的人！我没有什么财产留给你，我只能留给你这则信条。你要像珍惜我们家族的荣誉一样，珍惜你的姓名。”在写这段话的时候，我仍然哽咽难平。

更让我难忘的，是他在生命的最后时刻，依然惦记着人民的福祉。你可能会记得，他在天津为贫苦儿童创办了一家博爱学校，并且出任校董事会主席的职务。多年前，学校在偶然之中得到了一块很好的地皮。后来，一些日本人希望买下这块地来建一个跑马场。当然，他们的出价很高。但你知道的，在天津的租界已经有了一座跑马场，很多中国人会到那里赌马。你也知道的，我父亲是多么痛恨赌博这种行为。因为赌博，多少中国人家破人亡！真的，赌博是中国人一个很大的恶习。所以，我父亲说，他绝不会把百姓企盼的一家慈善学校变成一座赌场。

我父亲如此决绝，因而也广为树敌。那些不关心社会的福利，只寄希望能从这笔交易中谋取私利的董事们，对我父亲多有中伤。确实，他们中很多人可以从日本人的赛马场里拿到分红。最后，为了解决这件事，我父亲打算把这块地转让给一些中国人，这样每个月学校都可以得到一笔不菲的收入。你可以想象，那些董事们将会多么强烈地进行反对。他们对我父亲的一言一行进行持续的诽谤中伤，千方百计打算重新拿回土地。

还有一些董事，开始的时候假装是好人，同意我父亲的计划，但很快就在背地里阻挠父亲的决议。最后，他们向我父亲贿赂五万美元——大约有六千英镑，希望我父亲能放弃他的反对计划，并且能对其他董事随后的行动睁一眼闭一眼。我父亲报以一笑，断然拒绝。

随后，他们变本加厉地中伤和阻挠我的父亲。父亲很是放在心上，整日闷闷不乐。他曾这么说："我宁肯做一个诚实的乞丐，也绝不做一个不诚实的千万富翁。"最后，他终于病倒了。即使在生病期间，他依然很关心这笔交易。当他奄奄一息之际，他依然叫我去恳求一个可信的董事，托付他继续未竟的事业，尽力挽救这块土地。

当他得知这位董事答应将继续他的事业后，可怜的父亲气喘吁吁地说："谢谢你，我放心了！"几乎是在一瞬间，他就不省人事了。唉，父亲临走前，唯一放不下的还是公共的事业！这种精神是多么伟大！这一幕我永生难忘。父亲的离世，对我是巨大的损失，是世间的一切都无法弥补的巨大损失。

现在，我们正在悲恸地准备治丧。按照中国的风俗，我们将在三七之际礼葬父亲。原谅我只能写这么多了，我实在写不下去了，我的心已经支离破碎了。

你深情的兄弟，宫励诚

外国人常把古老的中国官员刻画得非常邪恶。当然，从这封信也可以看到那些深不可测的贪赃枉法的行为。但是有贪官，也有好官，将来的中国，也仍然会是正义与不公并存的社会。我读着励诚的信，想到宫伯父给励诚留下了多么伟大的遗产。我想到，当励诚告诉我他们的朋友端方之死的时候，我曾经引述过一句诗：

英雄总是前仆后继，绝不会消亡。

而我也认为，对于这样一位我有幸可以称其为“伯父”的可敬绅士，也绝对配得上这句诗。而且，在我看来，他像朝露一样普济众生，像佛陀一样慈悲为怀，为愚昧的众生去除贪嗔痴的杂念。我想，他是一个“善哉，善行”的人！

请允许我用孔子在《论语》中的一句话，作为本书的结尾：

朝闻道，夕死可矣。

译后记

翻译谢福芸的《名门》，对译者而言也是一次颇为奇特的旅程。2008年的初夏，在当年一个小有名气的翻译网站上，我与正在“千万里追寻”着苏慧廉的沈迦先生相遇，也由此开始了与谢福芸笔下世界的相遇。

谢福芸创作了包括《名门》在内共四本关于中国的书。这四本书不能说是严肃的历史作品，但似乎也不是标准意义上的纪实小说，更近似于游记文学和回忆录，但又穿插着大量对中国社会结构、历史文明、宗教习俗、社会风俗和气质特点的观察与评述。从《名门》开始，谢福芸一直在用她的所见、所闻、所思，通过一个一个具体的甚至可以考证的真实人物，在无意之中为我们勾勒了从清朝灭亡到日本全面侵华前的这一段时期中国的社会图景。这一系列图景，描绘的绝不是我们所熟知的那些所谓的、其实多少有所“扭曲”的“大历史”，而是身在当时的中国人在当时的家国巨变之下的一系列真实反应和实实在在的欢乐、憧憬、忧虑和惶惑。

《名门》正是这一系列的第一部作品，主要描写的是作者在1912年前后与两个士大夫家族新老两代人的交往历程。《名门》的英文题目是Two Gentlemen of China。

在读这本书之前，我的第一反应是联想到了莎士比亚的戏剧《维罗纳二绅士》，一度也把这本书的名字译为《中国二绅士》。作者在从剑桥纽海姆学院毕业后，决定重返中国在皇城附近开办一家贵族子弟学校。辛亥革命的爆发，打乱了这一计划。在局势不断恶化的情况下，英国驻华公使朱迩典坚持要求谢福芸母女住进了使馆。果不其然，1912 年年初，北洋军阀在北京发动兵变，乱兵放火行劫，通宵达旦，北京城陷入一片混乱。兵变之后，谢福芸母女对受到冲击的满人家族——骆家施以了援手，随后在交往之中也发生了很多故事。根据沈迦先生的考证，骆家的原型是曾任山西巡抚的宝棻家族。在避居使馆期间，谢福芸独自来到寓居于天津的宫家暂住，与宫大人和他的妻子儿女们共同生活，得以对中国人的家庭生活有了近距离的观察，也留下了很多富有意义的中西文化比较。宫家的原型是在近代史上大名鼎鼎的常熟翁家，文中的宫大人是翁斌孙，他的祖父就是翁同龢的长兄翁同书。文中宫大人的儿子，也就是“励诚”，就是翁斌孙的儿子翁之憙。他的日记《入蒙与旅欧》近来也被出版，日记中也载有旅欧期间与中年谢福芸的拜访交谈。如与谢福芸的作品对照读来，也饶有趣味。沈迦先生对这段过程的考察充满了传奇色彩，在他的《寻找·苏慧廉》一书中有着详尽而有趣的记载。由这段对原型的考证，我想这本书的名字译为《名门》更能见其精髓。

谢福芸笔下的中国是有“温度”的。正如她在作者序所表达的那样，她所希望做的，是能够展现中国美好的一面并予以真诚的赞赏，发现中国的缺陷与瑕疵但抱以同情性的理解。在《名门》中，谢福芸对中国既有赞赏，也没有回避批评。她既实录了中国的进步，而对于历史进程中所付出的巨大代价，诸如不断的叛变和流血的斗争，也丝毫没有留情。她的笔下有着形形色色的中国人，有的善良，有的狡诈，有的包容，有的冷漠，有的开放，有的愚昧，但绝非千篇一面。即便是对骆家、宫家的几位“主角”，也没有预设前提或想象，进行刻意的褒扬或者是贬低。“赞扬他们的美德，宽恕他们的瑕疵”的立场在她的作品里是一以贯之的。她的笔下，不是对中国人某一种特定性格或某一种特定想象的描绘，而是写出了有血有肉的真实的人，以及身处历史洪流之中作为一个人应该会有的忧虑、疑惑和期待。这在西方人描绘中国人的书中，是很不多见的。在一个世纪之后，凭借时空变幻所带来的天然的时间优势，让我们获得了“剧透”历史的特权。当你再去看那时候人们对历史事件的真实反应和评价，和对历史走向的真诚设想和努力，他们的愿望多少是实现了，多少又是破灭了；他们所希望坚持的，还有多少留了下来；他们所希望变革的，又有多少实现了改变；他们的努力抑或是争斗，多少是值得的，多少又是徒劳的。这种在历史超验角度之上，获得的带有美学悲剧意味的阅读体验，是近一百年前的作者所不可能想到的，但又确确实实是建立在她真实的笔触上的。

当然，任何一本跨文化的作品，如果都按照形象学的方法去分析，从中去刻意地寻找“我”和“他者”的分野，从而去证明某种后殖民的理论与观点，没有不可实现的。谢福芸的《名门》同样如此。但译者却真诚地希望，这样的一本书，不应当只是成为验证某种理论的文本佐料，落入“言说他者是为了否定他者从而言说自我”等诸如此类的窠臼。在翻译前，我提醒自己要尽可能地把谢福芸笔下的中国中我们所熟悉的东西还原为不熟悉的东西，保留一个外国人视角下的中国所带有的“他者”特质。但随着翻译的深入，我想是我想得太多了。谢福芸对当时中国的认识，对当时中国人的同情性理解，要远远超过了一个世纪之后的我们。茨威格在他的《人类群星闪耀时》曾这么说过：“一个人生命中最大的幸运，莫过于在他的人生中途，即在他年富力强的时候发现了自己的使命。”谢福芸这位从小生长在中国的英国女士，在她二十岁回到英国剑桥读书的时候，就把重返中国、努力帮助中国人作为自己一生的使命了。她是这么想的，也确实是这么做的。包括《名门》在内这四本关于中国的书，是这一使命的产物，也是她馈赠给中国的礼物。真诚的作者，真诚的文字，不应当被尘封于历史之中。

现在，该是我们重新发现的时候了。

左如科

历史乃是叫我们明白他的
——谢福芸与她的中国“小说”

一

十多年前撰写苏慧廉（William Edward Soothill，1861—1935）传记时，就知道了他的长女谢福芸（Dorothea Soothill Hosie，1885—1959）。当时有英国朋友告诉我，在英国谢福芸的名气要比他父亲大。初听有点惊讶，后来读了她的书就信然了。在20世纪英国大众读者的眼里，谢福芸是个畅销书作家兼社会活动家，经常在媒体就中英关系问题发表评论文章。

谢福芸1885年11月21日出生在中国，这一年是光绪十一年。距她的父亲苏慧廉——英国循道公会（The Methodist Church）赴华传教士——抵达浙江温州还不满三年。1884年中秋后一日，这座位于中国东南一隅的小城里发生了针对洋人的“甲申教案”，二十三岁的苏慧廉仓皇出走，避居海上。也是在这一年，他的未婚妻路熙（Lucy Farrar Soothill，1856—1931）不畏险阻渡海而来，12 月 16 日两人在上海圣三一堂举行婚礼。婚后即携手回温，次年冬，谢福芸出生，童年随父母在温州度过，一直到七岁才回英国接受教育。因父母在海外，有相当长一段时间，她与后来出生的弟弟维克多（Victor Farrar Soothill，1887—1956）一起寄居在约克郡亲戚家，并有几年的时间住在伦敦东部近郊的贫民区。这段孤独及与底层社会无缝接触的少年经历，为她后来关心贫民疾苦、热心社会公益奠定了精神基础。

1904 年初夏，十九岁的谢福芸返回充满童年记忆的温州，她在这里待了两年，协助母亲管理艺文女校，并到父亲创办的白累德医院帮忙。她后来说自己那段时间是叛逆的，当时的理想是到伦敦东区做个医生，帮助无钱治病的穷人。1906 年，日渐成熟的谢福芸离开温州，负笈剑桥，她考取的是素有“女子梦天地”之称的剑桥大学纽海姆学院（Newnham College，Cambridge）。1909 年剑桥毕业时，她的名字列在“中世纪与现代语言学”优等生名单，这是美国《时代》周刊当年 6 月 17 日的报道。如果说人生也有四季，这应是谢福芸的春天。

1909 年，四十八岁的苏慧廉已是当时亚洲最具盛名的高等学府山西大学堂的校长，他是 1906 年应李提摩太的邀请离开温州荣任此职的。许是受父亲教育家角色的影响，许是年轻时在艺文女校的经历，许是剑桥给她的熏陶，二十五岁的剑桥毕业生谢福芸志业明确——从事教育，并到中国去。她有个剑桥的校友叫包哲洁（A.G.Bowden Smith），一个血液里都流淌着冒险精神的英国军官的女儿，正在北京筹备一所女子学校，于是谢福芸加盟创业。这所照搬“纽海姆”模式，旨在培养中国大家闺秀的学校就选址在紫禁城边上，可惜造化弄人，学校开张还不到一年，紫禁城就换了主人。民国肇始，百凡待治，各派角力，时局跌宕。曹锟“北京兵变”滋事期间，谢福芸母女一度避难英领馆。

后来谢福芸又避居天津，在苏慧廉的老友翁斌孙（1860—1922）家中做客数月。翁斌孙是晚清帝师翁同龢的侄孙、状元翁曾源的儿子。常熟翁氏为江南望族，世代书香。翁斌孙十七岁便高中进士，苏慧廉执掌山西大学堂那几年，他在山西为官，因此两人结下深厚友谊。民国后翁斌孙不仕，隐居津门，好友的女儿要来，他当然张开双臂欢迎。但当时还是民国初年，社会风气循故袭常，一个外国女性竟然要在名门家族中起居生活，这可让很多人跌掉眼镜。但开明的翁斌孙喜欢这个率真、大胆并有抱负的年轻人，收她做义女，还给她取名“福芸”，意即幸福的园丁。“一开始，我认为这个名字并不适合于我，但得知其中蕴含的精妙内涵后，我被打动了。宫大人笑着说：‘你不就是来给我们中国培育花朵的吗？’所有思想的花园里，不也都是开满了不败的花朵吗？我非常高兴也非常感激宫大人。他这么祝福我：‘希望幸福的园丁在中国的花园里能够培育出更多让她欢喜的花朵。'"

这段客居的经历，让她与后来书中的“宫大人”翁斌孙一家老小结下了终生的友谊。翁斌孙的儿子翁之熹，也就是书中的主角“励诚”（Li Cheng），一直与她姐弟相称，并于1925年到访英伦。翁大人的女儿“花儿”则与她大被同眠，义结金兰。“我们叫她苏小姐。”今年正好百岁的翁万戈老先生给这套书题写书名时还这样称呼谢福芸。他是翁斌孙的孙子，翁之熹的三子，他与他六妹可能是目前健在、屈指可数的见过谢福芸的人。已在美国住了大半辈子的翁万戈先生是享誉中西的美术史家、收藏家。

这是她人生中第三段在中国的生活，虽然为中国培育花朵的教育家梦想因紫禁城的改换门庭而落空，但失之东隅，收之桑榆，这段中国行竟然在尾声奏出了一个浪漫的强音。天蝎座敢爱敢恨、无问西东的她爱上了英国驻华外交官谢立山（Alexander Hosie，1853—1925），一个比她父亲还要大八岁的老男人。有爵士头衔的谢立山不论在英国还是近代中国都可称大名鼎鼎，除了是资深外交官、汉学家，还是探险家，他去过除新疆以外的中国所有省份，并留下了大量的调查报告。被中国人称为花梨木的珍稀树种红豆树就是他在中国旅行时发现的，从此红豆树的学名就以他的名字命名为Ormosia Hosie，中国植物界音译为“何氏红豆”。

他二十三岁就来到中国，直至花甲之年才告老还乡。1912年六十岁的谢立山返回英国，定居于怀特岛的桑当（Sandown，Isle of Wight.），次年1月2日，未至而立的谢福芸与谢立山正式结婚。

阳光丰沛、海滩迤逦的怀特岛位于英国南部，是英伦老者的安居胜地。现被人尊称为Lady Hosie的谢福芸（后来英国人一直这样称她），在岛上很活跃。她服事教会，也关心当地教育事业，1916—1924年一直担任怀特郡教育委员会委员，并参与"女童军运动（Girl Guide Movement）"。

面朝大海、春暖花开的岛上生活在六年后戛然而止，1919年英国政府召回谢立山，请其出任英国驻华使馆特别馆员。1920年，已经六十八岁的资深外交官带着妻子重返中国，这是谢福芸第四段中国岁月的开启。此后的几年，这对举手投足间都带着傲娇的维多利亚时代风尚的绅士淑女在这片古老的东方土地游历。我至今没见过谢立山的照片，但读他们的旅行记，脑中浮现的是让·雅克·阿诺的电影《情人》中的画面。跳跃着黄金般光彩的湄公河（不，是三峡）的渡轮上，年轻的女主人穿着丝质的连身裙，夏日的风微微吹开她敞着的衣领。然后是黑色的甲壳虫汽车，从老式汽车中走出的他，尊严、睿智、沧桑，戴一顶礼帽，微黄的手指将一本书递给斜靠在栏杆上的她。再后是溽热但雅致的房间，百叶窗的光影隐隐绰绰，窗外是寂静的走马楼，一墙之隔是当时混乱而喧嚣的重庆。这是仲夏，这是谢福芸的芳华。

这段鲜衣怒马的游历，对谢立山而言，最大的收获是编纂完成《中国商务地图》（*Philips' Commercial Map of China*），这是他汉学学术生涯的压轴之作。

1923 年，中国大部分地区遭受水灾。作为中国通、英国名流，谢福芸决定在来华的欧洲人圈子中为中国募捐。她精心制作了幻灯片，然后在教堂声情并茂地演讲。可惜收效甚微，最后只有一位领养老金的老者递上一个先令。不是这些英国人没有同情心，而是她的口头表达没有说服力。谢立山建议妻子用笔写作，谢福芸于是给一家在中国的英文报纸写了篇劝募的文章，结果一下子收到了三十英镑。这段先挫败后又惊喜的经历让谢福芸看见了自己的短处与长处，从此一个多产并成功的作家诞生了。

1924 年是谢福芸创作的第一个喷薄期，她除了为报章撰写很多时评、见闻外，还出版了她的处女作：*Two Gentlemen of China*，也就是这套丛书中译为《名门》的第一本。英文书名有很长的副标题：*An Intimate Description of the Private Life of Two Patrician Chinese Families, Their Homes, Loves, Religion, Mirth, Sorrow, & Many Other Aspects of Their Family Life*。书里的故事开始于辛亥之前，名校毕业的“我”追随父母脚步重回中国，在北平创办贵族女校。故事随后展开，并以两个世交的贵族家庭汉人宫（Kung）家与满人骆（Lo）家为载体，记录了他们的家庭生活及身处时代转折之中的他们对家庭、宗教、爱情的观念。书中的宫家，就是她曾客居的天津翁斌孙家，在辛亥之年遭遇国破家亡的骆大人则是曾任山西巡抚的满族高官宝棻。

“使她真正有资格写下这本书的，是因为她曾在中国人的家庭中生活过，这些中国人的家族，既有富裕的小康之家，也有家徒四壁的穷人家。她和这些家庭里的母亲、妻子和女儿们过从甚密，毫不费力地进入她们的内心世界，共享着她们的秘密，欢乐着她们的欢乐，伤悲着她们的伤悲。她在中国的一家名门望族暂住的时候，萌发了写作这样一本书的想法，酝酿至今，终于付梓，与读者见面。这本书寄托着她对中国人深厚的爱与尊重，因为她就是在他们之中长大的。”当时已是欧洲最有名望的汉学家之一的苏慧廉为女儿的第一本著述亲撰序言。

这本厚达三百多页，并有二十余张黑白照片的《名门》，1924 年由伦敦著名出版商 Seeley Service & Co, Limited 出版，后多次再版。1926 年还推出了德文版。畅销的处女作让谢福芸一举成名，华丽转身。

人生又有多少场华丽在等着，不多，不多。蹿红的第二年，谢福芸即步入人生低谷。1925 年 3 月 10 日，谢立山与世长辞。“谢立山的去世，不仅使我们学会失去一位荣誉会员，更使英国失去一位资深并自我牺牲的忠仆，也使中国失去一位真诚并忠诚的朋友。”皇家亚洲文会如此发布讣告。《泰晤士报》更称他是英国领事界不论是过去还是现在，对中国内部事务了解最透彻的人。

在怀特岛上埋葬了七十二岁的夫君，收拾好十二年的婚姻记忆，谢福芸只身离岛，迁往牛津与父母为伴。苏慧廉时任牛津大学汉学教授，夫妇均已年迈，需要有人照顾。但迁居牛津还没几个月，苏慧廉即受英国政府委派出任中英庚款委员会委员，并将出访中国。许是为帮助女儿走出丧偶的悲痛，当然女儿本人也是中英关系专家，于是谢福芸成为访华代表团中的一员，以秘书的身份于 1926 年年初第五次登上了开往中国的船。以威灵顿勋爵为首的代表团 2 月 24 日抵达上海后，便奔赴南京、杭州、汉口、天津等地展开密集的考察。5 月上旬休会期间，谢福芸还陪同父母回温州省亲。5 月中旬代表团汇聚北京，讨论考察报告。之后英方成员相继离开。

回到英国后，谢福芸将这段中国行的见闻与思考写成了她的第二本中国故事，即丛书中的《中国淑女》。英文书名是 *Portrait of a Chinese Lady and Certain of Her Contemporaries*。1929 年由英国 Hodderand Stoughton 出版社正式出版。《中国淑女》讲述的仍是中国贵族家庭的生活及如何面临时代转型的故事，似是《名门》的续集，书的前言便是上本书主角励诚的一封信。但这本书的主角换成了一位能讲一口流利英语的美丽少妇，上海的宋太太（Mrs. Sung）。宋太太出身名门，父亲是著名外交官，丈夫也是外交官，曾出使北欧，现是上海海关高级官员。宋太太是谢福芸 1926 年在中国的轮船上认识的。1926 年前后的中国并不平静，民族主义如烈酒般激荡起很多国人的热血与激情。五卅惨案、省港罢工、南京事件等震惊中外的大事先后发生，这也自然成了本书的时代底色。代表团当时在各地考察，拜会朝野名人，谢福芸的所见所闻便是书中的叙述主体。代表团中英双方成员都是一时之选，因此书里也留下了不少这些民国名人的未见于中文史料的轶事趣闻，还有他们难得一见的身影，书中亦有二十余张旧照片作为插图。

此书英文版超过四百页，是本需要花点时间才能读完的书，但一出版仍是购者踊跃、好评如云。1929 年英国初版，次年即有美国版，后还有不带插图的简装版。到这时，谢福芸已成为一个在欧美都颇有名气的中国问题专家了。

1931 年早春，忙碌的谢福芸在美国华盛顿演讲期间收到了来自牛津报告母亲病危的电报。虽赶上了最后一班去英国的轮船，但回到家见到的已是母亲的遗容。3 月 30 日埋葬母亲于牛津玫瑰山墓园，然后为母亲的遗著《中国纪行》（*A Passport to China*）整理编辑，交付出版。这是她伤心并忙碌的 1931 年。次年，七十一岁的苏慧廉也病倒了。“我也尽过同样的孝道，也是三年多光阴。”谢福芸后来对她中国的闺蜜这么说。1935 年 5 月 14 日，苏慧廉在牛津寓所辞世。

因为孤身，所以离开怀特岛来到牛津，没想到仅十年，在牛津，她又成为孤身一人。1935 年下半年，处理完父亲的后事，谢福芸决定再去中国，这个似乎能带给她家的温暖感的第二故乡——她要去四川，那是夫君曾任总领事的地方："我来到四川的部分原因也是希望能够倒转时间机器，在他深爱过并称之为'中国珍珠'的土地上再次和他相遇。尽管他的躯体已经死去十多年了，但如果我能亲眼看见血气方刚的他喜欢过的事情并也乐在其中，岂不是重新获取了他思想的精髓？"她要去温州："我去温州不是为埋葬死去的亲人，而是与他们重逢，寻求灵魂的平静，也许亲人所做的一切将激发我去效仿。"

"故乡云水地，归梦不宜秋。"但谢福芸等不及了，1935年10月17日，谢福芸搭乘"图斯卡尼亚"（Tuscania）号轮船由利物浦出发，先去孟买，后又转道澳洲、爪哇岛，翌年7月终于踏上了中国的土地。这是她第六次来到中国，从香港入境，先后到上海、天津、北京、山西，看看父辈生活工作过的地方，也寻访自己当年在北平创办的女校。后又南下重庆。山城走过的路，看过的风物，现在重读，宛如打开一封封温暖的情书。她当然要去温州："有一些西方人的人生第一步就开始于那面水盾牌的某个角落。他们酣睡过的第一个臂弯就是中国人的，嘴唇发出的第一句话是短促、简单、表现力丰富的中文。小时候做错事被人发现时，他们会逃到慈祥的阿姆怀里承认错误。他们把耳朵紧紧贴在阿姆的胸前，听着阿姆均匀有力的心跳，心里马上就得到了安慰。"她曾在书中这样写道。

谢福芸这次入华带着一台当时非常时髦的摄像机，一路拍摄。胶片记录的黑白中国现在还保存在英国电影协会（British Film Institute）的档案库里。四十四分钟的默片，我饶有兴味地连看了几次，并努力记下其中的场景，以便口头描述给居住在美国东部山间、没有手机也没有 Wi-Fi 的翁万戈老先生听。我说，我能认得其中有您父亲母亲，他们从房子里跑出来，然后又羞涩地躲开镜头。我能认得“励诚”，是因为在翁家天津后人处见过几张侥幸躲过“文化大革命”抄家的旧照，其中一张翁之熹穿着皮草大衣坐在第一排，上面被粗暴地画了一个大大的叉。

当然，谢福芸继续用笔记下了这一路的故事，这是她后来出版的第三本旅华见闻录：*Brave New China*。谢福芸是见过旧中国的，清末的颓唐、民初的纷乱，都让她记忆深刻。1927 年北伐成功至 1937 年日军入侵前，中国有过一段青春焕发的岁月，《剑桥中华民国史》把这段时期称为“黄金十年”（Golden Decade）。谢福芸这次回国看到的就是这个簇新的中国，一切正展现融入世界的勃勃生机。因此，她把这本书命名为《崭新中国》。

这本书看起来类似游记，但谢福芸并不停留在景物描写与旅行见闻，和前两本书一样，她关心的还是人的命运与时运。不论是名人梅兰芳、阎锡山、张学良、吴贻芳，还是上两本书中曾出现的旧雨新知——励诚、宋太太、骆家小女……她要描述的是这些在古老传统下成长、渴望岁月静好的中国人，如何走进新的时代。

1937 年卢沟桥的枪声响起时，谢福芸已返回英国，她在英国各地奔走、演讲、募捐，呼吁援助陷入战争中的中国。11 月，一个老友在福克斯通（Folkestone）一所走读学校为疲惫的她提供了一间单身宿舍，希望能帮她从繁重的社会活动中暂时脱身。福克斯通位于英国东南，濒临英吉利海峡。谢福芸独自南下，但她的心仍牵挂着陷入战争中的中国和那么多的中国朋友。励诚好吗？宋太太在哪里？“花儿”的孩子“小熊”还那么调皮吗？在福克斯通，她没有休息，每天都伏案写作，历经八月，终于用回忆与牵挂完成了《崭新中国》，并于 1938 年在英国出版。

1939 年 9 月德国入侵波兰，随后英法宣战，第二次世界大战全面爆发。完成《崭新中国》写作后，谢福芸出任布兰普顿走读学校（Brampton Down School）教职，担任英语与法语的教学。但战争的阴霾很快蔓延到福克斯通，1939 年肃杀之秋，她与学校一起撤离至萨默塞特郡汤顿市附近的一座叫亨拉德（Henlade）的小城。《崭新中国》修订版 1940 年出版时，谢福芸在大部分章节的结尾增加了关于时局的最新内容，那些初版时还在赞美的人与景在修订版里变成了废墟，与中国血脉相连的谢福芸，心在滴血。她在修订版的扉页增加了这样一句话——“1940 年，此书得成，实因感佩中国为争取自由而战斗不辍之精神，并对其最终胜利抱有无比坚定之信心。此信念立足的缘由此书三年前已详述，三年来更千百遍证实不虚。”

这段战火纷飞的岁月，谢福芸一直在布兰普顿学校，从福克斯通到亨拉德，从英法语教师到担任副校长。在校期间，她用回忆写成了她第四本也是最后一本中国“小说”：*The Pool of Ch'ien Lung: A Tale of Modern Peking*（《潜龙潭：北平新事》），1944年在伦敦出版。此书英文版不到两百页，是这“四部曲”中最薄的，也无照片做插图，但扉页是一张由著名旅美画家蒋彝亲绘的彩色仕女图，图片里巧笑倩兮的少女就是该书的主人公之一晶莉（Crystal Lily），北平一所女校的青年老师。谢福芸前三本书都涉及很多名流，但这本书完全着墨于普通人，通过描写这所女校几个老师的工作与生活，展示二十世纪三四十年代中国的一个侧面。谢福芸写作时，中国还在硝烟中。她写这几个普通人，意在展示这个民族的生命力及对胜利的信心。她热爱这片土地上的中国人，和她的父亲、夫君一样，一直以同情及耐心期待这个国家的进步。此书最后一章题名《卯时》，她说中国人将一天二十四个小时分为十二个时辰，卯时之后便是辰时，辰就是龙，巨龙代表胜利。“也许卯时的生活还有点混乱，但辰时的生活一定会让人振奋，现在似乎可以透过远山看见巨龙震动的双翼。”

1945年，中国这头潜伏的巨龙终于以昂首的姿态屹立在反法西斯胜利者同盟的队列中。但随后又是内战的炮火与无情的残杀。谢福芸也进入她人生的寒冬了。1946 年年底，六十一岁的她从布兰普顿学校退休，迁居英格兰南部的莱德林奇（Redlynch），一座离索尔兹伯里（Salisbury）八英里的小城。英格兰南部的远山，在雨天与中国江南的烟雨蒙蒙竟有些相似，故国山河，哀乐人间。

1959 年 2 月 15 日，七十四岁的谢福芸在索尔兹伯里的一家医院告别人世。

二

谢福芸这四本旅华见闻录在欧美出版时都冠以小说之名。在西方出版界，图书主要分非虚构与虚构两大类，小说自然属于后者。因对苏慧廉家族及其行迹的探索与了解，我发现她的所谓小说，除了人名虚构外，其他几乎全是非虚构的。就像我们受邀参加一场化装舞会，宾主原本认识，但今晚都带上了斑斓的面具。其实，谢福芸在《中国淑女》中有说明：“我这本书不是虚构的小说。它记录的是真实发生的事而不是凭空的想象：它是一出生活在当下的中国人的戏剧，描绘的是此时此刻活生生的生活。”在《名门》中她也这样写道：“我在书中做了一些必要的改动，比如姓名、地名和官阶，并非和实际生活中完全一致。”比如《名门》中的主线宫（Kung）家，我后来考证出是翁同龢后人。何以如此推测并断言，除了在《寻找·苏慧廉》一书中有所涉及外，我还专门写了篇文章《翁同龢家族的域外留影》（收入《一条开往中国的船》，新星出版社，2016），细述“破案”过程，有兴趣的读者可找来一读，此不赘述。

《中国淑女》的写作背景是1926年随中英庚款代表团在中国考察，当时的中方委员胡适、丁文江、王景春自然成为书中的人物。海峡两岸对胡适的研究早已汗牛充栋，但他与谢福芸在火车里辩论上帝是否存在的记录则是第一次见到。2010年我曾写有《胡适与苏慧廉》一文，先刊发在《老照片》，后台北的《传记文学》与北京的《胡适研究通讯》均予以转载，算得到胡适研究界的肯定，其实所据的材料基本来自这本“小说”。

第三十三章谢福芸采访化名为“林博士”的丁文江，丁回忆去欧洲留学时在马来西亚槟城拜访老革命康有为的故事：

“康有为非常和蔼，谦恭有礼，”“文江”感激地说道。“他把我们领进书房”——这是关系紧密的一种表现，他完全可以把他们留在客厅里。“面对我们时，他的心情一定很复杂。我们衣着寒酸，显然很穷，可我们却说要去英国留学。当我们准备起身告辞时，他问起了我们个人的情况，而不只是谈论中国及其改革的必要性——‘或是革命，无论你们怎么称呼它，’他说。他告诉我们在英国留学费用很高，担心我们没有意识到费用有多高。问我们是否确定自己有足够的钱？出于自尊，我们回答，‘是的，谢谢您。我们有足够的钱’——而当时我们身上剩下不到3英镑，因为我们还花了点钱雇人力车，还给了中国驻新加坡总领馆的服务员一些小费，你知道这是中国人的通常做法。我们正发愁自己要如何在抵达英国后从南安普敦或是伦敦去往爱丁堡。我们甚至已经开始计算走路去爱丁堡要花多长时间。但是康有为坚持要问，最后他干脆直接问我们身上有多少钱。我们回答有5000美元。”

“哦，林博士！”我忍不住笑出声来，“哦，天哪！”

他目光如炬。“我们死也不会告诉他真相，只有3英镑，太丢人了！你知道中国人在这方面多讲面子。让我们吃惊的是，康先生变得很不安。‘5000美元——你们三个人一共才500英镑！太少了，’他惊呼。‘我有一个外甥在英国留学，每年我得给他3000美元，而这样也才勉强够用。他应该有更多的钱才好。你们三个人花5000美元肯定不够！’他变得很忧虑。如果他知道真相会说些什么呢？他走到书桌旁，打开锁，拿出一个帆布袋。‘看，’这位善良和蔼的人说道，‘你们知道，中国人有给远行的朋友送个小礼物的传统。我没时间给你们买礼物，所以我希望你们收下这个——就算是一个老革命者送给年轻一代革命者的礼物吧。口袋里有我保存的十个英国金币，我在槟城用不上它们。’”

三个男孩的自尊被他的慷慨所击败，带着满满的感激和尊敬收下了这份礼物。

康有为避居马来西亚是1901年的夏天，康同璧所撰《南海康先生年谱续编》记载是年“先君经戊戌、庚子之难，积忧多病”。积忧多病也是当时中国的写照。但康有为对祖国来的年青一代革命者依然热情有加，并慷慨解囊。坊间都说康有为豪爽仗义、出手阔绰，丁文江的这段记忆给出了一条生动的注解。不论是康有为研究，还是近年日渐重视的丁文江研究，这段被英文小说保存下来的记录，都属首度披露。

谢福芸说：“我的父母都是传教士，我先生又是领事官员，对此我深感幸运……不够格的我却享受着某种特权，在中国招待我的人有的是为了我父母，有的是为了我先生，有的两者皆是。”正因此特殊的身份，她当时接触到的人与事，都非普通。

比如《中国淑女》第十章《服务于中国的美国人》记录访问金陵大学时，一位美国传教士，也是这所大学的副校长特别接待了她，并陪着参观校园。当时两人有很多的谈话，关于中国教育及正风起云涌的民族主义。不幸的是，这个在谢福芸眼里有慈父般面庞的美国绅士在他们道别后不久就殒命于一中国士兵的枪下。这个美国人其实就是金陵大学的创办人文怀恩（John Elias Williams，1871—1927），他的被杀也是1927年轰动世界的“南京事件”的导火索。谢福芸的笔记录下了他生前的音容笑貌，还有听闻来的被杀时的细节，甚至有他夫人在丈夫去世后让人动容的无私表现。如果有近代史学者要还原“南京事件”，这些记述一定是不可或缺的史料。

民国史坛祭酒傅斯年曾有“近代史学只是史料学”的观点，虽聚讼纷纭，实切中要害。近代史需要新史料，这些留在域外的一手材料，应为研究者提供新的细节与视角。

谢福芸最后一本小说《潜龙潭》是回忆在一所坚守儒家思想的女校里，与三位中国女性结下的深厚友谊。这所在小说里没有名字的女校应该就是民国北平名校“箴宜”。箴宜的创办者书中称为Miss Chi，她的真名叫继诚，字识一，镶白旗宗室，世祖顺治帝七世孙女，裕宪亲王福全六世孙女。其父为荆州将军、奉恩将军祥亨。继诚1861年出生，是祥亨的次女，但因长姊夭折，所以就成了事实上的独生女。这位独生女与众不同，觉着男女没什么分别。父亲无子，女便是男。她少小读书，“毕五经、长诗文、工书法”，还立志不嫁。光绪三十年（1904）祥亨病故，此时继诚已四十四岁，依然没有出嫁的念头，并决定用自己名下的财产创办学堂，“思中国之所以积弱，实缘女学之不振，有志于兴办女学，以牖新知”。1906年，她在北京东四牌楼第五巷内班大人胡同私宅创设女塾，捐出私宅五十余间永为校产。为了奖励女性入学，箴宜不收费，学堂十年费用全靠她一人支撑。1916年继诚病故，享年五十六岁。临终前立下契约，将一切房产、家具物什全部捐助学堂。当时的教育总长范源濂，感其“罄一己之产，竭毕生之力，兴学育才”，呈报代理大总统黎元洪颁发匾额褒词。

继诚去世后，接任的是其高足骆仲儒。骆校长也是女中豪杰，与继小姐一样选择终身不嫁，“卹其亡师遗命，力支此校。罄其所积，以充校费”。骆仲儒也是当时名儒林纾的弟子。骆仲儒字树华，怪不得谢福芸在书中为她取名Miss Flower of the Tree Way。有意戴上的面具，不经意一个侧身，还是仿佛惊鸿一瞥。

在书中，树华身边还有个好姐妹“香华”（Miss Fragrance of the Lily blossom Lo），姓骆，是《名门》中写到的骆大人的小女儿。辛亥后满人没落，她不满家人对其后半生的安排，外出独立生活，求职箴宜。这个琴棋书画皆擅、品行高洁、不依附他人的独身女子，真名叫白祥华，号达斋，是民国北平时还有点名气的古琴家，师事琴家叶潜，为诗梦斋女弟子。王世襄的《自珍集——俪松居长物志》中也有提及她的名字，说到她1947年曾到访他家，参与一场在京琴人的雅集。

谢福芸的《潜龙潭》就是记述这所早已湮没在历史尘埃中的女校及几个今天可称为女性意识觉醒的独立女性。这几个单身女人薪尽火传的这所学校其实穿过了历史的长河，1952年收归国有，改称班大人胡同小学，1965年改名育芳小学，2008年改称七条小学育芳分校。

我在百度上输入七条小学的名字，惜未见校史介绍，跳出来的都是以学区房为概念的长短租及二手房广告。

三

有“史界歌德”之誉的德国历史学家兰克（1795—1886）有一句名言：“让亲临其境者说话。”谢福芸无疑是20世纪中国的一个亲临其境者。或许有人会问，她的“小说”都是真实且一手的记录吗？或者说，你们从小说中“侦破”出来的都是真实的历史吗？说真的，这两个问题我都不敢给予完全肯定的答复。

在《名门》第二十一章，谢福芸记录了被孙中山称为“盖世之杰”的吴禄贞的被刺案，当时她正住在天津翁家，吴将军与翁斌孙都曾在山西为官，平日有来往。这段案情是从翁斌孙儿子那里听闻的：

他告诉我，他所敬仰的一位吴将军在1911年12月被自己手下的士兵谋杀了。他说，他的父亲同样非常钦佩这位将军。这位将军在出事的时候，正准备前往山西署理巡抚，死的时候只有32岁。吴将军被杀的那一天，他的两匹马还在几百里外的天津，不知为何，一直在马厩里呜咽哭泣！而他和李先生去赛马场的马车就是被这些马拉着的，这些马是吴将军的朋友借给李先生的，这个朋友说他永远都不会卖掉这么忠心耿耿的马，尽管确实有人已经开出了天价。

吴将军两袖清风，死后家中一贫如洗。吴将军的遗孀，也就是吴太太，在丈夫死后终日以泪洗面。吴将军的这位朋友就把她接到自己家中，予以悉心的照料。但她还是终日悲恸。为了给她换个环境调整情绪，这位朋友便打算送她去上海调养。当船行驶到黄浦江入口的吴淞时，这个女人从船上纵身一跃，结束了自己的生命。

吴禄贞 1911 年 11 月 7 日深夜的遇刺无疑改变了辛亥格局，事过百年，刺吴案依旧扑朔迷离，但谢福芸这段当时听闻的记录，多少应为今人的研究多一个角度。史料中从未被提及的吴夫人及其纵身一跃的画面，更给生命留下了一个鲜活的惊叹号。

其实，我们无意把谢福芸塑造成历史学家，更何况，在当代学界，历史早已突破考据史料的范畴。历史不是仅指作为过去存在的历史，亦不是指史料这样的作为记录的历史，而是被写出来的历史。过去的历史宛如一片幽暗之地，而当前生活中的关切就如同探照灯，决定了被照亮的是过去中的哪些部分。

同样在《名门》里，谢福芸记录了与宫大人（即翁斌孙）的一段对话，这倒是她自己的亲历。当时已是民国初年，袁世凯力邀息影津门的翁斌孙出山，就任山西巡抚，但翁斌孙认为袁对清廷不忠，“一名大清的官员，能够在这个人的统治下为官吗？”

“但我不认为你是一个大清的官员，”谢福芸张大眼睛争辩道:“你是一个中国的官员，你的首要任务是对你的国家负责，而不是对一个皇朝负责。”“但如果不是大清，我就不会成为一个官员，”翁斌孙坚持自己的道理，“那才是根。”

忠君还是报国？家天下还是国天下？做忠臣还是做公民？谢福芸的言论在当时无疑是超前的。经过剑桥洗礼及新教伦理浸润的谢福芸，在率真的同时有理性与清醒的一面，她的冷静及斩钉截铁的争辩，在今天依然掷地有声。

在《崭新中国》里，她记录了西安事变后的一段见闻，1936 年的西安事变就发生在她从上海到温州途中。圣诞那日的夜晚，在温州参观父亲年轻时创建的城西教堂时，她从无线电获知此事终得解决。次日两万名温州人举行欢庆集会。在拥挤、亢奋的人群里，她却想起 1910 年元旦在山西太原参加的第一次中国人的大型集会。当时“清兵们大喊‘万岁！万岁！’五岁的小皇帝刚刚坐上龙椅。一年以后，他就被废黜了。那是动荡的岁月，如今也是。”她在书中这样写道。

动荡似乎是中国历史的主调。谢福芸的四本小说竟然暗合了清社既屋、共和初缔、北伐军兴、御侮救亡这四个近代史上最大的时代旋涡，当然，她书中的人物在他们后续的真实人生中还要蹚过无数时代洪流。

唐德刚的“历史三峡论”认为历史的长河里会有转型期，转型犹如过三峡，充满凶险。他认为中国历史上出现过两次大的转型，第一次是自“商鞅变法”起至汉武帝和汉昭帝之间，历经三百年，实现了从封建到帝制的转型。此次转型是自动的，内部矛盾运行的结果；第二次大转型则是被迫的，外来刺激而行，已发轫于鸦片战争之后。唐氏预言，第二次过三峡大概需要两百年，顺利的话，到本世纪中叶方能基本完成。

马礼逊、李提摩太、赫德、赛珍珠、苏慧廉、谢立山、谢福芸……这一行西人接踵来华的年代就是中国第二次水过三峡的年代，他们的所作所为、所见所闻、所思所传就是对这次要努力从传统农民社会向现代公民社会转化的实验与思考。他们关注人，关注女人，关注普通人，关注有独立人格的中国人在转型时代中的命运与作用。两百年其实已过大半，过去一个半世纪中国的变乱、颠沛都已记载在书本里，最后一段路，今人如何读，如何行？

“历史不是叫我们哭的，也不是叫我们笑的，乃是叫我们明白他的。”这是一位热情、敏感、独立、清醒如谢福芸般的中国女作家陈衡哲说的。

沈迦

二〇一八年一月三十日初稿于上海，二月三日改定